완○

임진왜란의 명장

일옹 **최희량**

완역 逸翁文集

임진왜란의 명장

일옹 **최희량**

| 이영호 · 이라나 역 |

문자향

역자서문

일옹 최희량은 16세기 중엽에서 17세기 중엽을 산 인물이다. 이 기간은 우리나라의 역사에서 외침으로 인한 위기가 가장 심했던 때이기도 하다. 1592년에는 임진왜란이 있었고, 얼마 후 1597년에는 정유재란이 있었으며, 40년 뒤인 1636년에는 병자호란이 있었다. 이런 전란의 기간 동안 한 명의 장수로 세상을 산다는 것은 어느 누구보다 고되고 괴로운 일이었을 것이다.

한 번의 전투에서 거둔 승리가 전쟁을 종식시키기에 역부족일지도 모르지만, 정유재란 당시 14만의 대군을 이끌고 다시 쳐들어온 왜군을 상대로 거둔 명량대첩의 승리는 전 세계 어느 나라 어느 전쟁에서도 쉽게 찾기 어려운 역사적인 승리라고 할 수 있다. 일옹은 이 해전에서 충무공의 휘하 장수로 참전하였고 이 대단한 일승에서 뛰어난 전공을 세웠다.

그러나 전쟁의 승리는 반드시 싸운 자의 몫은 아니다. 이후 노량해전에서 충무공이 순국하였고, 일옹 역시 세상의 시끄러운 논공행상을 뒤로하고 고향으로 돌아와 조용히 남은 생을 보냈다. 장수로서의 삶을 정리하고 시골에서 낚시하고 시 짓는 노인이 되기를 자처한 것이다.

글자의 수명이 8백 년이라는 말이 있다. 그러나 역사의 도도한 흐름 속에 개인의 글이 오랜 시간을 견디고 남아 있는 것은 흔한 일이 아니다. 1651년 일옹이 돌아가신 후 지금까지 357년의 시간이 흘렀다. 그간 우리나라는 조선 왕조가 세상의 큰 변화 속에 막을 내리고 새로운 국가가 탄생하였고, 그 가운데에 외세의 침략과 국내의 전란을 겪었다. 과거의 인물을 생각하다 보면 역사의 변화와 굴곡을 떠올리지 않을 수 없다.

몇 해 전 일옹의 후손들은 선조의 문집을 번역하여 출판하고자 계획하였다. 일옹의 국가에 대한 충정과 공적은 이미 오랜 시간에 걸쳐 여러 후손과 인사들의 부단한 노력에 의해 알려졌다. 그러나 시간이 너무 오래되고 세상도 크게 변하여 지금에 와서는 일옹에 대한 평가와 연구가 매우 미미하다. 그래서 지금의 사람들이 읽고 감상할 수 있게 하기 위해 번역을 하는 것이 우선이라고 생각한 것이다.

이 문집 안에는 훌륭한 무장이면서 동시에 뛰어난 시인이었던 일옹의 면모가 그대로 실려 있으며, 또 후손에 의해 수집된 왜란 당시의 승첩보가 아직도 생생하게 그때의 사실을 전하고 있다. 전란 속에서 나라를 근심하는 장수의 괴로움과 은둔하는 삶 속에 깃든 상쾌함을 느낄 수 있을 것이며, 포로의 수와 노획한 군량의 수 등과 같은 소소한 물목과 숫자들 속에서 전쟁의 어려움과 승리의 큰 의미를 다시 확인할 수 있을 것이다.

문중과 도서관 고서실에 보관되어 있던 문집이 지난 해 『속문집총간』 11집 안에 영인 수록되었고, 이제 후손들의 노력으로 한 권의 책으로 번역 출판하게 되었으니 향후 일옹에 대한 연구가 더욱 활발해지기를 기대한다.

2008년 4월 명륜동 연구실에서
이영호, 이라나.

서문

우리 조고이신 순암 선생醇菴先生(吳載純)께서 일옹 최공의 파왜첩보破倭捷報의 발문跋文을 쓰신 적이 있었다. 몇 년 후에 공의 후손 인국麟國이 공의 시문 약간 편을 손수 가지고 순천 부사順天府舍에 있는 나를 찾아와서 한마디 써 줄 것을 청하였다. 선생께서 공에 대한 칭송의 말을 이미 훌륭하게 다 하셨는데 내가 어찌 감히 사족을 덧붙이겠는가.

그러나 예로부터 문사로 세상에 이름이 난 자는 대부분 부박하고 유약하다. 그래서 기개와 절조가 있는 사람의 한 마디 말, 한 글자라도 인간 세상에 남아 있는 것은 어느 누구나 아끼고 즐겨 읽으며 보배로이 간직하는 것이다. 사람이 그 문장에 무게를 더하는 것이지, 문장이 그 사람에게 무게를 더하는 것이 아니라는 말은 참으로 맞는 말이다.

공의 시문은 전란 중에 산실되어 지금 남아 있는 것은 그 중 십분의 일도 되지 않는다. 그러나 그 얼마 남지 않은 시와 여전히 가시지 않은 묵향으로도 오히려 후세 사람으로 하여금 감흥을 일으키고 사모하게 만들기에 충분하다. 그러니 이 문집 역시 도움이 되지 않는 것은 아니다.

숭정 후 세 번째 신묘년(1771) 10월 하한에 오치우吳致愚는 쓴다.

我王考醇菴先生, 嘗題逸翁崔公捷倭牒後. 後幾年, 公之後孫麟國袖公詩文略干編, 謁余於順天府舍, 要以一言. 先生之稱道公已盡之, 余何敢贅焉! 雖然自古以文詞名世者, 類多浮薄脆韋, 卽有氣節人其片言隻字之落在人間者, 人莫不愛玩而寶藏之. 信乎人可以重其文, 而文不可以重其人也！顧公之詩文逸於兵燹，今其所存，不能十一焉．然其殘韻剩馥，猶足使後人興感而起慕也．是集亦不爲無助云．

崇禎後三辛卯陽月下澣，吳致愚書．

서문

우리나라에서 시로 이름 난 사람은 이루 다 셀 수 없을 정도로 많지만 대부분 화려하게 수식한 낭만적인 글들이다. 성정의 올바름에서 나오고 충의의 감동에서 표현된 것은 거의 없을 것이다. 하물며 어려운 운자에나 신경 쓰는 그런 유의 시는 말할 것도 없다.

이충무공의 『충무공전서』에는 난리 중에 지은 시가 실려 있는데 사기辭氣가 격렬하고 음조가 비장하여, 장중승張中丞의 「수양위睢陽圍」 중 '문을 여니 병영의 달이 가까운데, 괴로운 전쟁터 진중엔 구름이 짙네' 라는 구절과 어깨를 견줄 만하니, 매양 읽다 보면 사람으로 하여금 나라를 위해 적을 공격하고 죽을 각오로 전쟁에 임하는 충성심을 갖게 한다.

일옹 최공은 충무공 막하의 군사였다. 임진년 왜란 때에 비분강개하여 학문을 그만두었고, 흥양 현감으로 정유년 재란 때에 일곱 차례의 승첩을 올려서 훌륭한 전공을 여러 차례 세웠다. 그러나 병마절도사가 공이 충무공의 명령만을 따르는 것을 미워하여 무함하여 체직되었다. 공은 즉시 충무공의 진중으로 달려갔다. 충무공은 공을 중시하였고 공도 사력을 다 바쳐 드디어 국가 중흥의 업적을 도와 완성하였다. 충무공이 전사한 후 공은 마침내 고향으로 돌아와 문을 닫아걸고 강호에 묻혀 지내며 자취를 감추고 조용히 은둔하였다. 일등공신으로 기린각麒麟閣에 초상이 걸리고 운대雲臺에 이름을 남겼지만 입으로는 지난날의 전공을 자랑하지 않았고 마음에는 영화로운 지위에 오르려는 생각이 싹트지 않았다. 어부와 촌로와 서로 자리를 다투며 바람이 불거나 꽃이 피거나 눈이 내리거나 달이 뜨거나 바라보는 풍경마다 시를 읊었다. 나운懶雲 임련林堜, 송호松湖 백진남白振南 등 여러 공들과 함께 노래와 시를 주고받으며 쓸쓸히 자연과 벗하는 가난한 선비처럼 지냈다.

아, 공의 재주와 공훈으로 명예를 좇았다면 앞길에 있을 부귀가 다른 사람에게 뒤지지 않을 터인데 자신의 자취를 감춘 채 생을 마감하려 한 것은 어째서인가. 아, 공명에 처하는 것은 조물주도 꺼려하는 바이고, 모든 이가 추구하는 명리名利를 얻게 되면 많은 사람들이 질투를 하게 되는 법이다. 충무공은 투구를 벗고 탄환을 맞았고, 망우忘憂 곽공郭公(郭再祐)은 산에 들어가 벽곡辟穀하였으니, 공이 비록 형색에 드러내지는 않았지만 그 은미한 뜻은 잘 알 수 있다. 다만 공의 시는 뜻이 닿으면 곧장 글로 쓴 것이어서 비록 법규에 딱 맞지는 않지만 의취가 깨끗하고 격조가 한가하여 방황하는 비애와 우수의 모습이 전혀 없다. 그러나 임금을 사랑하고 나라를 걱정하는 뜻은 왕왕 말 밖에 넘쳐흐르니, 공의 시를 읽고 있노라면 한 번 읊조리고 세 번 감탄하게 된다.

아흔의 나이에 『중용』 한 편을 읽고 위무공이 경계한 뜻[1]을 품었으니 참으로 정자께서 이른바 '늙어서도 학문을 좋아하는 사람은 더욱 사랑할 만하다'는 경우이다. 아, 만약 공이 태평한 시대를 만나 유학에 종사하였더라면 조예를 가늠할 수 없었을 것이다. 그러니 지난날 일등의 공훈은 진실로 태산의 정상에 속하는 것이 아니다. 참으로 존경할 만하고도 또 개탄할 만하다. 공의 여러 후손이 공의 유고를 수습하여 오언시, 칠언시 몇 수와 잡저 수편을 얻어 거기에 비문과 행장 등 공의 사적을

---

1) 위 무공衛武公이 자신을 경계한 「억抑」(『시경』) 시詩에서 '군자를 벗으로 사귈 때의 너의 태도를 보니 얼굴을 부드럽게 하여 무슨 잘못이 없을까 염려하더라만, 너의 집에 혼자 있을 때도 옥루屋漏에 부끄럽지 않게 해야 한다' 하였다. 무공이 경계하고 삼가는 것이 이러했기 때문에 90세가 넘도록 장수하였다.

10

서술한 글을 덧붙여 출판하려 하는데 내가 향리의 후생으로 외람되이 교정을 부탁받은데다 또 이 일에 관해 한마디 써 줄 것을 요청받았다. 참으로 내가 맡을 수 있는 일이 아니지만 그렇다고 끝까지 사양할 수 없어 결국 대략 순서를 정해 편집하고 이어 책머리에 몇 자 적어 기록한다.

　숭정 후 네 번째 병오년(1846) 청화절 하한에 상질尙質 장헌주張憲周는 삼가 쓴다.

我東之以詩集名家者, 指不勝摟, 而類多騷人韻士藻繪漫浪之辭耳. 其出於性情之正, 發乎忠義之感者, 蓋無幾矣. 矧乎軼韒競病者流哉! 惟忠武李公有全書, 其亂中所作歌詩, 辭氣激烈, 音調悲壯, 直與張中丞睢陽圍中, 門開營月近, 戰苦陣雲深之句, 相上下, 每讀之, 令人有敵愾死綏之志. 逸翁崔公, 忠武公幕下士也. 壬辰島夷之變, 慷慨投筆, 以興陽縣監, 當丁酉再猘, 七度獻捷, 屢立奇功. 兵使惡公專受忠武節制, 構誣遞職. 公卽赴忠武陣中, 忠武得公爲重, 而公亦效其死力, 遂助成國家中興之績. 元師旣歿, 公乃歸鄕, 杜門江湖, 斂跡自靖. 以一等功臣, 繪麟閣銘雲臺, 而口不言前功, 心不萌榮進, 漁翁野老, 相與爭席, 風花雪月, 遇境吟哦. 與林懶雲白松湖諸公, 遞筒唱酬, 蕭然若畸人寒士. 噫, 以公材器勳業, 追逐名途, 則前頭富貴, 未必多讓於別人, 而泯其跡以終身, 抑何歟? 噫, 功名之際, 造物所忌, 而衆趨之道, 人多媢嫉. 忠武旣免冑受丸, 忘憂郭公辟穀入山, 公雖不露於形色, 而微意固可知矣. 第其詩律, 意到卽書, 雖不用作者繩墨, 而意趣蕭散, 格力閒暇, 絶無悲愁落拓之態, 而愛君憂國之意, 往往溢發於言外, 讀之可以一倡而三嘆矣. 逮夫九臺之年, 讀中庸一篇, 有衛武公抑戒之意, 儘程夫子所謂老而好學, 尤可愛者也. 噫, 若使公遭遇昇平之世, 從事於儒門, 則其造詣未可量, 而向來一等之勳, 眞不屬太山頂上矣, 固可敬而亦可慨也. 公之諸孫, 收拾遺藁, 得五七言略千首, 雜著數編, 附以碑狀敍述文字, 將付剞劂, 而以余爲鄉里後生, 猥托以讎校, 且要一言敍其事. 余固不敢當, 而亦不敢終辭, 遂略爲之纂次, 而因識數語於卷端云.

崇禎後四丙午清和下澣, 尙質張憲周謹識.

차례

일옹문집 권1
_시

오언절구

_ 잡저

일옹문집 권2

_ 부록

일옹문집 보유

일용문집 권1

조정에서 물러나와

_ 문관 8, 9명이 의정부에 모였는데 김 정승이 세 '지之' 자로 운을 불렀다.
공이 운을 부르는 대로 시를 짓자 좌우 사람들이 붓을 놓았다.

문장은 한퇴지

필법은 왕희지

이 세상 돌아갈 때

풍류는 두목지

│ 退朝時韻 │ 八九文官, 會于政府, 金相以三之字呼韻, 公應聲對, 左右閣筆.

文章韓退之, 筆法王羲之. 宇宙歸來際, 風流杜牧之.

위원에서, 순상의 시에 차운하여

오랑캐와 중화가 나뉘는 땅
남쪽 나그네 첫추위 겁이 나누나
어머님 계신 곳 돌아갈 길 아득타
효도할 날 그 언제일는지

| 渭原次巡相韻 |

地分夷夏界, 南客㤼初寒. 北堂歸路遠, 何日彩衣斑.

가을 산 단풍놀이 가서

_ 12명의 문관들과 함께 유람을 가서 시를 지었는데 공이 제일 먼저 완성하였다.
그러자 그 자리에 있던 사람들이 모두 붓을 놓았다.

돌길을 걷노라니

지팡이 소리 피곤타마는

먼 하늘 바라보니

눈앞이 시원하네

가을 산아

어느 임과 이별하였기에

단풍 숲에

피눈물을 뿌렸는가

| 九秋遊山 | 與十二文官同遊呼韻, 公先成, 一坐閣筆.

步石筇聲瘦, 憑虛眼力崇. 秋山誰與別, 血淚灑林楓.

4

국의가 진맥을 보니

_ 정유왜란 당시 전장에 임하여

명의가 이 내 몸 진맥을 보니

충성의 분한 마음 오장을 울려

적장의 피 한 사발 들이킨다면

막혔던 위국충정 능히 통할 터

| 國醫診脈感吟 | 丁酉倭變臨戰時.

名醫占身脈, 忠憤五臟鳴. 若飮單于血, 能通爲國誠.

5

무술년¹⁾ 승첩보를 올린 후 고향에 돌아와

난리 통에 세상사 모두 변하여
돌아와 이름 석 자 묻고 살고파
산천은 옛날과 변함 없는데
물가의 갈매기 반기어 주네

| 戊戌奏捷後歸故園 |

亂中人事變, 歸臥欲藏名. 依然舊時物, 磯上白鷗迎.

---

1) 1598년. 이해 노량대전에서 충무공이 전사하였다. 일옹은 당시 무함을 받아 파직된데다가 충무공마
저 전장에서 순국하자 세상사에 뜻을 접고 고향에 돌아와 은둔해 살 것을 결심하였다.

6

난리를 겪은 후에

_ 병자호란 후에

달리는 말 위에 긴 칼 울리며 싸웠던 시절
은혜 깊어 제일 공신 되었었지
동쪽에 무릎 꿇고 이제 서쪽에 무릎 꿇으니
누가 이 노인을 일으키려나

| 亂後吟 | 丙子胡亂後.

汗馬鳴長劍, 恩深第一功. 東膝今西跪, 何人起此翁.

비은정

_ 공이 대박산 아래 삼주 가에 정자를 짓고 '비은'이라고 편액을 걸었다.

솔개 날고

물고기 수면 위로 뛰고

하늘과 땅

모두 자연의 이치

내 가는 길은

크고도 오묘하니

비은費隱

누가 그 의미를 알까

| 費隱亭 | 公築於大朴山下三洲之上, 扁以費隱.

鳶飛魚躍水, 上下皆天理. 吾道費而隱, 何人得其旨.

나의 뜻은

_ 4수

8-1

하늘을 떠받칠 손이라 여겼건만
이제 낚싯대 하나 손에 들었네
돌아보니 이 세상 좁기만 한데
강가에서 늙는 것이 또 어떠하리

| 言志 | 四首.

自擬擎天手, 今携一釣竿. 回看浮世狹, 何似老江干.

8-2

벼슬살이 물러난 방랑자
붉은 마음 날로 새로워
평생의 품은 뜻 있으니
생각 않네 가난쯤이야

退老江湖客, 丹心日日新. 平生志有在, 不及念家貧.

8-3

내 비록 강호의 늙은이라지만
나아가나 물러가나 나라 걱정
용천검이 옛 갑 속에서 우니[1]
마침 삼주에서 노장이 일어난다

我雖江湖老, 進憂退亦憂. 龍泉鳴古匣, 會有起三洲.

---

1) 진晉나라 장화張華가 천문을 살핀 뒤 뇌환雷煥에게 말하기를, "두성斗星과 우성牛星 사이에 이상한
   기운이 있으니 이것은 필시 보검寶劍의 정기가 하늘에 비친 것일 것이다. 그곳은 예장豫章 땅의 풍
   성군豊城郡이다" 하고는 그를 풍성 현령에 임명했는데, 뇌환이 풍성에 이르러 감옥의 밑바닥을 파서
   보검 두 자루를 얻으니 이것이 곧 용천검龍泉劍과 태아검太阿劍이었다. 여기서는 일옹 자신의 검을
   이른다.

8-4

소나무 대나무 울타리 삼으니
이 늙은이 남다른 정취가 있네
달님 떠오르니 흩어지는 은빛
바람 불어오니 부서지는 옥성

松竹作籬落, 此翁別有情. 月上篩金影, 風來碎玉聲.

한가로이

느지막이 걸어 삼주에 이르니
물은 맑고 물고기 저도 즐거워
돌아갈 길 잊은 채 석양이 지는데
바람결에 어부의 피리소리 들리네

| 閒居 |

晩步到三洲, 水淸魚自樂. 忘歸近夕陽, 風送漁人笛.

오랑캐 난리에 남한성 바라보며

목을 빼고 우두커니 남한성 생각
가슴 열고 북풍 향해 서 있노라니
새로 지은 정자에 천고의 한을
이 늙은 사람에게 모두 맡기오

| 胡變望南漢吟 |

鵠立思南漢, 開襟向北風. 新亭千古恨, 都付此哀翁.

늙음을 탄함

_ 2수

11-1

삼십에 동쪽 왜구 평정했는데
다 늙어 북쪽 호로 어이하리오
낡은 검 손에 들고 어루만지니
나라 위해 흘린 눈물 강이 되었네

| 歎老 | 二首.

三十東倭定, 老衰北狄何. 手摩一古劍, 爲國淚成河.

11-2

세상사 분한 마음 병이 되어
광인인 듯 천치인 듯
늙어져 무기도 쓸 수 없는 몸
밤낮이고 천시만 점쳐 본다네

憤世仍成疾, 如狂又如癡. 老將無用武, 日夜占天時.

전장에 아들 결을 보내며

병들고 쇠약한 서호 늙은이
위국충정 헛되이 가슴에 품네
임금님 용안을 뵐 수 있다면
북으로 날아가는 새라도 되리

| 送子結扈從南漢吟 |

衰病西湖老, 空懷衛國心. 天顏如可見, 欲作北飛禽.

자식들에게 재산을 나눠주며

밭이며 논이며 집칸 같은 것일랑
아홉 아들 두 딸에게 물려주고
바람이며 달이며 강호의 풍광일랑
주지 말고 나 홀로 독차지하리

| 九男二女分財吟 |

田土家庄物, 九男二女傳. 風月江湖景, 不分我獨全.

14

시절을 느끼며

백발이 이 같으니
살날이 몇 해나 될런고
가난에 난리에
바람에 흩어지는 연기 같은 마음

| 感吟 |

白髮今如此, 餘生問幾年. 家貧兼國亂, 神氣若風烟.

15

요동백[1]을 애도하며

_ 김응하 장군

서울에서 한 번 만난 적이 있는데

그는 모습이 남달랐다오

어찌 알았으랴 한 번의 싸움에 죽고 말 것을

만고의 진정 충신이러고

| 哀遼東伯 | 金將軍應河.

洛上曾相見, 形容特出人. 寧知一戰死, 萬古獨忠臣.

---

1) 요동백遼東伯은 광해군 때 명나라가 건주위建州衛를 칠 때 원병援兵으로 갔던 김응하金應河를 가리
   킨다. 신유년(1621) 그가 전사하자, 명 신종明神宗은 그에게 요동백을 추봉했다.

16

정자 위에서 순찰사를 마주하고 술을 따르며

숲 끊겨 강 가까우니 애련코
산 높아 달 더디 뜨니 슬프다
세상만사 취하는 게 제일
그대 위해 술잔을 기울인다

| 亭上對巡相酌酒 |

林缺憐江近, 峯高恨月遲. 萬事不如醉, 爲君傾小卮.

가을날 강동을 생각하며

계응이 살았던 시절[1)]
천년이 지난 지금
그 누가 또 알까
이 가을이면
순채국 농어회
더욱 그리워
외로운 배 띄워
고향으로 돌아갈 줄

| 九秋思江東 |

季鷹千載後, 何者又知秋. 蓴鱸應更好, 將欲泛孤舟.

1) 계응季鷹은 진晉나라 장한張翰의 자字. 동조연東曹掾이라는 관직에 있다가 어느 날 가을바람이 부는
   것을 보고 고향의 순채국과 농어회가 그리워진다고 하면서 사직하고 떠나갔다고 한다.(『진서晉書』
   권92)

한껏 취해

배를 타도 노 젓지 않고
말을 타도 채찍질 시들
한가로운 기분에 갈 길도 잊고
저절로 술자리로 가까이

| 醉吟 |

乘舟不施櫓, 騎馬倦垂鞭. 閒興忘前路, 自然近酒筵.

「백 송호에게 주는 시」에 차운하여

_ 백진남

늙은이 다병한 지 오래되어
문 밖엔 인적이 끊겼으니
먼 곳의 나그네 시 새롭고
뜻 깊더라 말하지 말게

원시

희끗한 머리에 형과 아우가
강과 바다에 모두 쓸쓸히 지내는데
한 조각 꿈에서나 괜스레 왔다갔다
구름 낀 산이 만 겹 가로막고 있으니

| 次贈白松湖 | 振南.

老仙多病久, 門外斷人蹤. 不道江南客, 新詩意萬重

：附元韻

白頭兄與弟, 江海共孤蹤. 片夢空來往, 雲山隔萬重.

우연히

마을 멀어 인적 드물고

강물 맑아 달 가까워

주렴을 걷으니

속객은 아니 보이고

그저 흰 갈매기만

| 偶吟 |

村遠人稀跡, 江淸月近臺. 開簾無俗客, 但見白鷗來.

임 승지의 시에 차운하여

_ 이름은 연湅, 호는 나운懶雲, 낭사浪士라고도 칭함

남호에 고기 잡는 늙은이

세상이 싫어 친한 이 없지만

화강에 숨어사는 낭사

그가 바로 내 맘 아는 이

| 次林承旨韻 | 名湅, 號懶雲, 又稱浪士.

南湖漁釣老, 厭世無相親. 花江有浪士, 乃是知心人.

화강 주인을 방문하고

_ 화강은 승지 임연의 별장

화강 사는 도사 한 분 찾아뵈었는데
자하배에 가득 술을 따라 주시네[1]
융숭한 대접 분수에 넘쳐 부끄럽고[2]
시에 대한 과찬 못난 재주 부끄럽고

| 訪花江主人 | 花江, 林承旨別業.

花江訪道士, 滿酌紫霞盃. 下榻慙非分, 論詩愧不才.

1) 자하배紫霞盃는 옛날 항만도項曼都라는 사람이 선인仙人에게 한번 얻어 마시고는 몇 개월 동안 배가 고프지 않았다고 하는 술 이름으로 맛좋은 미주美酒를 뜻하는데, 보통 유하주流霞酒로 많이 쓴다.(『포박자抱朴子』「혹혹惑」)
2) 동한東漢의 진번陳蕃이 예장 태수豫章太守가 되었을 때, 서치徐穉가 찾아오면 특별히 걸어 두었던 의자를 내려 접대하였다가 서치가 돌아가면 그 의자를 다시 걸어 놓았다. 후세에 특별히 손님을 대우하는 것을 하탑下榻이라고 하였다.(『후한서後漢書』「서치전徐穉傳」)

세시에 김 승지가 생선과 쌀을 보내준 것이 고마워

말라 비틀린 창자 시래기에 고생하더니
어젯밤 어부 집에 떨어지는 꿈을 꾸었네
어디에서 생선과 쌀을 보내주셨나
늙은이에게 더 은혜를 베푸시네 그려

| 歲時金承旨送魚米感吟 |

枯腸困黎藿, 夜夢落漁家. 何處送漁米, 恩推老老加.

임 백호^제를 만나지 못해

애써 높은 정자에 올랐건만
아무도 술을 차고 오지 않네
가련타 호수에 떠오른 달만이
옛 놀던 누대를 환히 비추네

│ 林白湖_{名悌}失會期有吟 │

强欲登高榭, 無人佩酒來. 惟憐湖海月, 光照舊遊臺.

달밤에 피리소리 들으며

동산에 달 떠오르는데
호숫가 정자엔 밤 이미 깊어
놀러 나온 신선 멀리 있지 않은지
바람 따라 피리소리 들려 오는데

| 月夜聞玉簫 |

東嶺月初出, 湖亭夜已深. 遊仙知不遠, 風便玉簫音.

26

맑은 가을날 김 처사를 찾아서

저물녘 호숫가 마을을 찾는데
가는 길에 맑은 강굽이를 만났네
나무하는 아이가 그댈 알고
대숲 언덕 초가집이라 일러 주네

| 清秋訪金處士 |

晩尋湖上村, 路出淸江曲. 樵童能說君, 竹岸茅爲屋.

임 승지에게 드림
_ 이때 남원 수령으로 있었다.

용성 수령에게 편지를 부칩니다
서로 이별한 지 벌써 한 해가 지났군요
식영정 위로 떠오르는 달님은
밤마다 누굴 위해 그리도 어여쁜가요

| 寄贈林承旨 | 時爲南原倅.

寄語龍城守, 相離已經年. 息營亭上月, 夜夜爲誰妍.

28

식영정에 짓다

_ 승지 임연의 정자 이름

봉래산 제일봉이

날아와 푸른 호수에 잠겼다오

세상 밖 고요한 경치일랑

응당 이 노인의 것이라오

| 題息營亭 | 林承旨亭號.

蓬萊第一峯, 飛落碧湖中. 物外烟霞秘, 應令屬此翁.

창랑정에 쓰다
_ 임탁의 정자 이름

세상을 피해 창주에 누웠는데
응암은 바다 어귀에 숨었네
인仁과 지智 사이에 한가로이 노닐며
도를 즐긴 것이 참으로 오래지

| 題滄浪亭 | 林侘亭名.

遯世臥滄洲, 鷹巖藏海口. 優遊仁智間, 樂道誠悠久.

저물녘 비 내리는 삼주에서 떠나가는 임 승지의 배를 바라보며

비은정 주인 늙은이
한가로이 읊조리며 멀리 포구를 바라보네
낭사를 실은 배 쓸쓸히
저물녘 비 내리는 금강으로 떠나는데

| 三洲暮雨望林承旨歸帆 |

費隱亭仙老, 閒吟望遠浦. 蕭蕭浪士帆, 暮入錦江雨.

31

임 승지께 드림

화강 노인 보고파서

밤도록 사립문 닫지 않는데

밝은 달 가을 밤에

시만 남기고 돌아오지 않네

| 贈林承旨 |

欲見花江老, 柴扉夜不關. 明月中秋半, 留詩去不還.

농가의 생활고

밤에 새끼 꼬고
낮에 이엉 엮는 뜻은
장마가 지기 전
지붕을 손보고자
삶은
한 자루 외로운 낚싯대
일은
백송이 가득한 꽃 밭

| 田家契活 |

宵索晝茅意, 綢繆陰雨前. 生涯一竿竹, 事業百花田.

33

창랑정에서, 주인께 드림

마주잡은 손 돌아갈 길 잊고
낚시터 달 그림자 더디 가네
시냇가에 찬 술 데우는데
동자는 솔가지 꺾어 오네

| 滄浪亭贈主人 |

握手忘歸興, 釣臺月影遲. 溪頭煮寒酒, 童子折松枝.

34

활쏘기를 배우는 뜻, 임 승지께 드림

육예 중에 활쏘기를 먼저 하는 뜻은
군자의 행실과 닮은 점이 있어서지오
과녁을 벗어나면 그 잘못 자신에게 찾는 것
바로 이치를 찾는 선비이지오

| 學射意贈林承旨 |

六才先躾意, 有似乎君子. 失鵠反求身, 今爲窮理士.

35

민 상사께 드림

눈 속에 나귀 탄 시인[1]
앞마을 지난다 하기에
만나 이야기 나누고파
오래 닫혔던 문을 열어 둔다

| 贈閔上舍 |

雪中騎驢客, 人道過前村. 我欲相逢話, 手開久捭門.

---

1) 당唐나라 맹호연孟浩然이 경사京師에 가던 도중에 눈을 만나 지은 시구를 두고 송宋나라 소식蘇軾
   이, "또 보지 못하는가 눈 오는 날 당나귀 탄 맹호연의 그 모습을, 시 읊느라 찌푸린 눈썹 산처럼 옹
   그린 그의 어깨(又不見雪中騎驢孟浩然, 皺眉吟詩肩聳山)"라고 읊은 유명한 시구가 전한다.(『소동파시
   집蘇東坡詩集』권12 「증사진하충수재贈寫眞何充秀才」) 이 시에서는 상사를 맹호연에 비유한 것이다.

일가 동생 정 한림에게

외로운 등불 아래 긴 밤의 대화
반가운 눈빛에 쌓인 정을 나누네[1]
조정의 벗님들 손꼽아 세어 보니[2]
형과 아우 이렇게만 남았네 그려

| 贈戚弟鄭翰林 |

孤燈長夜話, 靑眼百年情. 屈指鵷班友, 只存弟與兄.

1) 청안靑眼은 반가울 때 보이는 눈빛. 진晉나라 완적阮籍이 달갑지 않은 사람을 볼 때는 백안白眼을
   치뜨고, 반가운 사람을 만나면 청안靑眼을 보였다는 고사에서 유래한 것이다.(『진서晉書』 「완적전阮
   籍傳」)
2) 완반鵷班은 조회할 때 열 지은 조관의 반열로 완반宛班 또는 노반鷺班이라 칭하기도 함.

능성 유 현감, 광주 이 목사, 순천 박 부사 세 분이 찾아오시니

세 벗이 동쪽에서 찾아오니
나누는 정 마음이 딱 맞네
술을 데우고 고기를 회치고
날 저무는 하늘에 돌아갈 길 잊네

| 謝柳綾城李光州朴順天三倅來訪 |

三友東方來, 論情兩相得. 煮酒鱠江魚, 忘歸日西夕.

38

임 승지가 밤에 앞강을 건넌다는 말을 듣고

신선이 일엽주를 타고
지난 밤 삼주를 건넜다니
오는 길 내게 들르시겠지
술 사고 강가 누대 비질하네

仙人一葉舟, 前夜過三洲. 來時應見我, 沽酒掃江樓.

39

석양에 피리소리 들리는데

술에 취한 늙은이 잠에서 막 깨 보니
안개 젖은 물가에 지는 해는 더디고
꽃밭 너머 사람은 보이지 않는데
저물녘 피리소리 소 치는 아이인가

| 夕陽聞笛 |

醉翁睡初罷, 烟渚夕陽遲. 隔花人不見, 晚笛牧牛兒.

오 한림이 찾아와서

십 년 만인가 지금에야 돌아온
그대를 만난 것이 너무 기뻐
술기운에 옛 노래를 부르는데
예전 소년의 얼굴은 아니라오

| 吳翰林來訪 |

幸見鵠班友, 十年今始還. 醉來歌古曲, 非復少年顔.

_41_

복받치는 마음
_ 2수

41-1

위수에서 낚시하던 팔십 강태공은
주 문왕이 수레 태워 모셔 갔다던데
아, 내 이름 비록 제갈량과 같지만
삼고초려 어이 바랄 수 있으리오

| 感吟 | 二首.

八十渭陽老, 周文載獵車. 嗟我名雖亮, 敢希三顧廬.

41-2

흉년에 국란까지
시사를 어찌하리
팔십이 넘었지만
마음은 전장터로

歲荒兼國亂, 時事奈如何. 年雖過八十, 常欲枕干戈.

42

아흔 유감

_ 2수

42-1

머리는 벗겨져 관은 자꾸 미끄러지고
치아는 성겨져 말은 전혀 분명치 않네
몸은 늙고 쇠했어도 마음 더욱 장하건만
옛날 휘두르던 칼은 상자 속에 울음 운다

| 九十有感 | 二首.

頭禿冠頻倒, 齒疎語不明. 老衰心益壯, 舊劍匣中鳴.

42-2

서호에 한 늙은이 사는데
세 왕조에 벼슬한 영광을 누렸네
궁술을 배워 세상에 이름을 떨치고
시를 잘 지어 더욱 명성을 얻었네

一老西湖在, 三朝出入榮. 學射曾鳴世, 能詩重得名.

43

예조에서 생선과 술을 보낸 것에 감격하여

아흔에 새해를 맞으니
예조에서 술과 고기를 보냈네
취하는 것으로도 나라 은혜 더 없으니
즐겁지 않고 다시 어떠하리오

| 禮曹關送魚酒感吟 |

九十逢新歲, 禮曹送酒魚. 醉來國恩足, 不樂復何如.

44

아흔에 부모님께 성묘 가서

묘소 곁의 오랜 백양나무
이제 자손 많음을 알리
불귀객이 되지 말아서
내년에도 다시 인사드리리

　– 상하 구의 운이 달라서 혹 잘못된 듯하나 다른 편에 간간이 이런 경우가 있
다.

| 九十省父母墓有感 |

先墓白楊老, 今知多子孫. 明年當更拜, 莫作未歸人.

　上下句異韻恐誤, 而餘篇間嘗有之.

느지막이 『중용』을 읽다

내 나이 아흔이 다 되서
이제야 알겠네 참된 도의 근원을
훌륭한 인생 이 같아야 하니
묻노니 요순은 어떤 분이시던가

| 晚讀中庸 |

行年八九十, 始覺道源眞. 有爲亦若是, 堯舜問何人.

아흔 살 나의 뜻은

청춘엔 가까이 임금을 모시어
임의 향기에 이끌렸고
흰머리 늙어선 강호에 누워서
임을 밤마다 꿈에 뵙고

| 九十言志 |

青春近侍日, 身惹御爐香. 白頭湖海臥, 夜夜夢君王.

47

백형 좌랑공의 「벼슬을 물러나」에 삼가 차운하여

삼대 왕조 백발 노인
돌아와 금강 어귀에 누웠네
난세가 올 줄 안 지 오래 전
지금에 이르렀네 아흔 해

원시

청운의 꿈은 손에 쥐기 어렵고
성성한 백발 머리 세기 쉽네
침상 위의 황금이 다했으니[1]
돌아가세 금강에 가을이 드네

| 謹次伯兄佐郎公休退韻 |

三朝白髮老, 歸臥錦江頭. 亂世知機久, 于今九十秋.

附元韻

靑雲難入手, 白髮易生頭. 床上黃金盡, 歸歟錦水秋.

---

1) 주변의 재물을 다 소진하고 빈곤한 삶에 빠진 것을 이른다. 장적張籍의 「행로난行路難」 시에, "그대
는 보지 못하였는가 침상 머리 황금이 다하니, 장사의 안색이 사라진 것을(君不見牀頭黃金盡, 壯士無
顔色)" 하는 구절이 있다.

48

수족이 저려와서

나이 많아 늙고 쇠고
취한 듯 자는 듯
읊조리며 앉아만 있으니
그림 속 신선이라고들 하네

| 手足不仁吟 |

年多衰老極, 如醉又如眠. 坐吟不知步, 人道畫中仙.

아흔둘 유감

_ 2수

49-1

강호의 백발 늙은이

어느덧 장한 뜻 사라지고

가련타 외로운 꿈속에서나

밤마다 옛 조정을 향해 가네

| 九十二有感 | 二首.

江湖白髮老, 頓覺壯志鎖. 惟憐孤枕夢, 夜夜入先朝.

49-2

갓이며 혁대며
앞이거나 뒤거나
웃옷이며 바지며
길거나 짧거나
가슴속 지킨 뜻은
늙어도 더욱 굳건

冠帶忘前後, 衣裳任短長. 胸中有所守, 雖老志尤剛.

귀향

그리운 고향 눈앞에 아른거려
꿈속의 혼이 먼저 짐을 꾸린다
남산은 걸어도 걸어도 멀기만 한데
차마 나룻배를 부르지 못하고

| 歸鄕 |

故園長在目, 治任夢魂先. 南山步步遠, 不忍喚津船.

51

옛일을 생각해 보면

백이伯夷는 북해에 살았고
여상呂尙은 동위에 숨었었지
서호에 은거한 노인이 있으니
처지를 바꾸면 다 그렇게 할 터

| 思古 |

伯夷居北海, 呂尙隱東渭. 西湖有逸翁, 易地皆然矣.

그림을 읊다

해는 지고 푸른 강은 아득한데
바람 이니 버들가지 물결치네
주인은 오지 않고 빈 배만
술에 취해 어부 집에 누웠겠지

| 詠畫 |

日暮蒼江遠, 風生楊柳波. 空船人不到, 應醉臥漁家.

53

우울

양식이 떨어지니
아내는 가뜩 성이 났건만
시 많이 지으니
앓던 병 씻은 듯 나은 듯
공부해라 타일러도
아이들은 싫어하고
세월 가니 옛 친구들
하나 둘 …

| 幽思 |

糧絕妻含怒, 詩多病欲蘇. 勸學兒孫厭, 年深故舊疎.

54

나운과 이별하며

제세안민의 방책을
어찌하여 못가에서 읊는단 말가[1]
이 아침 한 움큼의 눈물
이별의 마음 때문은 아니리

| 贈別懶雲 |

濟世安民策, 如何楚澤吟. 今朝一掬淚, 不必爲離心.

1) 전국시대 초楚의 문호文豪이자 충신인 굴원屈原이 간신의 참소로 쫓겨나 곤궁한 처지에 놓였는데,
「어부사漁父辭」에 "못가에서 거닐며 읊조리네(行吟澤畔)" 하였음.(『사기史記』「굴원전屈原傳」)

삼주로 이사 와서

세상이 싫은데다 병마저 걸렸는데
이사를 오고 나니 마음이 흡족하네
앞강이 환해宦海보다 훨 나으니[1]
바람도 달도 이곳에선 다투지 않는다오

| 移居三洲 |

厭世仍成疾, 移居愜素情. 前江勝宦海, 風月亦無爭.

---

1) 관계官界를 바다에 비유하여 환해宦海라고 부르는데, 그것은 풍파가 많다는 뜻이다.

나랏일을 탄함

나랏일 어느 때나 안정될런고
해마다 오랑캐 일으키는 먼지
공신은 피난하자 아뢰고
장수는 화친하자 청하고

| 歎國事 |

國事何時定, 年年報虜塵. 勳臣奏避亂, 元帥請和親.

57

비 갠 후 정자에서

내린 비에 강 너머 풍광은 씻은 듯
그 아름다움 더욱 더한데
늙은이의 읊조리는 시 가락 끝나기 전
어부의 노래에 화답하는 목동의 피리소리

| 高亭雨後 |

雨洗江郊外, 風光一倍多. 騷翁吟未了, 牧笛和漁歌.

58

비 갠 후

동쪽 들녘
소 등에서 부는 피리소리
남쪽 나루터
낚시 드리운 늙은이의 도롱이
시를 지어 보나
다할 수 없어
읊는 것 그만두고
다시 노래로

| 江湖霽景 |

東郊牛背笛, 南浦釣翁簑. 入詩詩未盡, 吟罷更成歌.

석양의 피리소리

가을 비 갠 강가에
서쪽 하늘 해는 저무는데
멀리서 들리는 피리소리는
저 언덕 너머 소치는 아이런가

| 夕陽聞笛 |

江郊秋雨霽, 殘日下西遲. 遙知笛迻處, 隔岸牧牛兒.

뱃노래에 잠을 깨어

봄날 작은 정자에 한참을 자다
돛 올리는 사공의 노래 잠을 깨니
섬돌 사이 꽃들은 다투어 피어
내 맘을 아는지 모르는지

| 聽欸乃 |

小亭春睡足, 驚起上帆聲. 幽砌花爭笑, 無情似有情.

늦은 봄

빈 뜰엔 신록이 가득한데
먼 모래톱 물안개 가벼워라
한가로이 이따금 졸음 겨운데
강 너머론 어부의 피리소리

| 暮春有感 |

庭空新綠滿, 沙遠渚烟輕. 開來時一睡, 漁笛隔江聲.

62

강가 풍경

쓸쓸히 찬 집에 날이 저무니
겹겹 봉우리 한 폭의 그림인가
앞강 풍경이 좋기도 좋을시고
노 젓는 어부 한 어깨가 높고야

| 江興 |

寥落寒齋暮, 千峯似畫圖. 前江風日好, 漁父一肩高.

매화 심기

대박산에 작은 집 마련하니
번거롭고 요란한 것 싫어서네
봄이 오는 소리 알고 싶어
늙은 매화 한 그루 옮겨 심네

| 種梅 |

朴山營小屋, 成趣厭煩華. 欲知春早晩, 移種老梅花.

석루에 올라 마을 불빛 바라보며

변방의 전투는 어느 때나 끝나려나
관군의 개선가 더디기만 한데
외딴 마을에 깊은 밤도록 불빛 밝으니
여윈 아낙이 지아비 군의를 다듬이질하네

| 石樓望村火 |

邊事何時定, 官軍獻凱遲. 孤村明夜火, 瘦婦擣征衣.

65

삶

_2수

65-1

나가고 싶어도 탈 말이 없고
밭 갈고 싶어도 소를 못 얻고
인생이란 참으로 우스운 것
삼주에서 낚시나 하는 게 제일

| 行藏 | 二首.

欲出無乘馬, 耕田不得牛. 生涯眞可笑, 良策釣三洲.

65-2

가을 강엔 낚싯줄 드리우고
봄 들녘엔 쟁기를 손에 잡고
제멋대로 노래야 세상은 몰라도
처음부터 끝까지 참모습 지키리

秋江垂渭絲, 春野秉莘耒. 狂歌世不知, 終始守眞態.

보내주신 생선 고맙습니다

서해 일미 생선을 보내주시니
강동 농어 그보다 휠 좋습니다
노병엔 약도 없다는데
한 입 맛보곤 기운을 차립니다

| 謝送魚 |

一封西海味, 切勝江東鱸. 老病無當藥, 嘗來氣欲蘇.

피병한 곳에서 부모님의 기일을 만나다

여든에
부모님 기일을 만나니
집 떠나온 슬픔
더욱 더하다
기일은
내년이면 또 돌아오겠지만
한 움큼 흐르는
눈물
눈물
산까마귀
네가 부럽다

| 避寓逢親忌 |

八十逢親忌, 離家恨轉多. 明年雖再過, 掬淚羨林鴉.

무등산에서 비를 만나다

_ 증심사에서

비 때문에 무등산에 발이 묶였으니
오르고 구경하는 즐거움 어이하리
산신령이 그럴 마음이 있다면
전날의 안개를 깨끗이 씻어 주리

| 無等山逢雨 | 證心寺.

滯雨無等山, 登臨可奈何. 山靈如有意, 洗滌舊烟霞.

식영정에서 국화를 보냈기에, 다시 전 시에 차운하여

낙엽이 지고 날 저무는 찬 집에
노란 국화만이 사랑스러워
따 온 꽃잎 향기 사라지지 않으니
아직 아니 오신 그대 기다리리

| 息營亭送菊又次前韻 |

搖落寒齋暮, 黃化獨可親. 採來香不斷, 應待未歸人.

70

북두성 남쪽에서 고향을 그리며
_ 3수

70-1

집 떠난 지 한 해가 지나고
가을 오니 돌아가고픈 맘 간절해
어느 때나 비은정에서
벗과 함께 밝은 달 바라보려나

| 在斗南思歸 | 三首.

離家過一年, 秋入歸思切. 何當費隱亭, 與友弄明月.

70-2

외진 곳 찾아오는 이 없어
낮에도 사립문을 닫아 두네
작은 뜨락엔 가을만 쓸쓸한데
들새들 발자국만이 어지럽네

地僻少人來, 柴扉晝不開. 小庭秋寂寂, 野鳥印蒼苔.

70-3

객지에 가을바람 불어오니
돌아가고픈 맘 날로 재촉하고
사립문엔 옛 벗은 아니 보이고
승이 찾아 왔는지 개가 짖는다

客裏秋風起, 歸心日日催. 柴門無故舊, 犬吠有僧來.

71

을해년 큰 바람

폭우가 쏟아지고 질풍이 몰아치니
들판이 전장터가 되어 버린 듯
하늘이 분명 뜻한 바가 있을 터
어느 누가 군왕께 이를 아뢸고

| 乙亥大風 |

怪雨狂風起, 平原似戰場. 天意固有屬, 何人奏君王.

72

봄비 오고

홀로 깨어나니 산재는 텅 비고
뜰 안 가득 흰 꽃 붉은 꽃 한창이라
봄새 울음소리 더욱 애달픈데
꽃샘바람 하소연하는 듯

| 春雨 |

獨起山齋空, 滿庭紅白中. 春禽啼更切, 似訴妬花風.

노장의 슬픔

늙고 병들어 명군의 버림받은
이 세상 외로운 늙은이
관산의 구름을 꿈속에 밟노니
천산에 활을 그 누가 걸 것인가[1]

| 老將嘆 |

老衰明主棄, 人世一閒翁. 夢踏關山雲, 天山誰掛弓.

---

1) 두보杜甫의 「투증가서개부한投贈哥舒開府翰」 시에, "청해엔 화살을 전할 필요가 없고, 천산엔 일찍 활을 걸어 놓았네(靑海無傳箭, 天山早掛弓)"한 데서 온 말로, 전쟁이 끝나고 평화로운 세상이 된 것을 의미한다.

74

매화 국화 심은 뜻은

새 매화 가까이 심은 뜻은
봄이 오고 가는 것 알고자
국화꽃 창 앞에 보는 뜻은
사계절 돌아오는 것 알고자

| 種梅菊 |

移近新梅意, 欲知春去來. 窓前且有菊, 可證四時回.

75

나운과 이별하며

서로 만나자 곧 애틋한 이별
아침해는 하늘 가운데 올랐는데
주인이 떠나는 손 잡아 두려는 건
가랑비 단풍 숲에 뿌리기 때문

| 別懶雲 |

相逢還惜別, 朝日到天心. 主人留客意, 微雨灑楓林.

76

가난

고기반찬 없이 나물만 먹으니

아내는 날보고 찡그리지만

팔십 노인이 안색이 좋은 건

누가 알리 덕이 몸을 윤택케 함을

| 歎貧 |

茹草無魚肉, 室人適我嚬. 八十客顏好, 誰知德潤身.

나의 삶

집안에 있어 견문은 없지만
춘진에게 우애를 배우고[1]
장순의 절의를 평소 지키며[2]
원헌의 가난한 삶을 살고자[3]

| 素守 |

居家無所見, 兄弟學春津. 素守張巡節, 生涯原憲貧.

1) 춘진春津은 양파楊播 집안의 춘椿과 진津 형제를 이른다. 우애가 남달라 아침에 대청에 모여 종일 이야기를 나누고, 한 가지라도 맛있는 것이 있으면 모이기 전에는 절대 먹지 않았다. 뒤에 늙어서 서로 떨어져 지낼 때도 철마다 좋은 음식을 보내고 만약 보내지 못하면 먼저 먹는 법이 없었을 정도였다.(『소학小學』「선행편善行篇」)
2) 장순張巡은 당唐나라 현종玄宗 때의 충신이다. 천보天寶 연간에 안록산이 반란을 일으켰을 때 처음에 진원眞源令으로 있으면서 백성들을 인솔하고 당나라의 시조인 현원 황제玄元皇帝의 묘廟에 나아가 통곡한 다음 기병起兵하여 반란군을 막았다. 그 뒤에는 강회江淮의 보장保障인 수양성을 몇 달 동안 사수하고 있었는데, 구원병이 오지 않아 양식은 다 떨어지고 힘은 다 소진되어 성이 함락되었다. 그러자 태수太守로 있던 허원許遠과 함께 사절死節하였다.(『구당서舊唐書』「장순전張巡傳」)
3) 원헌原憲은 공자의 제자로 매우 가난해서 쑥대 문을 뽕나무 껍질로 매어 달았다 한다. 어느 날 자공子貢이 성대한 차림으로 그를 찾았다. 원헌이 초라한 모습으로 나와 자공을 맞이하자 자공은, 선생께서 어찌 그리 병이 들었느냐고 하였다. 이에 원헌이 대답하기를, "내가 들은 바로는, '재물이 없으면 그를 일러 가난하다고 하고, 배우고도 그대로 실천을 못하면 그를 일러 병들었다'고 한다는데, 지금 나는 가난한 것이지 병든 것은 아니오" 하여 자공이 부끄러워했다고 한다.(『장자莊子』「양왕讓王」)

은자의 저녁 풍경

신선 노인 무슨 일을 하나
날마다 사립문이 닫혀 있네
약초 캐고 저물녘 돌아오는데
초의草衣가 봄비에 젖어 있네

| 高亭晩興 |

仙翁何所事, 日日掩柴門. 采藥歸來晚, 草衣春雨痕.

새로운 곳의 즐거움

79-1

작은 집 송죽 사이에 숨어
울타리만 있고 문은 없다오
느지막이 한가로이 잠 깨니
아침 찻잔에 따스해지는 손

| 新居幽趣 |

小屋隱松竹, 爲籬不復門. 過午閒眠起, 朝茶手自溫.

79-2

세밑 찬 집은 고요하고
금강산은 그림 속에 있는 듯
유인幽人의 읊조림 더욱 괴로운데
한 폭 선경을 얻었구나

歲暮寒齋靜, 金剛入畫圖. 幽人吟更苦, 占得一仙區.

봄날 새벽

밤비가 앞강을 지나고 나니
들녘엔 봄빛이 물씬
시 짓는 노인 병든 몸 일으키니
곳곳에 매화가 활짝

| 春曉 |

夜雨前江過, 郊原春意多. 吟翁扶病起, 處處有梅花.

벗을 기다리며

성정이 강호를 좋아하여
물가에 높은 정자 지었네
꽃은 피고 술은 익어 가고
달은 밝은데 벗은 아니 오고

| 待友 |

性癖江湖勝, 高亭近水開. 花發酒初熟, 月明人不來.

작은 정자의 가을
_ 2수

82-1

어젯밤 서산에 비 내리더니
남계에 물이 불었네
작은 정자에서 읊조리다 꿈을 깨니
가을빛이 솔 사립에 가득한데

| 小亭秋思 | 二首.

昨夜西山雨, 南溪水欲肥. 小亭吟夢罷, 秋色滿松扉.

82-2

사립문엔 사람이 찾아오지 않으니
오후가 되어 나 홀로 시를 읊는데
가랑비 앞마을을 지나니
주렴 사이로 가을 생각 깊어지네

柴扉人不尋, 當午獨長吟. 微雨前村過, 一簾秋思深.

83

무등산 유람

형문사 가는 길을 잃었는데
그저 산새 소리만 들리네
절이 멀지 않음을 알겠으니
구름 걸린 숲 들리는 성근 경쇠 소리

| 遊無等山 |

失路荊門寺, 但聞山鳥吟. 有僧知不遠, 疏磬出雲林.

84

강가에 살며

강은 굽어 돌아오는 배 가까이 보이고
뜰은 비어 난간은 허공에 떠오른 듯
은거한 노인 세속의 때라곤 하나 없이
오래도록 흰 갈매기 노니는 모래섬 바라본다

| 江居 |

江曲歸船近, 庭虛檻欲浮. 逸翁無俗態, 長對白鷗洲.

오동나무 가지 치며

푸른 오동나무 가지를 치니
금강산을 앉아서 보고자
누가 알리 서호 주인이
이 정자에서 이 산을 대할 줄

| 剪桐枝 |

剪落蒼梧葉, 金剛坐欲看. 誰識西湖主, 此亭對此山.

86

옛 시를 써서 자손에게 주다

내 나이 일흔 하고도 아홉
옛사람의 시를 전사해 주노니
아! 나의 아이들아
입신양명에도 다 때가 있느니라

| 傳書古詩贈兒孫 |

余年七十九, 傳寫古人詩. 嗟我二三子, 立揚當及時.

87

경후 형에게
_ 정여린의 자이다.

그리운 벗 만나지 못해

가을 들어 병 더 깊다

외로운 베갯머리 꿈속에

그대 집에 가지 않은 밤이 없다

| 寄景厚兄 | 鄭公如麟字.

未見相思友, 秋來病又加. 如何孤枕夢, 無夜不君家.

병풍의 꽃

병풍 속의 나물랑 사랑하지 마시게
꽃을 그리다 향기 마저 그리지 못했다오
그래도 한 가지 좋은 점은
푸른 잎 가을 와도 시들지 않는 것

| 屏花 |

莫愛屏間樹, 圖花未畫香. 看來有一勝, 靑葉不秋黃.

복암사에 묵으며

앞산의 낙엽은 이미 다 지고
먼 바다 몇몇 돌아가는 배
하늘 밖 지는 석양 아래로
바닷가 마을엔 푸른 연기

| 宿伏巖寺 |

前山葉已盡, 遠海數歸船. 天外斜陽下, 沙村起翠烟.

산사에 놀러 가서

높고 낮은 가을 산길
지팡이 짚은 몸 자유롭지 않지만
정신은 세상의 밖에서 노니나니
천지간에 붙어 있는 하루살이 인생

| 遊山寺 |

高下秋山路, 吟筇不自由. 神遊八極外, 天地寄蜉蝣.

91

마을 서쪽 양화당에 쓰다

_ 상사 김선의 호이다.

성 서쪽에 사는 도사를 찾아가니
대나무를 잘라 샘물을 대 오네
골짜기방 자연의 조화와 짝하여
한 해 봄을 더 붙잡아 두었네

| 題市西養花堂 | 金上舍璇號.

城西訪道士, 剖竹引泉源. 洞房侔造化, 留得一年春.

도사의 시에 화답하여

말년에 마음 알아주는 이 적으니
유자든 석자든 나눠 따질 것 무에 있나
도사께서 만일 그럴 뜻이 있걸랑
산골짜기 한 조각 구름 내게 빌려 주시게

| 和道士 |

末路知心少, 何論儒釋分. 道師如有意, 借我一溪雲.

93

가을에
_ 2수

93-1

서리 내려 단풍 더욱 붉고
시의 오묘함 입신의 경지
술이 익어 맑아진 지 오래
어이 갈건을 쓰지 않으리[1]

| 秋思 | 二首.

霜重紅深葉, 詩多妙入神. 酒熟澄淸久, 胡爲用葛巾.

[1] 진晉나라 때 도연명陶淵明이 술을 매우 좋아하여 매양 술이 익으면 머리에 쓰고 있던 갈건葛巾을 벗
어서 술을 걸러 마시고는 다시 머리에 썼다고 한다.(『남사南史』 「도잠전陶潛傳」)

93-2

국화 피니 술값이 오르고
산 높아 달 더디 가는 듯
가을 흥취를 그냥 보낼 수 있나
그대 위해 작은 술잔 마련해 두고

菊發酒增價, 山高月欲遲. 秋興何虛過, 爲君設小巵.

94

비 갠 저물녘

높은 정자 비가 막 개니
채색의 노을은 찬 옷을 끈다
석양 너머 멀리 바라보니
끊긴 다리 승이 홀로 돌아간다

| 雨後晩望 |

高亭雨初霽, 霞彩惹寒衣. 遙望夕陽外, 斷橋僧獨歸.

한겨울

눈이 오는 걸 시린 뼈가 먼저 알고
추위가 겁이 나 문밖을 나서지 않네
되려 이룬 일도 하나 없이
그저 옛 시문만 다듬는다

| 歲寒 |

衰骨先知雪, 慚寒不出門. 還成無一事, 筆削古詩文.

벼슬을 물러나

나이가 많아 퇴직을 구하여
돌아와 금강의 안개 속에 몸을 누이네
떨어진 창문엔 바람 거센데
성근 지붕을 달빛이 뚫는다

| 休退 |

齒衰乞骸骨, 歸臥錦江烟. 破窓風力急, 疎屋月光穿.

남암의 승에게

남암의 승을 찾아가고 싶어도
쇠잔한 늙은이 병으로 갈 수 없네
향대 가는 길 구름과 강이 막고 있어
괜스레 이 늙은이 근심만 더하네

| 寄南庵僧 |

欲訪南菴僧, 衰翁病未能. 香臺雲水隔, 空使老愁增.

우국의 정

나라 걱정에 몸은 자꾸 늙어 가는데
해마다 폐부는 나아지지 않네
은혜를 입고도 장한 뜻 저버렸으니
도를 논하면 참 선비에게 부끄럽기만

| 憂國 |

憂國身將老, 年年肺不蘇. 含恩違壯志, 論道愧眞儒.

저물 무렵 돌아오는 길

북두성 남쪽 들판에 저물녘 돌아오는 길
산에 걸린 달은 약속이나 한 듯 떠올랐네
촌에 사는 늙은이 백주 한 병 들고 가는데
그대 돌아오길 기다렸다고 먼저 이야기하네

| 暮歸 |

暮歸斗南墅, 山月似相期. 村翁持白酒, 先說待君歸.

100

속세를 떠나

구정봉에 구름이 가로 걸려 있으니[1]
빼어난 눈썹은 화공의 솜씨가 아니로고
아름다운 경치는 본래 이러한 것이라
마주 대하자니 바람이 많을까 걱정이라오

| 幽居 |

九井雲橫帶, 脩眉畫不工. 奇觀自如許, 相對恐多風.

---

1) 영암 월출산의 가장 높은 봉우리를 구정봉九井峯이라고 한다.

101

달빛 아래 피리소리 듣는다

좋은 밤 흥에 못 이겨
술에 취해 조용히 읊노니
달 밝은데 학을 탄 신선은
피리 불며 강남으로 내려가네

| 月下聞笛 |

不勝良宵興, 微吟酒半酣. 月明騎鶴侶, 鳴笛下江南.

102

노장

왜구를 평정했던 팔십 먹은 노장은
꿈마다 사막으로 날아가네
오랑캐 무찌르려는 충정이 가슴 가득해
아직도 전쟁 때 입었던 갑옷을 걸친다

| 老將 |

平倭八十老, 沙幕夢魂飛. 擊胡忠憤極, 猶着戰時衣.

탄식

남아가 이 세상에 태어나
항시 장군의 군막을 사모하였노니
어찌하여 기린각麒麟閣에는
내 이름이 없는지 매양 한스럽기만

| 自歎 |

男兒生此世, 常慕伏波營. 每恨麒麟閣, 如何無我名.

104

민자우와 나누는 이야기

_ 교관 민여안의 자이다.

맑은 담소에 이미 저녁해가 지고
자리를 옮기니 더욱 친밀하네
나그네 더디 간다 나무라지 마오
앞산에 밝은 날이 떠올랐으니

| 與閔子愚談話 | 閔教官汝顏字.

清談已夕陽, 移席坐幽密. 莫道行客遲, 前山有明月.

벗과 나누는 한잔 술

물가 난간 성근 발을 걷으니
가을 산은 그림같이 아름답네
오늘 그대와 이야기 나누니
술 사는 데 어찌 가난을 따지리오

| 與友對酌 |

水檻疎簾捲, 秋山活畵新. 與君今日話, 沽酒豈論貧.

한양 조 수재에게

106-1

관도 띠도 하지 않은 지 오래

그대 오고서야 겨우 두건을 쓰네

푸른 이끼 위에 함께 앉으니

꾀꼬리 가지 말라 지저귀네

| 贈漢陽趙秀才 |

不冠不帶久, 君來始着巾. 綠苔相引坐, 鸎語似留人.

106-2

헤어진 후 서로 그리는 두 벗
서호엔 보름달이 떠오르는 때
경치가 지금 이와 같은데
남쪽에서 보내 온 몇 편의 시

邂逅相思友, 西湖月滿時. 風物今如此, 南來幾首詩.

106-3

어려선 이백 두보 시를 외우고
삼십엔 활쏘기를 배웠다오
이제 늙고 쇠해 할 일 하나 없으니
전설 속 큰 자라나 낚고자[1]

少年吟李杜, 三十學桑弧. 老衰無一事, 欲釣戴山鰲.

---

1) 동해東海 가운데 다섯 신산神山이 있는데, 큰 자라 15마리가 이 산을 머리에 이고 있다는 전설에서 온 말이다.

107

유 수사에게

_ 유지경

이런저런 심중에 남은 말을
그대 아니면 누구와 나누리
나의 정자에 꽃들이 만발하니
꼭 이 봄이 다 지기 전에 오시길

| 贈柳水使 | 持敬.

多少心中事, 非君孰共陳. 吾亭花滿發, 須及未殘春.

난리 후 피리소리 들으니

남한산성, 강화도 난리 겪은 후
물색이 모두 비정하기만
어부의 노래소리 목동의 피리소리
그전 같지 않구나

| 亂後聞笛 |

南漢江都後, 物色摠非情. 漁歌與牧笛, 不似向前聲.

전원에 사는 맛
_ 2수

109-1

때맞춰 단비가 전원에 내리니
화초를 가꾸는 손이 바빠지네
온갖 꽃들이 이제 막 피려 하니
사람들 하는 말, 별천지로고

田園雜興 | 二首.

時雨田園裏, 栽培手不閒. 百花皆欲發, 人說別人間.

109-2

대나무 심어 마을 강둑이 그 속에 숨고

매화 옮겨 심으니 다시 한 봄이라

평소 내가 하는 일이란

매년 새로워지는 전원을 기뻐하는 것

種竹藏村塢, 移梅又一春. 平生吾所業, 猶喜逐年新.

소나무 집

느지막이 새로 살 곳을 얻었으니
한 그루 소나무에 푸르른 절개를 배우네
푸른 솔잎 아래로 강이 언뜻언뜻 보이고
늙은 솔가지 사이로 높은 산이 우뚝하네

| 松堂 |

晚得新居地, 孤松知歲寒. 江窺清葉下, 山聳老枝間.

111

소나무를 어루만지며
_ 2수

111-1

도연명 살던 시절 천년 후에
나 홀로 한 그루 소나무를 어루만진다
인간세상일랑 고개 돌리고
서성이며 먼 데 산을 바라본다

| 撫松 | 二首.

淵明千載後, 我獨撫孤松. 回首人間世, 盤桓兩眼空.

111-2

벽진 곳이라 만나는 사람도 적고
여러 해 동안 예도 차릴 것 없어라
산과 강이 은둔하는 멋을 돋우니
시 한 수 한잔 술에 그저 세월만

地僻逢人少, 年多禮數疎. 江山挑逸興, 詩酒送居諸.

변방의 걱정

삼백 년 예의지국이
어찌 오랑캐의 땅이 되랴
백두산 아래 흐르는 물에
병기를 씻고 돌아올 날 언젠가

| 憂邊 |

三百冠冕地, 胡爲左袵衣. 白頭山下水, 何日洗兵歸.

태수께서 생선과 쌀을 보내주신 것에 감사하며

오장이 거친 시래기에 시달렸는데
어젯밤 어부 집에 떨어지는 꿈 꾸었네
태수께서 생선과 쌀을 보내주시니
새해에 매우 고마운 일이네

| 謝太守送魚米 |

肺腸困藜藿, 夜夢落漁家. 太守送魚米, 新年感意多.

114

은둔의 멋

해마다 고기 잡고 낚시하고
모래톱 갈매기가 내 마음 아네
해마다 부르는 채지곡採芝曲
산새도 이 노래 곡조를 아네

| 逸興 |

歲歲漁而釣, 沙鷗慣我心. 年年採芝曲, 山鳥亦知音.

늙음을 슬퍼함

백 살이 얼마나 남았는가
귀밑머리 서리 된 줄 몰랐네
보잘것없는 생 모든 일이 어설프다
그래도 꽃 심는 건 제대로 배웠지

| 憫老 |

百年能幾何, 不覺鬢成霜. 迂生疎萬事, 學得種花方.

창문을 여니

밤비가 삼주를 지나는데
도롱이에 삿갓을 쓴 고기 잡는 늙은이
낚싯대 거두어 다시 뱃머리를 돌리는데
바람이 거센 줄 예서도 알겠네

| 開窓 |

夜雨過三洲, 漁翁簑又笠. 捲釣更回船, 應知風正急.

117

저물녘

맑은 강 가까이 걸어 나가
외로이 읊조리노니 좋구나 은둔의 멋
나의 괴상한 취미를 어부는 알고 있어
자주 지나는 것을 이상하게 여기지 않네

| 晩望 |

步出淸江近, 孤吟逸興多. 漁人知我癖, 不怪頻來過.

118

새로 사는 곳

본래 강가의 경치를 사랑하여
물가 가까이 띠집을 지었는데
눈 가는 곳마다 먼 봉우리
석양 속으로 돌아가는 배

| 新居 |

自愛江湖景, 茅簷近水涯. 遠峯隨望在, 歸帆夕陽多.

노장의 노래

젊은 나이에 왜적을 평정한 검으로
지금 오랑캐의 간담을 놀라게 한다면
외교의 담판처럼 승기를 잡을 터이니
병마를 수고롭게 행군시킬 것 있겠는가

| 老將歌 |

年少平倭劍, 今令虜膽驚. 制勝猶樽俎, 何勞兵馬行.

혼자만의 즐거움

이 세상의 일에 머리를 흔들다
오랜만에 처음 가졌던 마음을 얻었네
문을 나서지만 갈 곳을 잃고
저무는 산 바라보며 홀로 읊조리네

| 獨樂 |

掉頭人世上, 邂逅得初心. 出門迷所適, 獨對暮山吟.

121

가을 흥취

강호를 사랑하는 오랜 병
아무리 걸어도 지칠 줄 모르네
오고 가는 길 가을 정취 물씬
가는 곳마다 새 시를 얻네

| 秋興 |

江湖成癖久, 徒步不知疲. 去來秋興足, 隨處得新詩.

저물녘 배에서

석양에 바람은 게으름을 피우고
외로운 배 바람 따라 천천히 떠가네
어부는 가는 길 초초하지만
시 짓는 나그네는 시 한 수를 더 얻네

| 暮帆 |

夕陽風欲懶, 孤帆任徐遲. 漁人行色急, 吟客更添詩.

123

가을 밤

_ 2수

123-1

기러기 한 마리 가을 하늘로 떠나고
외로운 배 한 척 달빛과 함께 돌아온다
취하여 부르는 노래 아직 끝나지 않았는데
어부의 피리소리 어드메서 들려오는가

| 秋夜 | 二首.

獨鴈秋空去, 孤舟帶月迴. 醉餘吟未盡, 漁笛自何來.

123-2

우습다, 우리 사는 이 세상

머리를 저으며 나는 모르네 나는 모르네

무심히 머리를 돌려 보니

붉은 잎사귀 강 너머로 날아간다

可笑人間世, 掉頭吾不知. 無心却回首, 紅葉渡江飛.

124

특차로 순상이 되신 구 목사께

송아지를 남겨 두고 이름도 남기셨죠[1]

감당나무 그늘이 옥절을 비춥니다[2]

송덕비를 세우고 격앙가를 부르노니[3]

마을이 참으로 한가로운 태평세월입니다

| 贈具牧使特差巡相 |

留犢亦留名, 棠陰暎玉節. 磨碑擊壤歌, 村落開烟月.

---

1) 후한後漢 때 수춘 영수春令 시묘時苗가 젊어서부터 매우 청백해서 수춘 영으로 부임할 때 허름한
   수레에 누런 암소를 매어 타고 갔다. 1년 남짓 벼슬살이하는 동안에 그 암소가 송아지 한 마리를 낳
   자 이임離任할 때 그 송아지를 그곳에 남겨 두면서 주부主簿에게 이르기를, "내가 올 때는 본래 이
   송아지가 없었으니, 이 송아지는 회남淮南에서 낳은 것이다"했던 데서 온 말로, 벼슬아치의 청렴함
   을 비유한다.
2) 『시경』「감당甘棠」시에, "무성한 저 감당나무 가지를, 자르지도 말고 베지도 마라. 우리 소백이 쉬
   시던 곳이니라(蔽芾甘棠, 勿翦勿伐, 召伯所茇)"한 데서 온 말인데, 곧 남국南國을 순행巡行하면서
   문왕文王의 정사政事를 편 소공召公이 감당나무 아래에서 은혜로운 정사를 편 덕을 추모하여 부른
   노래로, 지방관의 선정善政을 의미한다.
3) 요堯임금이 천하를 다스린 지 50년 만에 민정을 살펴보려고 미복微服으로 큰 거리에 나가 보았더니
   한 노인이 배불리 먹고 흙덩이를 치며 노래(擊壤歌)하기를, "해 뜨면 일하고 해 지면 쉬며, 농사 지어
   밥 먹고 우물 파서 마시니, 임금이 나한테 무슨 은덕이냐"하였다. 태평한 생활을 즐거워함을 이른다.

궁궐을 그리며

늘어 가니 간들 무슨 일을 이룰 수 있으리오
강남의 세월은 또다시 가을이라
궁궐은 지금 근심에 싸여 있는데
바람결에 흐르는 눈물 거두지 못하고

| 戀闕 |

老去成何事, 江南歲又秋. 北闕憂方切, 臨風淚未收.

강놀이

_ 2수

126-1

궁벽한 노인 나가고 싶어도 말이 없어

한 척의 작은 배만을 만들 뿐

생애는 한 자루 낚싯대

친구는 물가의 갈매기

| 江遊 | 二首.

窮老出無馬, 偏治一葉舟. 生涯一竿竹, 情友是沙鷗.

126-2

석양에 내리던 비 반쯤 그치니
걸어서 비 갠 강 구비를 찾네
어부는 낚싯대에 기대어 잠이 들고
갈매기 모래톱에 외발로 서 있네

斜陽雨半收, 步出晴江曲. 漁父倚竿眠, 沙鷗奉一足.

127

기다려도 벗은 오지 않고

밤 깊어 높은 정자에 올랐건만
정 깊은 내 벗은 늦도록 오지 않고
어둠 속에 강물소리 바람에 실려 오면
꽃 그림자 달빛 따라 흔들리는데

| 待友不至 |

夜入高亭上, 情朋似失期. 江聲風暗送, 花影月初移.

괴석

푸른 이끼 괴석을 이어 붙여
삼선산의 모습을 본뜬 듯하이
무엇하러 번거로이 행장을 꾸리는가
앉아서 별천지를 얻었다오

| 怪石 |

蒼苔縫怪石, 模出三仙山. 如何煩杖屨, 坐得別人間.

저물녘 고깃배에 피어오르는 밥 짓는 연기

올올히 높은 정자 위에 앉으니
기이한 봉우리 나를 끄는 듯
강촌이 저무는 줄도 몰랐는데
고기잡이배에 밥 짓는 연기

| 漁舟暮烟 |

兀坐高亭上, 奇峯似我延. 不覺江村暮, 漁舟起炊烟.

130

대나무 울타리

초가집에 대나무로 울을 두르니
한적한 것이 내 마음에 꼭 맞네
강산은 가는 곳마다 훌륭한데
어부의 피리소리 맑은 시를 돋우네

| 竹籬 |

茅屋竹爲林, 幽閒適我心. 江山隨處好, 漁笛助淸吟.

131

술회

나이 팔십 허리에 금옥을 차고
아들 손자 집 안에 가득하네
곤궁은 사람의 뜻을 굳세게 하는 법
집안이 가난한 것 무엇이 나쁘랴

| 述懷 |

八十腰金玉, 兒孫亦滿堂. 窮困堅人志, 家貧何可傷.

132

정경후에게
_ 2수

132-1

봄이 지나는 어느 날
오시리라
생각도 못했는데
그대
사립문을 여시네

그대 그리운 마음에
이런저런
생각들 꺼내려다
그만
할 말을 잊었네

| 贈鄭景厚 | 二首.

不省三春過, 君來開竹門. 相思多少意, 欲說却忘言.

132-2

정자 위에서 새 술이 익어
취해 오랜 벗과 잠이 들었다
이 피리소리 들리는 곳은
강 너머 고기잡이배인가

亭上酒新熟, 醉與故人眠. 認得笛來處, 隔江漁釣船.

식영정 지나며

강산은 본래 주인이 없는 것인데
높은 축대 겹겹이 문들 닫아걸었네
우습다, 서호의 늙은이는
울타리만 두고 문은 달지 않았는데

| 過息營亭 |

江山本無主, 高築鎖重門. 可笑西湖老, 爲籬不復門.

134

분한 마음

적장의 머리를 베고 싶다
용천검으로
금복고로[1]
꿈마다 관산의 눈을 밟는다
요동성 하늘엔
고국의 달빛만 외로이

135

봄나물

집사람이 봄나물을 상에 올리니
봄기운 마른 창자에 가득하여라
전원이라 그닥 값나가는 맛은 없어도
고량진미 그보다 훨씬 훨씬 나으이

| 新菜 |

家人供新菜, 春氣滿枯腸. 田園無價味, 切勝膳膏香.

금성산에 노닐다

시냇물 위엔 달이 비치고
맑은 물가엔 학이 두 마리
이곳 소나무 이파리 좋으니
나그네 먹을 것 걱정 없다네

| 遊金城山 |

溪曲月非一, 淸水鶴有雙. 此間松葉好, 遊子不愁糧.

산촌에서 비를 피하다

잘못 청계동으로 들어간 것인데
연꽃이 초당에 가득 피었다네
지나는 소나기 아니었음
이 연못 이 향기 놓칠 뻔

| 避雨山村 |

誤入淸溪洞, 荷花擁草堂. 若非疎雨過, 虛負一池香.

6월의 정자

가뭄이 쇠잔한 뼛속까지 파고들어
신음하며 대나무 평상에 누워 있었네
강의 신령님께서 나의 뜻을 알아채고는
때마침 서늘한 바람을 보내주시네

| 六月高亭 |

旱氣侵衰骨, 呻吟臥竹床. 江神知我意, 時送水風冷.

늙은 어부에게

묻노니 그대
늙은 어부여
추운 강 외로운 배
어찌 홀로 낚싯대 드리우나
구복을 채우기 위해선가
아니
한 가닥 바람을 닮고 싶어서지

| 問釣翁 |

借問寒江雪, 孤舟獨釣翁. 爲其口腹乎, 欲效一絲風.

정축년 보름밤, 달을 보며 남한성 생각

천고 흥망의 한
오늘밤 이 마음이로고
새해 십오야 둥근 달이
남한성도 비추겠지

| 丁丑望夜見月思南漢 |

千古興亡恨, 何如此夜情. 新年三五月, 應照漢南城.

강에 내리는 비

촉촉이 내리는 강가의 보슬비
노란 장미도 흠뻑 적시었네
높은 정자엔 바람 더욱 거세어
정오가 지나 솔 사립문을 닫네

| 江雨 |

一犁江上雨, 濕盡黃薔薇. 高亭風又急, 過午掩松扉.

반성

해가 갈수록 더욱 자신을 돌아보노니
이 한 몸에 조금의 흠도 남지 않았다
'성실' 이 한마디 말이 없었다면
어찌 이욕의 구렁텅이를 면할 수 있었으리

| 三省 |

年深更反顧, 身上玉無瑕. 若非誠一字, 何以免紛拏.

세자께서 요수를 건너셨네

세자께서 요수를 건너신 일은

생각자니 커다란 −1자 빠짐− 생기네

나의 혼은 꿈속에서 항시 오가며

만리 먼 여정을 마다하지 않네

| 歎鶴駕[1]渡遼 |

鶴駕渡遼事, 思之大缺生. 魂夢常來往, 不憚萬里程.

1) 학기鶴駕는 왕세자가 타는 수레를 말한다.

144

산사에서, 돌아가고픈 마음

날마다 돌아갈 일을 생각하지만
오늘밤따라 더욱 간절하다오
구름 잠긴 숲속 외로운 꿈은
매일 밤마다 고기 잡는 도롱이 속으로

| 山寺思歸 |

日日思歸意, 如何此夜多. 雲林孤枕夢, 每入釣魚簑.

귀뚜라미 우는 소리

더위가 가고 서늘함 찾아오니
가을 기운이 산속 누대에 드누나
빈 뜰에서 귀뚜라미 소리 들려오니
백발노인 가던 길에 고개를 끄덕이며 노래하네

| 聞蟋蟀 |

暄涼次代謝, 秋氣入山樓. 空庭聞蟋蟀, 白盡旅吟頭.

146

저물녘

긴 바람 지는 해에 불어오니
돛단배 저녁 구름을 가른다
앞산은 반쯤 젖어 있어
성근 비가 삼주를 지난다

| 暮景 |

長風吹落日, 帆割暮雲頭. 前山一半濕, 疎雨過三洲.

147

정경후가 정온 동계의 상소를 가져와 보여주기에

금성산 아래 사는 나그네
찾아와 상소문을 보여주었네
아, 충혼은 일월을 꿰뚫고
절의는 군왕을 감동케 하도다

| 鄭景厚持示鄭蘊桐溪疏感吟 |

錦城山下客, 來示以疏章. 忠誠貫日月, 節義感君王.

149

김 시서의 계학대

외진 곳, 그 지세를 이어
누대를 지었지만 누각을 높이 올리진 않았네
주인은 어디서 무엇을 하고 계신가
학과 매화와 어울려 노닐고 계시지

| 題金市西憩鶴臺 |

地僻仍其勢, 爲臺不起樓. 主人何所業, 梅鶴作同遊.

150

대나무 울타리 새 집

호숫가에 작은 초가집을 지으니
사립문은 소나무, 울타리는 대나무
나지막해 산속 맑은 날에 좋고
성글어 여름날 장마 때도 좋고

| 新居竹籬 |

湖上茅爲屋, 松扉竹作籬. 短合山晴日, 疎宜水滿時.

꽃을 보며

봄님은 고루 베푸시는 게 걱정이더만
사람에게 하는 양 꽃과 어이 다르시나
꽃은 두 번 피는 날이 있건만
사람은 어찌 백발만 더하는가

| 對花歎 |

東君病博施, 恩怨異花人. 花有重開日, 人何白髮新.

152

취하여

취한 걸음이라 느린 것은 모르고
강 따라 가는 길 멀다고만 탓하네
솔 사립에 달빛이 분명 밝을 터
이미 기운 해를 무에 걱정하랴

| 醉歸 |

不覺醉行緩, 但言江路長. 松扉月應白, 何畏已斜陽.

153

남한성 지나며

나그네 시절을 탄식하는 설운 마음
오늘따라 더욱 더하구나
남한성 천으로 만으로 맺힌 한
도성 안에 들어서니 들려오는 호적소리[1]

| 過南漢有感 |

客子傷時歎, 如何此日多. 漢南千萬恨, 都入一胡笳.

1) 호가胡笳는 한漢나라 때 장건張騫이 서역西域에서 들여왔다는 관악기로, 북방의 오랑캐족이 사용하
는 악기이다.

154

강화를 청하다니
_ 2수

154-1

적장의 수급을 베는 것이
진정 내가 하고자 하는 일
원컨대 춘추 대의 받들어
해서는 안 될 일 하지 말기를

| 憤請和 | 二首.

一斬單于首, 乃爲所欲爲. 願將春秋義, 無爲所不爲.

154-2

세상이 어찌 이리 되었나
시절을 아파하다 머리 다 세었네
지는 해에 마음 쓸쓸한데
홀로 서서 돌아가는 까마귀를 헤아리네

世道何如此, 傷時鬢欲華. 斜陽意寥落, 獨立數歸鴉.

깊은 근심

감당나무에 서백이 떠나고
세류영에 주아부가 사라지고[1]
위양에 강태공이 없으니
오랑캐 땅에 누가 용맹을 떨치리오

| 隱憂 |

甘棠西伯去, 細柳亞夫亡, 渭陽無呂尙, 胡地孰鷹揚.

1) 한漢나라 주아부周亞夫가 장군이 되어 세류細柳에 진을 쳤을 때 그 규율이 다른 어느 장군의 진보다
엄정하였다. 문제文帝가 순시하고 크게 감동하여 마침내 세류영細柳營의 이름을 남기게 되었다.

156

집에서 치국평천하를 생각하다

먼 길을 가자면 반드시 가까운 곳부터
높은 곳을 오르자면 반드시 낮은 곳부터
아내와 자식이 화목하고
형제가 의좋게 지내는 것부터

| 居家思治平 |

行遠必從易, 登高必自卑. 妻孥如鼓瑟, 兄弟得其宜.

157

나만의 즐거움

먼 산 구름 처음 일 때
앞강 달님 가득 찰 때
그 속의 맑은 정취
남이 알까봐 …

| 三洲幽興 |

遠岫雲初起, 前江月滿時. 箇中清意味, 惟恐世人知.

158

어머니의 기일

오늘, 어머니 기일
한없는 슬픔
날 기다리시던 그 모습
부질없이 떠올라
두 마리 까마귀
울며 날아가는데
늙은 자식의 눈물
옷소매 적신다

| 慈忌有感 |

今日悲凉極, 空思昔倚閭. 雙鴉鳴且過, 老淚灑衣裾.

꿈에 본 아들 결

아들과 이별한 지 또 일 년

생각자니 얼굴이 수척하겠지

가련하게도 가을밤 꿈속에

낙산洛山이 멀다 아니하네

| 夢監察名結 |

別子又經歲, 相思顔已凋. 猶憐秋夜夢, 不道洛山遙.

낭사[1]를 조롱하며

식영정에서 이별하던 날
달 밝은 밤에 날 찾아오신다더니
새 달이 지금 쟁반 같은데
그대 어찌 말을 메라 재촉치 않는지

息營相別日, 訪我月明時. 新月今如鏡, 君何命駕遲.

1) 낭사浪士는 임연林堜으로 호는 나운懶雲이다.

늦봄

정자 곁 오솔길이 열리고
울 밑에 금강이 휘도네
복숭아꽃 무슨 일로
흘러가 배를 끌고 오느뇨

| 暮春 |

亭邊細逕開, 籬下錦江回. 桃花亦何事, 流下引舟來.

162

행원군이 벼슬을 그만두고 돌아온 것을 위로하며

_ 기종헌

벼슬을 그만두고 고향으로 돌아오시니
지난날이 잘못되었다는 것을 아시었네
연못 위의 연꽃은 앞 다투어 웃음 웃고
정원 속의 녹음은 만 가지에 가득하여라

| 慰幸原君解官歸 | 奇公宗獻.

解官歸故里, 今是昨非知. 池上蓮爭笑, 園中綠滿枝.

눈 내리는 날, 금강산으로 떠나는 벗을 전송하며

금강산 구정봉
지금 설경이 그만이겠지
그대 가거든 빼어난 경치 보아 두었다
돌아오는 길에 내게도 좀 말해 주시게

| 雪中送友之金剛 |

金剛九井峯, 雪景今應好. 君去拾奇觀, 歸來爲我道.

강마을의 아침

아침해가 산꼭대기에 떠오르니
강마을은 사람들의 이야기로 시끄럽다
간밤에 내리던 비 그치고 나니
앞강은 배를 매어 두었던 흔적이 드러난다

| 水村朝景 |

朝日上山頂, 水村人語喧. 前江宿雨霽, 時露繫舟痕.

165

이웃 노인과 나누는 술 한잔

병 깊어 세상사 다 그만두었습니다
그대 오시기에 두건을 정리해 둡니다
오늘 함께 흠뻑 취하는 것 사양 마세요
마음속의 사람이 많지 않습니다

| 隣翁共醉 |

病廢人間事, 君來爲整巾. 莫辭今日醉, 多小意中人.

비 갠 후 강가

일이 한가한 틈에 때마침 지팡이를 짚고
좋은 경치 탐이나 급히 누대에 오른다
비 지나간 후 아지랑이 피는 풍경은 깨끗하고
구름은 그림 같은 경치를 거두며 두둥실 떠간다

| 江郊雨後 |

務閒時住杖[仗]¹⁾, 貪勝急登樓. 雨過遊絲淨, 雲收活畵浮.

---

1) 저본에는 '仗'으로 되어 있으나 중간본을 참조하여 '杖'으로 바로잡았다.

삼학사[1]를 애도하며

나라 위해 척화를 주장하던 그대들
어이하여 오랑캐 땅의 포로가 되었는가
굽히지 않은 절개 일점 부끄럼 없으니
강상을 만고에 변함 없이 세웠도다

| 哀三學士 |

爲國斥和子, 如何胡地俘. 一節終無愧, 綱常萬古扶.

---

1) 삼학사三學士는 병자호란 때 중국 청나라에 항복하는 것을 반대한 세 사람의 학사로, 홍익한洪翼
漢·윤집尹集·오달제吳達濟를 이른다. 이들은 모두 청나라에 붙잡혀 갔으나 끝내 굴하지 않고 저항
하다가 살해되었다.

뱃사공이 올린 괴석

천태산의 두 괴석이
인간 세상에 떨어졌네
늙은이가 마주 대하니
한 구석 관상물이 되었구나

| 舟人獻怪石 |

天台雙怪石, 流落下人間. 衰翁日相對, 還作一傍觀.

흉년

시 천 수를 베껴 내고 보니
가슴속이 절로 시원해진다
강호의 풍경이 풍성하니
이 흉년에 위로가 되는 듯

| 歎歲 |

寫出詩千首, 胸中自浩然. 江湖風景富, 可以慰凶年.

가난한 집의 가을살이

바다와 산에 가을이 다 끝나 가니
우리 집은 곱절이나 추워졌네
아이들에게 줄 옷이 너무 얇아
강가에 나가 갈꽃을 뜯는다네

| 窮家秋思 |

海山秋欲盡, 寒氣倍吾家. 兒孫授衣薄, 江岸摘蘆花.

어촌의 밤

병이 깊어 잠을 이루지 못해
맑은 시름과 벗하여 조용히 앉아 있네
어촌에서 개 짖는 소리 들려오는데
눈보라 치는 이 밤 돌아가는 배 한 척

| 漁村夜思 |

病深無夢寐, 閑坐伴淸愁. 漁村聞犬吠, 風雪夜歸舟.

소나무 시냇가

소나무에 부는 바람소리
시냇물 소리와 뒤섞여
이상도 하여라
마른하늘에 비 내리는 듯
징도 아니오
피리도 거문고도 아닌데
푸른 바다 파도가 노한 듯

| 松溪風雨 |

松風雜澗聲, 怪底晴天雨. 非金非竹絲, 蒼海波濤怒.

애닲도다 남한성이여, 강화도여

_ 2수

173-1

요서 지방 푸른 눈의 되놈들이

우리 서울 침범할 줄 어찌 알았으리

남아가 나라 위해 목숨을 바치는 의리

충성의 진한 마음 어찌 다하지 않으리

| 傷南漢江都 | 二首.

遼西碧眼雛[酋][1], 豈意犯吾京. 男兒一死義, 何不盡忠誠.

---

1) 저본에는 '雛'로 되어 있으나 중간본을 참조하여 '酋'로 바로잡았다.

173-2

남한성에서 강화를 청한 후
와신상담의 결의는 들어 보지 못했네
조정엔 범려范蠡 같은 충신 없으니
뒷날 어찌 다시 나라를 부흥시킬는지

漢南求和後, 未聞仰膽嘗. 朝無似范蠡, 他日奈興亡.

174

남한산성 포위 소식에

남한산성 존망의 일을
참 거짓 알기가 어려워라
수심 가득한 마음 봄풀과 함께
한 치 한 치 날로 자라나는데

| 泣望南漢圍城 |

存亡南漢事, 難可卜僞眞. 愁心與春草, 寸寸日生新.

175

농사와 낚시 무엇이 어려운지

밭두둑에 쟁기 잡은 농부와
찬 강에 홀로 낚시하는 늙은이
괴로움, 외로움 위아래를 다투는데
정하기 어려워 물새에게 물어 보네

| 耕釣答 |

壟上扶犁子, 寒江獨釣翁. 苦閑爭上下, 難卞問沙鷗.

최백집1)을 보고

_ 2수

176-1

우리나라 최고 당풍 시인으론
백광훈과 최경창이 있을 뿐
나는 늙고 두 사람은 모두 가고 없으니
강가에서 석 잔 술을 올린다

| 閱崔白集 | 二首.

我國漢唐手, 但知白與崔. 吾衰都已矣, 江上酒三盃.

---

1) 고죽孤竹 최경창崔慶昌(1539~1583)과 옥봉玉峯 백광훈白光勳(1537~1582)은 손곡蓀谷 이달李達
과 더불어 당시 삼당시인三唐詩人으로 불리었다. 특히 최경창과 백광훈은 생몰 시기도 거의 같고 교
유도 깊었던 관계로 시단의 맹주 '최백崔白'이라 병칭되었다. 이들의 사후 시우였던 고경명高敬命에
의해 두 사람의 시를 합간하자는 의논이 추진되었으며, 「정옥봉고죽합간불가설訂玉峯孤竹合刊不可
說」까지 지은 최립崔岦의 반대에도 불구하고 『태천집苔泉集』의 「척언」에 '최백집행우세崔白集行于
世'라는 기록을 보면 어떤 형태로든 합집이 있었음을 알 수 있다. 이 합집의 발간 시기는 정확히 알
수 없으나 최경창이 죽은 1583년에서 고경명이 죽은 1592년 사이에 발간되었던 듯하다. 이 시의 내
용으로 보아 일옹도 당시 유행하던 『최백집』을 직접 본 듯하다. 더구나 일옹과 친밀히 지낸 송호松湖
백진남白振南은 백광훈의 아들이다.

176-2

있는 곳이 외져서 오고 가는 이 적고
하루 품팔이에 관대는 맬 일이 없어라
특별히 할 일이 따로 있는 것이 아니니
언제나 고금의 책을 대하며 지내노라

地僻往來少, 身傭冠帶疏. 仍成無一事, 常對古今書.

겨울날

맑고 찬 날씨 바깥일 별반 없어
세상에 나가는 발걸음도 뜸하네
풍진 세상에 지내 온 지 몇 해던가
오막살이라도 고맙게 늙어 가리

| 冬日 |

淸寒無外事, 跡與人間疎. 塵寰幾甲子, 甘老一茅廬.

벗과 이별하며

오늘 그대와 이별하는 이 자리
서로 바라보니 백발이 성성하구만
새 시를 읊는 것이 더욱 괴로우니
어부의 피리소리 듣자니 부끄럽기만

| 別友 |

今日與君別, 相看堪白頭. 新詩吟更苦, 漁笛聽還羞.

오언율시

비은정, 백 상사 _{진남}의 시에 차운하여

높은 누각 강가를 굽어보며

높은 누대 암벽에 깎아지른 듯

깨끗한 모래사장 내려앉은 몇몇 기러기

물살 거센 여울목 정박한 귀선歸船

석양에 비치어 금 기둥이 되었는데

소아素娥가 옥 상자를 열었네[1]

겨울이 돌아와 아름다운 경치 한결 더하니

남악은 하얗게 높고 높아라

| 費隱亭次白上舍振南韻 |

高閣臨江渚, 危臺劚老巖. 沙明數落鴈, 灘險住歸帆.

返照成金柱, 素娥啓玉函. 冬來添勝景, 南嶽白巉巉.

---

1) 소아素娥는 월궁月宮에 있다는 백의선녀白衣仙女를 말한다.

저녁 풍경

대박산 아래

이름난 정자가 금강 가에 서 있네

안개 너머 절에선 종소리 들려오고

나루터 배에선 사람들의 말소리

밭가는 들판에 누렁 소는 힘차고

물가에 졸음 겨운 백로 외발로 서 있네

앞 여울엔 바람소리 거세니

내려앉은 기러기 열을 짓지 못하네

| 暮景 |

大朴山之下, 名亭錦水邊. 鍾聲隔烟寺, 人語渡津船.

耕野黃牛健, 眠沙白鷺拳. 前灘風正急, 落鴈不成連.

동년 이 여산 만가

_ 이원상

함께 삼대 조정에서 늙었으니

이 세상 산 것도 팔십 년이로군

백 년을 채우지 못하고 가 버렸으니

만사를 어찌 다시 말하리오

변방을 안정시킬 계책을 세운들

누가 칼 울리는 신하가 되겠는가

평생 나라 위해 흘린 눈물

오늘 다시 수건을 적신다

| 同年李驪山挽 | 元祥.

同是三朝老, 人間八十春. 百年嗟莫及, 萬事復何陳.

如畫安邊策, 誰爲鳴劍臣. 平生憂國淚, 今日重沾巾.

4

김기선 만가

기성箕城에 살던 한 선비
세상이 싫어 장주滄州에 숨어살았다네[1]
흥이 나면 어부도 되고
세상사 잊었으니 흰 물새와 같았지
이웃에겐 약속을 미루지 않았고
형제간엔 서로 탓하는 일이 없었지
백발의 노인 늙고 쇠하여
가을바람에 눈물을 거두지 못하네

| 金基善挽 |

箕城有一士, 厭世臥滄州. 隨興惟漁父, 忘機是白鷗.
鄕隣無宿諾, 兄弟不相猶. 鶴髮嗟衰老, 秋風淚未收.

---

1) 창주滄州는 푸른 물가로 은자隱者가 사는 곳을 이른다.

5

조카 찬의 고송당에 쓰다

_ 2수1)

서호에 한 선비 살고 있으니
배고픔과 추위는 돌보지 않네
마음을 쏟는 일은 시 천 편
삶을 유지하는 것은 대나무 낚싯대

한 그루 소나무 그의 절의를 돋우고
국화 떨기 한적한 여유를 돕는다네
매화 한 그루 이 또한 빼어나니
조화로운 자연 속에서 유유자적

| 題從子纘孤松堂 | 二首.

西湖有一士, 志不在飢寒. 事業詩千首, 生涯竹一竿.

孤松挑節義, 叢菊助幽閒. 又得梅兼絕, 優遊造化間.

---

1) 원주에는 2수라고 되어 있으나 여기에는 한 수만 실려 있다.

여든 살, 나의 뜻은

매양 진리를 찾아가고자 했으니
어찌 세상사람에게 아첨하리오
입은 옷은 날마다 해지고
귀밑머리는 해마다 세어 간다
병이 많아 정든 벗들은 멀어지고
세상사 잊으니 들새가 나를 따른다
문을 나서도 갈 곳이 없으니
고기 잡는 어부가 나의 좋은 이웃

| 八十言志 |

每欲尋眞去, 胡爲媚世人. 身衣隨日破, 鬢髮逐年新.
多病情朋遠, 忘機野鳥馴. 出門無所去, 漁父好爲隣.

오 처사의 시에 차운하여

_ 오정서

이름난 화초를 옮겨 심고 나니
이제야 비와 이슬의 고마움 알겠네
아무 생각 없이 항시 입을 다물고 있다가
손님이 오니 그제야 문을 연다
오랫동안 번화한 곳 싫었는데
홀로 즐기는 정원이 새로 생겼다네
맑은 이야기에 날 저무는지도 모르고
둥지로 돌아가는 새는 숲 너머에서 지저귄다

| 次吳處士 | 庭瑞.

移種名花草, 今知雨露恩. 無思常閉口, 有客始開門.

久厭繁華地, 新成獨樂園. 淸談忘日暮, 歸鳥隔林喧.

고 학사의 시에 차운하여

산은 빙 둘러 참으로 살아 있는 그림이고
물은 굽이 굽어 용이 서려 있는 형세로고
강촌의 술에 취했다 깨었다
조화 중에 떴다 가라앉았다
동쪽 창으로 흰 달을 맞이하고
남쪽 난간에서 맑은 바람을 기다린다
속세를 벗어나 한가로이 아무 일 없으니
아침엔 고기 잡는 노인, 저녁엔 나물 캐는 노인

| 次高學士韻 |

山回眞活畵, 水曲是盤龍. 醒醉江村酒, 沈浮造化中.

東窓迎素月, 南艦[檻]¹⁾占淸風. 物外閑無事, 朝漁暮採翁.

---

1) 저본에는 '艦'으로 되어 있으나 중간본을 참조하여 '檻'으로 바로잡았다.

비은정

훌륭한 손님이 자주 오고 가니

이 정자 더욱 이름이 난다네

바람 끝에 달빛 피리소리 새어 나오고

구름 끝에 처마 기둥이 드러나네

산 기운은 석양을 받아 아름답고

물결은 오랜 비 끝에 맑다네

새로 익은 술을 찾으려 했는데

부인이 먼저 알고 준비하네

| 費隱亭 |

好客頻來往, 高亭更得名. 風端漏月笛, 雲脚露簷楹.

山氣夕陽後, 波光宿雨晴. 欲探新酒熟, 家婦預知情.

비은정과 식영정의 풍경을 비교해 보면

삼주에 은둔한 노인이 있으니
멀리서 식영정을 그려 본다
난간 밖은 고동마냥 솟은 푸른 산
창문 사인 거울 면처럼 평평하지
강물은 위아래가 있겠지만
풍경에 어찌 차고 부족함이 있으리
두 곳 모두 신선의 비경을 깨뜨렸으니
어디가 낫다 다툴 것 없겠지

| 費隱息營相較風景 |

三洲有逸老, 遙憶息營亭. 檻外螺鬟碧, 窓間鏡面平.

江流雖上下, 風景豈虧盈. 共破烟霞秘, 雄雌不必爭.

임 석천 억령, 양 송천 응정의 운에 차운하여, 옥천 정 첨사의 정자에 쓰다

금강에서 온 손님
지팡이 짚고 도인의 집을 찾는다
산 깊어 두견새 울고
바람 거세어 까마귀 둥지 어지럽다
섬돌 가 대나무 막 푸르름 짙어 가고
뜰 앞의 매화는 벌써 시들어 간다
주인이 노인을 잘 대접해
생선이며 나물이며 거기에 유하주流霞酒까지

양 송천의 원시

뜻하지 않게 천애의 객이 되어
계곡 입구의 집을 지나는데
은근한 정 멀리 왔다 위로하고
정다운 마음 저녁까지 이어진다
바다 기운에 구름은 나뭇잎에 맺히고
세찬 바람에 세월은 꽃잎을 떨구는데
함께 흠뻑 취할 일 어이 마다하리오
술은, 당연 유하주지

| 次林石川億齡梁松川應鼎韻題玉川鄭僉使亭 |

來自錦江客, 鳩筇訪道家. 山深鳴杜宇, 風急亂巢鴉.

堦竹方添碧, 庭梅已謝華. 主人知養老, 魚菜又流霞.

：附松川元韻

偶作天涯客, 經遊谷口家. 慇懃勞遠馭, 款曲到昏鴉.

海氣雲凝葉, 風威歲退華. 寧辭同爛漫, 村酌當流霞.

외솔

내 가장 사랑하는
뜰 앞의 한 그루 나무
한겨울 추위 속에
푸른 절의 더욱 깊다
바람 불면
옥을 두드리는 그 소리
달 떠오르면
반짝이며 부서지는 그림자
남파랑
책상에 너울대고
푸른 그늘
내 맘이 시원타
앞길에
수레나 말은 보이지 않고
그저 가끔
노인이 찾을 뿐

| 孤松 |

最愛庭前樹, 歲寒節益深. 帶風聲戛玉, 延月影篩金.
翠色侵書案, 淸陰爽我心. 絶無車馬路, 時有老人尋.

호서 김 학사의 시에 차운하여

삼대 조정에 출입하던 이 노인을
그대 아니면 그 누가 알아주랴
시대를 슬퍼해 간담은 붉디붉고
나라 걱정에 귀밑머리 새하얗다
남한성 호적에게 문을 열던 날
동궁께서 인질로 국경을 넘던 때
그날을 생각하자니 가슴에 분이 끓는다
북쪽을 바라보자니 가슴에 한이 끝없다

│ 次湖西金學士韻 │

出入三朝老, 非君知我誰. 傷時赤肝膽, 憂國白鬢眉,
南漢開門日, 東宮出塞時. 追思忠憤菀, 北望恨無涯.

14

나운이 술을 들고 찾아오다

느지막이 새로 살 곳을 마련하니
그윽한 정취 이 또한 한 멋
모래 빛은 비 갠 후에 선명하고
산 빛은 석양 속에 더욱 아름답다
떨어지는 노을 가 물오리 한 마리
먼 포구엔 돌아오는 배 한 척
바닷가 신선이 백주 들고 찾아오니
밝은 달이 약속이나 한 듯 반기누나

| 懶雲携酒來訪 |

晩得新居地, 幽閑亦一奇. 沙光雨後見, 山色夕陽知.

孤鶩落霞際, 歸帆遠浦湄. 海仙携白酒, 明月似相期.

칠언절구

1

진주 목사로 있는 나운이 아직 돌아오지 않아, 장난삼아 준다

정자 이름은 식영정이라 잘 짓더니만
오랫동안 홍진에 취해 어느 날에나 깨시려나
물가의 갈매기도 동산의 학도 오갈 줄을 아는데
화강에 풀이 다시 푸르기를 기다리지 마시게

| 懶雲牧晉州未歸戱贈 |

亭名好作息營亭, 久醉紅塵何日醒.

沙鷗園鶴自來往, 莫待花江草又靑.

순상과 부사와 함께 월출산에 달놀이 가서

구름을 더위잡고 곧장 구룡봉에 오르면
양팔 사이로 바람이 일어 기세가 웅장합니다
옥황상제께 아뢰오니 이제부털랑
신선들은 금강옹을 기억해야 할 것입니다[1]

| 與巡相及亞使遊月出山 |

攀雲直上九龍峰, 兩腋風生氣勢雄.

爲報天皇今去後, 點仙須記錦江翁.

---

1) 금강옹錦江翁은 일옹 자신을 가리킨다.

늙어 강호에서

삼대 왕조의 노장 나이 비록 늙었지만
나라 위한 붉은 마음 한 서린 보검
꿈속에서 여러 번 적장의 목을 베니
몸에 걸친 융복엔 핏자국 얼룩지네

| 老伏江湖 |

三朝舊將年雖老, 爲國丹心寶劍寒.
夢中頻斬單于首, 身上戎衣血點班.

나운이 삼주를 지난다는 소식을 듣고

봉래산을 오가는 일엽편주가
지난 밤 삼주를 지났다는데
신선의 발자취 뉘라서 알리오마는
모래톱 흰 갈매기 너는 아는지

| 聞懶雲過三洲 |

來往蓬萊一葉舟, 傳聞昨夜過三洲.
仙人蹤跡誰相識, 欲向沙頭問白鷗.

5

나운이 찾아옴

주인은 늙었지만 강가 정자는 좋아서인지
지난 날 노닐던 신선이 오늘 다시 찾아왔네
높은 누대 긴 바람 세찬 것이 안타깝지만
구름은 다른 산에 묵는지 아직 오지 않았네

| 懶雲來訪 |

主人雖老江亭好, 昨日遊仙今又來.
高臺但恨長風急, 雲在他山宿未回.

무등산 유람

산허리 떨어진 낙엽에 옛 길이 사라지니
오랜 암자 새로운 절 승에게 묻는다오
갈바람이 불어 강남의 흥취를 일으키니
물마다 산마다 시를 지으라 부추긴다오

| 遊無等山 |

葉落山腰舊路疑, 古菴新寺問僧知.

秋風吹起江南興, 水水峰峰强作詩.

정자의 가을 경치

강가 정자 비 갠 풍경
깨끗한데
주렴 가득 성근 비에
술이 깬다
여뀌 꽃 붉고 갈대 꽃 흰
늦가을 풍광
어디선가 돌아가는 기러기
다시 울음 보낸다

| 高亭秋景 |

江上高亭霽景明, 滿簾疎雨酒初醒.
蓼紅蘆白秋光晚, 何處歸鴻更送聲.

늦 풍경

높은 정자 꿈에서 깨 보니 새벽이 다가오는데
물가 향해 창문 열어 보니 갠 하늘이 산뜻하네
밤사이 눈보라가 얼마나 몰아쳤는지
월출산 얼굴은 화장 분이 고르지 않네

| 晚景 |

高亭夢罷天將曉, 臨水開窓霽色新.

夜來風雪知多小, 月出山顔粉未均.

금강의 돌아가는 배

작은 배 한 척 저물녘 비 내리는 가을 강에
두둥실 바람 따라 이리저리 떠 가는데
초나라 나그네의 쓸쓸한 돛배가 아니라면
소동파 적벽에 띄웠던 그 배가 아닐는지

| 錦江歸帆 |

小艇暮入秋江雨, 泛泛隨風任去留.
若非楚客蕭蕭帆, 疑是蘇仙赤壁舟.

양 학사의 시에 차운함

강의 남쪽, 바다 동쪽
한 줄기 물길이 통한다네
한림원의 시인이었던 이
어촌 주막에서 도롱이 쓴 노인을 찾는다네
여윈 나는 소나무 둥지의 한 마리 학
등 굽은 그대는 물속에 숨은 한 마리 용
늘그막이 자연에 함께 숨어 일흥逸興을 누리니
천년 후에 기산과 영수의 유풍을 이었다네[1]

| 次梁學士 |

江之南也海之東, 一帶烟波木道通.

曾是鑾坡靑鎖士, 來尋漁店綠簑翁.

形癯我似巢松鶴, 身屈君如蟄水龍.

暮歲湖山同逸趣, 千秋箕潁挹餘風.

---

1) 기산箕山과 영수潁水는 요임금 때 은자인 소부巢父와 허유許由가 살던 곳이다.

난리 통에 네 벗의 부고를 연이어 듣고

네 벗이 차례로 저 세상으로 떠났다는 소식에
백발 외로운 몸 누구와 가까이 지낸단 말인가
계헌季獻은 서울 거리에서 함께 공부했었고
덕이德而는 금강 가에서 함께 늙어 갔었지
헌지憲之는 임포가 노닐던 서호의 달을 약속했었고
경후景厚는 범려가 은둔한 바다의 봄을 기약했건만
이제 갑자기 이승과 저승으로 영영 이별하여
남은 생 외로움에 이렇게 홀로 눈물을 적신다

| 亂中連聞四友訃 |

連聞四友乘雲去, 白髮孤蹤孰與親.
季獻同遊紫陌上, 德而偕老錦江濱.
憲之有約林湖月, 景厚相期范海春.
從此幽明便永訣, 餘生窮道獨沾巾.

정축년의 탄식

_ 병소서

아아, 말세의 인심이 어쩌면 이 지경에 이르렀는가. 여러 읍의 수령들은 제일 먼저 피난 갈 궁리를 세워 배 가득 관곡을 싣고 앉아 기다리고 있고, 늙고 어린 백성들은 말을 타거나 걸어서 산림 속으로 숨어들어 가거나 아니면 배를 타고 섬으로 피난해 들어가 버렸다. 그러나 나는 그렇게 할 수 없었다. 집사람과 자손들이 날마다 울며 호소하였지만, 나 또한 눈물을 흘리며 그들에게 말했다.

"밤낮으로 미동 없이 서 있으면서 북쪽 임금님 계시는 외로운 성을 바라보았다. 임금께서는 포위 속에 곤란을 당하고 계시고 백관들은 임금을 호위하며 따르고 있는데, 내 어찌 무슨 겨를에 난리를 피할 궁리를 세운단 말인가. 남한성이 무너진다면 나 또한 스스로 목숨을 끊을 것이다."

땅에 머리를 찧으며 하늘을 부르며 애통하게 울부짖노라, 애통하게 울부짖노라. 성이 포위된 날이 오늘까지 44일이다. 오장이 다 타 들어가 말이 막혀 더이상 말을 잇지 못하겠다. 정축년(1637) 정월 24일에 쓴다.

훗날 들으니 성문을 열고 화친을 청한 날도 바로 이 날이라고 하니 참으로 괴이한 일이다.

경성에 남은 부로父老들은 중원을 바라보고
남한강을 건넌 군신은 성에 들어가 문을 잠궜다
시장과 길엔 군마들의 오고 가는 질주가 잇달았고

궁벽한 마을엔 백성들이 모두 도망가 인적이 끊겼다

백 년 문화와 문물이 구렁텅이 속에 묻히고

천리 먼 곳의 적장이 궁성을 포위하였다

팔십 여생 동안 조심하며 살아왔는데

어린아이와 노인을 이끌고 무릉도원을 찾는다

| 丁丑歎 | 并小序.

嗚呼, 末世人心, 何至於此耶? 列邑太守, 先治避亂船, 滿載官穀而待坐, 大小人民, 或騎步而入山林, 或乘船而入海島, 余則不如是也. 家人及子孫, 日日泣請, 余亦泣而言之, 曰, 晝夜鵠立, 向北孤城, 主上違逼, 百官扈從, 吾何暇治避亂之策乎? 南漢若破, 則吾亦自死矣. 叩地呼天, 哭之痛哭之痛. 圍城之日計之, 今日則四十四日矣. 五內如煎, 言絶而只此焉. 丁丑正月二十四日記, 而後日聞之, 則開城門請和之日, 亦此日云, 是可怪也.

京城父老望中原,　　南渡君臣入鎖門,

鐵馬往來連市路,　　居民奔走絶窮村,

百年文物塡溝壑,　　千里單于傍御閽,

八十餘生色斯擧,[1]　　携兒扶老訪桃源.

---

1) 색사거色斯擧는 미물인 새도 사람의 낯빛이 좋지 않음을 보면 사람을 가까이하지 않는다는 데서 온 말로, 『논어』 「향당鄕黨」에 "낯빛을 보고는 날아 올라가서 빙빙 돌면서 자세히 살핀 다음에야 내려앉는다(色斯擧矣, 翔而後集)" 하였다.

식영정 상인의 시에 차운하여

술 있다고 시 있다고 그대 너무 자랑마오
나의 정자는 매화가 아니 핀 곳 없다오
구름이 빗기니 바다는 깨끗한 새 그림
비가 씻어 낸 강변은 하이얀 옛 모래
떨어지는 석양 속에 먼 포구의 돛단배 점점 분명해지고
저물녘 연기 속에 근처 어부의 집이 때때로 보인다오
맑은 이야기 한창 무르익어 돌아갈 길 잊어버리고
문득 고개 돌려 보니 쓸쓸한 바람이 파도를 일으키네

| 息營亭次上人韻 |

有酒有詩君莫誇, 吾亭無處不梅花.
雲橫海帶明新畵, 雨洗河邊白舊沙.
落照漸分遠浦帆, 暮烟時露近漁家.
淸談方飽忘歸路, 回首蕭蕭風起波.

나운에게

명철보신하여 머물 곳을 알았으니
바로 호수의 남쪽, 금강의 서쪽이라
본마음이 세속과는 맞지 않았으니
일흥을 혼자 누려 푸른 바다에 사네
병으로 사양하여 사직을 청했으니 소광疏廣 소수疏受요[1]
벼슬을 버리고 약초를 캐었으니 백이伯夷 숙제叔齊로고
한가로움 속에 홀로 즐기는 멋 끝이 없는데
낚싯대 내려놓은 여울 가엔 달이 지려 한다네

| 贈懶雲 |

明哲保身知所止, 湖之南也錦之西.
素心不合紅塵累, 逸興偏甘碧海棲.
謝病乞骸疏廣受, 投簪採藥伯夷齊.
閑中獨樂無窮處, 罷釣磯邊月欲低.

---

1) 소광疏廣과 조카 소수疏受는 한漢나라 선제宣帝 때의 명신名臣으로, 관직이 높아지고 명성이 널리 퍼졌으나 그만두고 돌아가지 않으면 후회할 일이 생길 것이라면서 이내 고향으로 돌아갔다.(『한서漢書』 권71)

국화 심는 노래

사람이 이 세상에 태어나서
저마다 좋아하는 것이 있지
대박산 아래 사는 늙은이는
국화를 심는 것이 제 일인 양
사방에 이곳저곳 구하여서
뜰 가득 온갖 국화 다 모였네
이 노인 얻은 국화 많기도 해
석숭의 금곡보다 더 많으이

안개 낀 새벽이나 달뜬 저녁
끼니도 모르고서 앉았노니
시절은 바야흐로 초여름날
단비가 대지마다 적셔 주네
가랑비 향기로운 진흙에서
많은 건 이리저리 솎아 주고
잘린 건 잘 자라게 북돋우니
벽옥을 묶어 논 듯 아름다워라

위 섬돌 아래 섬돌

귀천이 따로 있는 것처럼

마른 땅 습한 땅

싫은 맘 좋은 맘 있는 것처럼

멀기도 가깝기도

소원한 사이 친한 사이처럼

앞에 있기도 뒤에 있기도

내외가 구별이 있는 것처럼

국화꽃아 국화꽃아

나에게 아쉬움이 무에 있으리

나의 도 공평하신 하늘 닮아

조금의 사심이야 있을쏜가

늙어서 하는 말이 아니라오

세상사 소이연이 그런 거라네

| 種菊歌 |

人生於世, 各有成癖. 大朴山翁, 種菊爲業. 周求四方, 九品滿庭. 余有
所得, 富於金谷. 烟晨月夕, 坐久忘飢. 時惟孟夏, 佳雨膏之. 霡霂香泥,
叢叢分劚. 裁者培之, 碧玉如束. 堦有上下, 若賤若貴. 土有皐濕, 若憎
若愛. 或遠或近, 若疎若親. 或前或後, 若內若外. 菊乎菊乎, 何憾於吾!
吾道體天, 豈敢有私! 非我言耄, 勢所然也.

생일에 자식들에게 줌

오랑캐 병마가 쳐들어오니
온 나라 여기저기 난리가 나서
남한성 강화도 피난처마다
문무백관 많이들 죽고 말았네

호남에 살고 있는 한 늙은이
부부가 백년해로 함께 늙어가
나이가 이제 곧 구십이 되는데
난리 통에 목숨을 보존하였네

생일이라 즐거운 이 저녁에
아홉 형제 두 자매 모두 모여서
저마다 아버지께 축수 올리니
누구의 술잔이라 들지 않으리

크게 취해 마음껏 노래 부르니
가슴속은 태고마냥 순진무구해
아름다운 이 세상 이 강산에

나 홀로 주인이 되어 보노라

삼주 가에 고기 잡으며
비은의 노래 부른다
지나간 세상사 뒤돌아보니
날 알아줄 이 그 누구런가

| 生辰贈兒 |

鐵馬南窺, 國家多亂. 南漢江都, 衣冠多殞. 湖南有翁, 夫妻偕老. 年將
九十, 亂世存保. 生辰今夕, 九男二女. 各獻壽盃, 何取何捨! 大醉狂
歌, 胸中太古. 第一江山, 我獨爲主. 三洲釣魚, 費隱吟詩. 回首世間,
知我其誰?

비은정기

　우리 금성산錦城山은 호남의 명승지로 한 기슭이 서쪽으로 달려나가 백룡산白龍山이 되었고 한 산맥이 남쪽으로 내려가 대박산大朴山이 되어 금강 가에 우뚝이 솟아 있다. 신선도 아니고 속인도 아닌 선비가 그 산을 살피고 그 물을 살펴 그 가운데에 정자를 지었으니 이것이 비은정費隱亭이다.

　상류에는 면앙정俛仰亭, 풍영정風詠亭, 호가정浩歌亭, 창랑정滄浪亭이 있고 하류에는 소요정逍遙亭, 장춘정藏春亭, 연파정烟波亭, 식영정息營亭이 있으니 모두 명가 세족이 유람하고 구경하던 명승지인데 나의 정자가 그 사이에 끼여 있다.

　'비은' [1]이라고 이름을 지은 까닭은 무엇인가. 사시의 풍광이 치우치지도 지나치지도 않고 위아래를 통합하여 그 용用이 크고 그 체體가 은미하여 여러 가지 경치와 무궁한 자연이 아침저녁으로 그 아름다운 자태를 드러내어 멀거나 가깝거나 모두 한결같기 때문이다.

　동쪽으로는 가야산伽倻山이 있고 남쪽으로는 금강산金剛山이 있으며

---

1) 비은費隱은 『중용장구』 12장의 "군자의 도는 비하고 은미하다(君子之道, 費而隱)"에서 나온 말이다. 주자의 해석을 보면, '비費'는 군자지도君子之道의 광대한 작용作用을 가리키는 말이며, '은隱'은 군자지도의 오묘한 본질을 지칭하는 용어이다. 이를 비유적으로 표현한 말로 『시경』의 "솔개는 날아 하늘에 이르고, 고기는 연못에서 뛰논다(鳶飛戾天, 魚躍于淵)"는 표현을 들 수 있다. 여기서 솔개와 고기의 활발발한 모습은 바로 오묘한 군자의 도가 현실에서 작용하는 모습을 형상화한 것이다.

서쪽으로는 금오산金鰲山이 있고 북으로는 백룡산白龍山이 있으니 사방의 산이 빙 둘러 마치 울타리를 두른 듯하다.

앞으로는 금강이 동쪽에서 흘러와 정자 앞에 이르러서 물이 고여 삼곡三曲이 되었다. 노룡이 게으른 잠에서 막 깨어 마치 바다를 향하고 있는 듯한 모습인데, 선들바람이 한 번 불어오면 하얀 파도 물보라가 천만 조각으로 부서진다. 유람 온 선비가 말을 멈추고 시 짓는 승이 석장을 쉬이며 상선들이 끊이지 않고 드나든다.

뒤로는 끝없이 너른 들판이 펼쳐져 있고 실개천이 휘돌아 나가는데 한낮이 되면 시장이 서서 교역을 하고 파한다. 먼 산 안개 속 사찰에서 저녁 종소리가 울려 퍼지고, 초동草洞의 여러 집에는 오랜 고목이 울창하다.

봄이면 매화나무 언덕에 바람이 불어와 은은한 향기가 풍겨 오고, 상선에서 폭죽을 터뜨리면 가벼운 연기가 꽃잎에 퍼져 온다. 언덕과 물가 여기저기 핀 지초 난초는 푸르게 무성한데 가랑비 바람에 비껴 내리면 고기 잡는 노인은 낚시 드리운다. 떨어진 꽃잎을 삼킨 물고기는 향기를 풍기며 바다로 돌아가고 소나무 울타리에 학이 울음 울면 그 소리 멀리 들판까지 들린다. 어린 풀잎 옅은 안개 속에 돋아나고 긴 제방에는 버들잎 푸르다. 밭 갈던 틈에 잠시 피리를 불고 어부들의 노랫소리 서로 화답하니, 그 즐거움이 어떠하겠는가.

여름이면 오동나무 그늘 뜰에 가득 드리우고, 석류 꽃 아름답게 피어난다. 실버들에 낀 짙은 안개, 새벽 앵무새의 교태로운 지저귐. 어기여차 노 젓는 소리에 낮잠을 깨면 백 척 높은 난간에 호수는 맑은 바람을 보내 온다. 달빛 아래 나그네 이르면 그림자 삼주에 떨어진다. 어른 아이 대여섯과 푸른 물결에 목욕하고 노래 부르며 정자로 돌아오니, 공자께서 인정해 주었던 그 칭찬이 어찌 증점曾點에게만 해당되는 것이겠는가.[2]

가을이면 더위도 추위도 모르고, 새로 찾아온 기러기 처음 우는 소리. 갈대 무성하더니만 이슬이 얼어 서리가 된다. 갈대꽃은 눈처럼 희기만 한데 산 숲 나뭇잎은 비단처럼 붉다. 흰 달빛이 강에 가득하니 정자 난간이 물 위에 떠 있는 듯. 장한張翰이 그리워한 강동江東 땅이,[3] 이백이 즐기던 채석采石이[4] 어찌 이보다 더하겠는가.

겨울이면 강산이 눈으로 뒤덮여 하늘이고 땅이고 모두 새하얗다. 계곡마다 숲마다 옥 같은 나무, 옥 같은 가지. 한 척 작은 배에 사립을 쓴 마른 노인. 홀로 찬 강에 낚시질하는데 언 강물이 밀려왔다 밀려간다. 백룡이 노닐며 장난치고 물고기 떼 햇빛에 반짝인다. 한 폭의 그림처럼 황홀하여 흥겨운 마음이 넘쳐흐르니, 악양岳陽의 동정호, 소상瀟湘의 팔경이 무에 부러울 것 있으리오.

그렇다면 삼라만상의 변화가 무궁하니 이 이치의 용用이 아닌 것이 없다. 이것이 이른바 '비費'이다. 게다가 노부는 은밀한 것을 캐려 하거

---

2) 공자가 제자들에게 각자의 뜻을 물었을 때, 증점이 "늦봄에 봄옷이 다 만들어지면 어른 대여섯 명과 아이 예일곱 명과 함께 기수沂水에서 목욕하고 무우舞雩에서 바람을 쐰 후 노래하며 돌아오겠습니다" 하고 대답하자 공자가 감탄하며 인정했던 고사를 가리킨다.(『논어』 「선진先進」)

3) 진晉나라 장한張翰은 동조연東曹掾이라는 관직에 있다가 어느 날 가을바람이 부는 것을 보고 고향의 순채국과 농어회가 그리워진다고 하면서 사직하고 고향인 강동으로 떠나갔다고 한다.(『진서晉書』 권92)

4) 이백李白이 채석기采石磯에서 밤에 비단 장포長袍를 입고 낚싯배에 앉아 뱃놀이를 즐기다가 물에 빠졌다고 함. 매요신梅堯臣의 시에, "채석강 달빛 아래 적선을 찾았더니, 비단 장포 밤에 입고 낚싯배에 앉아 있네(采石月下訪謫仙, 夜披錦袍坐釣船)" 하였다.

나 괴상한 행위를 본래 하지 않았으며 세상을 피해 살면서 이름이 드러나지 않아도 후회하지 않았다. 강호에 자취를 감추고 명예를 구하지 않았으며 계절에 따라 변하는 자연 경관을 감상하여 가슴속이 상쾌하고 생동감이 넘친다. 하늘 높이 날아오르는 솔개와 연못에서 튀어 오르는 물고기, 오동나무 위에 떠오른 달과 버드나무 가지에 불어오는 바람. 가는 곳마다 즐거워하며 장차 늙음이 찾아오는지도 모른다. 나의 삶이 청복을 받은 것이 어찌 하늘이 내려주신 덕분만이겠는가. 실로 임금님의 은혜이시다. 그러나 그 소이연은 눈으로 보고 귀로 들을 수 있는 것이 아니니, 이른바 '은隱'인 것이다.

아, 금강의 상·하류에 곳곳이 이름난 정자지만 경물景物의 아름다움에 묻히고 말아 모두 그 의미를 얻지 못했다. 누가 이 정자에 이런 이름을 지은 의미를 알겠는가. 내 마음에 깨달은 바가 있어 써서 기록한다.

| 費隱亭記 |

惟我錦城山, 擅勝湖南, 一麓西走爲白龍山, 一脈南下爲大朴山, 屹立於錦江之濱. 非仙非俗之士, 相其山, 占其水, 亭其中, 費隱亭是也. 其上流則俛仰風詠浩歌滄浪亭也, 其下流則逍遙藏春烟波息營亭也, 皆是名家右族遊賞勝地, 余之亭介於其間. 名以費隱何也? 四時風景, 不偏不倚, 統合上下, 用費體隱, 多般景趣, 無窮物色, 朝暮呈態, 遠近均也. 東有伽倻, 南有金剛, 西有金鰲, 北有白龍, 四山周回, 有若藩籬. 其前則錦江自東而來, 到于亭前, 瀦爲三曲, 老龍懶睡初罷, 如向海門之狀, 和風

一翻, 浪花千片, 遊士停驂, 詩僧憩錫, 商帆絡繹也. 其後則無邊巨野, 細流縈回, 日中爲市, 交易而退, 遠岳烟寺, 暮鍾隆隆, 草洞千家, 古木蔭蔭. 其春則梅壇風起, 暗香初動, 商船燃竹, 輕烟襲花, 岸芝汀蘭, 郁郁靑靑, 細雨斜風, 漁翁垂釣, 魚呑落花, 香歸于海, 鶴鳴松扉, 聲聞于野, 細草煙幕, 長堤柳靑, 耕餘牧笛, 漁歌互答, 其樂如何! 其夏則梧陰滿庭, 榴花照眼, 烟濃柳絲, 曉鸎嬌音, 欸乃一聲, 晝眠初罷, 百尺欄干, 湖送淸風, 客到月邊, 影落三洲, 冠童五六, 浴乎淸波, 詠歸于亭, 孔聖吾與之讚, 豈獨在於點也哉! 其秋則寒暑不知, 新鴈初叫, 蒹葭蒼蒼, 白露爲霜, 蘆花雪白, 山葉錦紅, 素月滿江, 亭欄如浮, 張翰之江東, 李白之采石, 何過於此乎! 其冬則雪滿江山, 上下一色, 萬壑千林, 琪樹瓊枝, 一葉孤舟, 簑笠瘦翁, 獨釣寒江, 冰流潮汐, 白龍遊戱, 鱗甲照耀, 恍若畵圖, 興味滔滔, 岳陽之洞庭, 瀟湘之八景, 何足羨乎! 然則萬景森羅, 變態無窮, 莫非此理之用, 所謂費也. 而況老夫索隱行怪, 自不爲之, 遯世無聞, 亦不悔焉. 晦跡江湖, 不求聞達, 收拾景物, 胸襟快活. 戾天之鳶, 躍淵之魚, 梧桐之月, 楊柳之風, 隨處自樂, 不知老之將至. 此生淸福, 豈獨天享, 實是君恩! 然其所以然則非見聞所及, 所謂隱也. 鳴呼, 錦江上下, 處處名亭, 只爲景物役而已, 皆未得其實. 誰知此亭揭名之意乎? 自得於心, 書以記之.

가묘에 관한 의논을 세우다

우리 수성隋城 최씨는 고려조에 수성백隋城伯 문혜공文惠公 휘 영규永奎가 시조이시다. 휘 유춘有椿이란 분이 태자 첨사太子詹事를 지내셨다. 그후의 관직과 세대는 하나하나 상고할 수 있지만 자손들의 많고 적음은 온전한 족보가 없어서 자세히 알 수 없다. 8대에 이르러 중직대부中直大夫이신 휘 순淳이란 분이 계셨는데 중직공께서는 독자로 두 아들을 낳으셨다. 장남은 휘 귀종貴淙으로 진사이신데 후사가 없이 일찍 돌아가셨다. 차남은 휘 귀당貴溏으로 관직이 만포 첨사滿浦僉使에 이르렀고 휘 영瀛인 아들 한 분을 두셨으니, 이 분이 바로 나의 조부이시다. 관직이 영릉 참봉英陵參奉에 이르셨는데 이 분도 일찍 돌아가셨다. 중직공 이후로 삼대가 독자셨는데 향년도 모두 길지 않으셨다. 최씨가 면면히 끊이지 않고 이어진 것이 참으로 한 올 실낱같이 미미하였다.

더군다나 우리 선친께서는 참봉 부군의 어린 자식으로 정축년 2월 16일에 태어나셨다. 그러나 그 해 3월 20일에 참봉 부군께서 돌아가셨으니 날짜를 계산해 보면 겨우 34일 만에 아버지를 잃은 것이다. 조모 박씨는 이때 나이 서른이 못 되어 지아비를 잃고 하나 있는 어린 아들은 장성하기를 기대할 수 없었다. 자결하여 지아비를 따르려 하였으나 상을 지킬 사람이 없는 것을 헤아려 억지로 실낱같은 목숨을 이으셨다. 염하고 장례를 치르고 우제를 지내고 대상과 소상을 한결같이 예법에 맞게 치르셨다. 상제가 끝나는 날에 곧바로 음식을 끊으시고 5일 만에 자진하셨으니 3월 25일이 바로 돌아가신 날이다.

나의 선친은 겨우 세 살에 부친과 모친을 모두 잃고 고모와 이모의 비복들 사이에서 자라셨다. 겨우 여섯 살이 되어 종고모부 이세분李世芬께서 데려다 기르셨다. 종고모부는 나주 금안동金安洞에 살고 계셨는데 선친께서 나주에 오셨을 때에는 아직 강보에 쌓인 어린아이였으니, 이씨 부처께서 양육하신 수고는 바로 하늘과 같으신 것이다.

선친께서는 나이 열여섯이 되어 무안務安 김씨에게 장가들었는데, 김씨도 명문거족의 집안으로 모친께서는 지어미의 아름다운 덕행이 일찍 드러난 분이셨다. 마침내 가업을 경영하여 나주의 초동草洞에 집을 마련하셨다. 5남 2녀를 낳으셨다. 집안에서 엄격하고 심지 굳게 지내셨으며 의로운 방법을 모범으로 삼아 자식들을 가르치셨다. 그래서 우리 다섯 형제가 학문과 무업을 닦는 일 이외에는 마음과 힘을 쓸 곳이 없게 하셨다.

큰 형님은 어린 나이에 진사가 되어 임오년 문과에 급제하여 관직이 이조 낭청에 이르렀다. 아들 둘을 두었는데 찬纘과 계繼이다. 둘 다 재주와 행실이 뛰어나 사람들의 추대를 받았다. 계는 병오년에 생원이 되었다. 둘째 형님은 무예가 비범하였으나 자기 대에 영예를 누리지 못하였다. 아들 원縜이 있는데 집안을 세운 아들로 계미년에 무과에 급제하여 세 현의 현감을 차례로 지냈다. 셋째 형님, 넷째 형님은 비록 이름을 세우지는 못했지만 재주와 행실이 있는 유사儒士라는 이름을 잃지 않았다. 문예가 다른 사람과 어깨를 나란히 할 만한 자손을 두었다. 두 누이는 모두 선비에게 시집가서 자손이 번창하였다. 무예로 명성을 이룬 자손도 있고 문장으로 재주를 떨친 자손도 있다.

나는 일곱째로 네 분 형님의 막내 동생이고 부모님의 어린 자식이다. 부모님께는 나아 주시고 길러 주신 은공을 입었고 여러 형님들께는 가르침과 보살핌을 받았다. 몸체는 우뚝하니 장대하고 성품은 어리석은 정도는 아니어서 그럭저럭 서적을 공부하고 무예도 겸하여 익혔다. 여러 차례 과장에서 우수한 성적을 거두어 사람들이 무예에 뛰어나다고 칭찬하였는데 갑오년에 과거에 급제하였다.

그 후 선친께서 돌아가실 때까지 항상 선친의 기대에 부응하지 못한 것이 한이었다. 다만 다행스러운 것은 어머니께서 88세까지 장수하셨는데 급제한 후엔 비록 높은 벼슬은 아니지만 비로소 가까이 모실 수 있게 된 것이었다. 얼마 있다 바닷가 현의 현령으로 승진하면서 대부의 지위에 올라 좋은 음식을 봉양할 수 있게 되었다. 군마를 타고 전쟁터를 누비면서 나라 위한 충성을 다소나마 바칠 수 있었다. 선무원종일등공신宣武原從一等功臣에 올라 선친의 작위가 통정대부 승정원 좌승지通政大夫承政院左承旨 겸 경연참찬관兼經筵參贊官으로 추증되었고 어머니는 숙부인淑夫人이 되셨다. 그러나 나의 효성 때문에 그렇게 된 것이라고 말하려는 것은 아니다. 재주가 있건 없건 아비 입장에서는 다 같은 아들이다. 나는 9남 2녀를 두었는데 그 중 셋째 아들 결結은 경신년에 무과에 올라 관직이 사헌부 감찰에 이르렀으니, 바로 선친과 선비의 은택이 유독 나에게만 더욱 후한 것이다. 이로 보면 선친께서 삼대독자 집안에 태어나셔서 겨우 몇 달 만에 아버지를 잃고 겨우 3살에 어머니를 여의고서 외로이 혈혈단신으로 남에게 맡겨져 성인이 되셨다. 비록 조상이 쌓은 은덕과 하늘과 땅의 보살핌 때문이라고는 하지만 다섯 아들을 잘 가르치고 두 딸을 잘 길러서 자식들이 다른 사람보다 뛰어난 사람으로 자랄 수 있었고 자손이 번성하여 이들 또한 남에게 부끄럽지 않은 사람이 된 것은 선친과 선비의 유덕遺德이 아니겠는가. 만일 나의 선친이 없었다면 최씨의 선조들은 깃들 곳이 없었을 것이며 최씨의 후예는 아마 어리석은 백성의 무리가 되지 않았겠는가.

생각해 보면 선친은 나에게는 예묘禰廟가 되지만 종손인 동한東漢에게는 고조高祖가 된다. 대부가 삼대를 제사 지내는 예법으로 생각해 보면 선친은 조천祧遷해야 할 신주이다. 세상 사람들이 여전히 옛 예법대로 사대를 지내고 있어 동한이 아직 선친의 신주를 조천하지 않았지만 동한의 세대가 다하고 나면 사람이 어찌 현조玄祖의 사당에 제사 지내겠는가. 더군다나 세대가 점점 멀어져서 상복을 입는 촌수가 다하고 제사하는 정이 다한 후에는 어떻게 되겠는가. 이것이 내가 더없이 걱정하고 마음 아파하는 점이다. 내 나이 올해로 여든여덟이니 지하에 묻힐 날이 오늘내일 다가오고 있다. 생각해 보면 여러 형님과 여러 조카들이 학식이 넓고 공경심이 돈독하여 선조를 위해 일단의 의론을 세워 천위하지 않도록 할 것을 능히 생각하지 않은 것은 아니지만 일찍이 겨를이 없었던 것은 기다리는 바가 있어서인가?

내 나이가 이제 구십을 바라보고 있다. 그런데도 잘 말하고 잘 먹으며 정신이 심하게 흐리지 않은 것은 지하에 계시는 선친의 혼령이 상제께 아뢰어서 불초한 몸에 살 날을 빌려 주어 이러한 논의를 성사토록 하시려는 것이 아니겠는가. 이에 노병이 심한 것도 잊고 이제 죽기 전에 형제자매의 자손들 중에 현달하고 장성한 이들을 불러 함께 의논하였다.

"조상이 공이 있고 덕이 있음은 대부 이하가 감히 함부로 의논할 수

없는 것이지만 나의 선친과 선비께서 우리 문중에 공과 덕이 있는 것이
이처럼 분명하다. 그러니 우리 자손이 선친과 선비의 신위를 백대토록
천위하지 않고자 하는 것은, 의리로 보면 크게 잘못된 일이 아닌 듯하고
인정으로 보면 참으로 그만둘 수 없는 일이다. 이제부터 선친과 선비 두
분의 신위를 받들어 가묘의 제일 감실에 영원히 안치하노니 사계절마다
드리는 제사와 명절 때 올리는 제사를 빠뜨리지 말고, 합사할 때는 특별
히 동향東向의 자리를 진설하여 증조 아래에 배향토록 하라. 비록 백대
후라도 최씨 중에 제사를 주관하는 사람이 있다면 영원히 이 일을 폐하
지 마라. 문족 중에 일이 있어 가묘를 참배하는 자에게 이 의논을 세운
글을 한번 읽어 보게 한다면 선친과 선비께서 자손들에게 공과 덕이 있
다는 것을 만의 하나라도 알 수 있을 것이고, 오늘 의논을 세운 본의 또
한 결코 우연한 것이 아님을 알 수 있을 것이니, 이렇게 하는 것이 옳지
않겠는가."

나의 말에 조카와 손자들이 모두 말하기를,

"옳습니다. 감히 다른 의견이 있겠습니까."

하였다. 즉시 형의 아들 진사 관緖에게 글로 써서 책으로 만들어 가묘에
보관하라고 하였다.

| 家廟立議 |

惟我水城[隋城]崔氏, 在麗朝, [隋城伯文惠公諱永奎爲始祖], 有諱曰有
椿, 官至太子詹事 {實爲我始祖} 厥後官職世代可歷考, 而子孫多少, 無

全譜未詳. 八世而有中直大夫諱淳, 中直公以獨子生二子. 長諱日貴淙, 以進士無後早死, 次諱日貴漙, 官至滿浦僉使, 而有一子諱瀛, 乃吾王考也. 官至英陵參奉, 而亦早卒. 自中直以下, 實三代獨子, 而享年俱不得長. 崔氏之綿綿不絕, 固如一綫之微. 矧我先君爲參奉府君之弱子, 而以丁丑年二月十六日降生. 其年三月二十日, 參奉府君捐館舍, 以日計之, 則僅閱三十四日, 而失所怙. 王母朴氏, 是時年未三十而喪所天, 有一孩兒, 成立未可冀. 自分引決下從, 而且自念守喪無人, 强延縷命. 斂葬虞祥, 一以禮法自治. 及其終制之日, 卽絕飲食五日而自盡, 三月二十五日, 乃其遠諱之辰也. 吾先君纔三歲, 而俱喪其父與母, 見育於姑姨婢僕間. 甫及六歲, 爲從姑夫李君世芬所取養, 李君實居羅州之金安洞, 先君之來于羅州也, 尙在襁褓, 則李氏夫妻養育之勤, 亦天也. 至年十六而娶于務安金氏, 金亦右族, 而先妣夙著婦德. 遂營家業, 以羅州之草洞爲菟裘[1]之築, 生五男二女. 居家以嚴毅自處, 訓子女以義方爲範, 使吾兄弟五人, 非文武二業, 則莫之用心與力, 故伯氏以早年才進士, 中壬午文科, 官至春官郎. 有子二人, 日纘日繼, 俱以才行爲一時所推, 繼則丙午生員. 仲氏有武藝超凡, 而不得於身. 有子日綖, 爲能家之子, 中癸未武科, 歷典三縣. 第三第四兄, 雖未成名, 而亦不失才行儒士之名, 且有嗣續, 有文藝與人齒. 二妹俱適士人, 子孫寔繁, 有武以成名, 有文以成材. 余則於行居第七, 爲四兄之季弟, 而爲父母之幼子, 賴父母胚胎養育之功, 被諸兄提撕誘掖之力. 軀穀巍然壯大, 性質不至昏庸, 粗通書籍, 兼學武事,

---

1) 토구菟裘는 노魯나라 고을 이름(지금의 산동성 사수현泗水縣 북쪽)인데, 노 은공魯隱公이 말하기를, "토구에 별장別莊을 경영하라. 내 장차 거기에 가서 늙으리라" 한 데서 온 말로 은퇴해 살 곳을 말한다.(『춘추좌씨전春秋左氏傳』)

累魁科場, 人稱絕藝, 而甲午登第. 已後於先君下世之年, 常以未及慰先君之望爲恨. 所幸者, 慈氏享年八十有八歲, 登第後, 雖不得臚仕, 而始以近侍. 俄遷海縣, 以大夫奉其滫瀡. 許國之誠, 粗效於戎馬間, 以宣武原從一等功, 追贈先君爵通政大夫承政院左承旨兼經筵參贊官, 先妣淑夫人. 非敢曰余之誠孝能然矣. 才不才, 亦各言其子. 余有九男二女, 而第三子結, 以庚申武科, 歷官至司憲府監察, 則先考先妣之澤, 獨於余尤多矣. 由此觀之, 先君生三世獨子之家, 僅閱月而失所怙, 纔三歲而喪慈母, 伶仃單子, 寄命於人, 以至成立, 雖曰祖先積慶, 神祇默祐, 而有五子能敎, 有二女能養, 使之皆得爲出類拔萃之人, 而能有子若孫, 亦皆無愧於人者, 非先君先妣之遺德歟! 向微吾先君, 則崔氏之先祀, 固無可寄之地, 而崔氏之後裔, 其不爲蚩蚩氓隷之徒哉! 顧惟先君於吾爲禰廟, 而於宗孫東漢, 已爲高祖. 以大夫祭三代之律考之, 則先君實爲祧遷之主也. 世之人猶以古禮祭四代, 則東漢姑不祧先君, 而東漢之代若盡, 則人豈有祭玄祖之廟乎? 況於世代漸遠, 至於服盡情盡之後乎! 此余之所以悶痛無涯者也. 余之今年八十八歲, 入地之期, 非朝卽夕. 念諸兄諸任, 學識之博, 誠敬之篤, 其於爲先祖, 立一段別議, 以爲不祧之位者, 非不能念, 而曾莫之暇者, 豈有待乎? 余之犬馬之齒, 今將九十, 而猶能言能食, 不甚昏眊者, 安知先君地下之靈, 陟降上帝, 假之以年於不肖躬, 以成此議哉? 玆忘老病之篤, 及此未殞之前, 招集吾兄弟娣妹之子若孫顯而長者, 與之議, 曰, 祖有功宗有德, 非大夫以下之所敢僭議, 而吾先君先妣之有功有德於吾門者, 若是其章章, 則吾輩子孫之以先君先妣爲百代不遷之位者, 於義似非大過, 而於情則實所不能已者也. 自今以往, 奉先考先妣二位, 永安于家廟第一龕, 四時之祭, 名節之參, 無或闕焉. 至於合祀之時, 則

特設東向之坐, 以曾祖以下配之. 雖至百代之下, 苟有崔氏主祀之人, 則
永永勿替, 而門族之有事, 參謁于家廟者, 以此立議文字, 使之讀過一遍,
則先君先妣之有功有德於子孫者, 庶幾知萬一, 而今日立議之本意, 亦可
見其非偶然也, 不亦可乎! 侄[姪]²⁾孫等咸曰, 可也, 敢有異議哉! 卽令兄
子進士縮, 書以爲冊, 藏諸家廟云.

---

2) 저본에는 '侄'로 되어 있으나 중간본을 참조하여 '姪'로 바로잡았다.

5

갑신 6월 선비 소상에 진정기

아아, 사람이 부모의 상을 만나는 때가 늙어서기도 어려서기도 하지만 둘 중에 누가 더 낫고 누가 더 한스럽겠습니까. 늙어서 부모의 상을 만난 사람은 부모를 모신 날이 많아 길러 주신 은혜에 보답하고자 하는 정을 거의 펼 수 있지만, 어린 나이에 부모의 상을 만난 사람은 부모님을 모신 날이 얼마 되지 않아 봉양하는 정성 또한 다하지 못합니다. 그렇다면 누가 더 낫고 누가 더 슬픈지 말하지 않아도 알 수 있습니다.

저는 부모의 상이 한스럽기만 합니다. 어째서인가요. 상을 치를 때에 큰 형님의 나이는 69세였고, 둘째 형님은 큰 형님보다 네 살이 적었습니다. 셋째 형님은 63세였고, 막내 형님은 54세였습니다. 큰 누님은 60세였고, 둘째 누님은 59세였습니다. 이로써 보면 어린 나이에 아버지와 어머니의 상을 당해 한스러운 것은 저 혼자뿐입니다. 어찌 통곡하고 통곡하지 않겠습니까. 또 집안 조카들과 나이를 비교해 보면 큰 조카 찬纘의 나이는 51세이고, 막내 조카 계繼의 나이는 나와 같은데 양친이 모두 살아 계시고, 중길仲吉 원統의 나이는 46세인데 노부老父가 살아 계십니다. 그러나 나는 나이 겨우 30세에 참최복을 입었고 -경인년 당시 서른한 살로 아버지의 상을 만났습니다.- 44세에 자최복을 입었으니 형님들, 누님들, 여러 조카들의 나이에 미치지 못하는 어린 나이였습니다. 저의 죄가 실로 너무 깊습니다. 다만 상례를 마치는 데에 부지런히 노력한다면 앞서의 잘

못을 조금이라도 속죄할 수 있을 것입니다. 오랫동안 빈천한 삶을 살다 보니 제수도 여의치 않습니다. 부모님의 상에 흙덩이를 베고 가쁜 숨을 쉬며 마음은 이미 죽고 몸만 겨우 남아 있습니다. 하늘이시여. 하늘이시여. 어찌하여 저만 이러한 지경에 이르렀는가요. 땅을 구르고 하늘에 호소해 보지만 피눈물을 참을 수 없습니다. 더군다나 한 해가 돌아오니 삼킨 울음에 더욱더 목이 메여 오고 오장이 끊어집니다. 하여 더 이상 쓸 수 없습니다.

│甲申六月先妣小祥陳情記│

嗟嗟乎, 夫人之遭父母之喪者, 有老少, 而二者之中, 誰愈誰憾? 年老而遭父母之喪者, 溫淸日多, 而反哺之情, 庶可伸矣. 年少而遭父母之喪者, 定省未久, 而負米之誠, 亦未盡矣. 然則一愈一憾, 不待名言而知矣. 亮則所謂憾也, 何則? 居憂之時, 伯兄之年六十九也. 次兄之年少伯兄四歲, 仲兄六十有三, 而季兄五十四矣. 長妹六十, 而次妹四十九矣. 以此觀之, 年少孤哀而且憾者, 獨亮也. 何不痛哭痛哭乎! 抑又以家侄[姪]之年較之, 則伯承纘之年五十一也. 季承繼之年與吾等夷, 而父母俱存. 仲吉續之年四十六, 而老父在焉. 余則年纔三十, 服斬衰庚寅時年三十一, 丁外艱. 四十有四, 服齊衰, 於伯仲於娣妹於諸侄[姪]之中, 皆不及焉. 亮之罪逆實深也. 惟黽勉終制, 庶或可以小贖前過, 長在賤貧, 祭需亦不如意, 枕塊餘喘, 心死形存. 蒼天蒼天, 我獨何至於此耶! 叩地呼天, 難堪血泣. 況逢回朞, 尤增哽塞吞聲, 而五內摧折, 而止此焉.

선고, 선비 두 분 거상 사적기

아아, 경인년(1590) 5월 4일, 선군께서 기성箕城의 둘째 형님의 집에서 운명하셨다. 계묘년(1603) 6월 17일, 자모께서 나의 집에서 돌아가셨다. 나는 무과로 출신하여 오랫동안 전장에 있어서 떨어져 있는 날은 많고 모신 날은 항상 적었다. 내가 집에 돌아온 바로 그날이 어머님과 영영 이별하는 날이 될 줄 어찌 생각이나 했겠는가.

즉시 여섯 형제자매가 사는 곳에 부음을 알리니 길이 멀기도 하고 가깝기도 해서 그날과 다음날 모두 모여 슬피 곡을 하고, 소렴과 대렴을 마치고 강가 정자에 빈소를 마련했다. 나흘 만에 성복成服하고 그 해 8월 17일에 부성동富盛洞에 귀장歸葬하여 선군과 함께 쌍분雙墳으로 해서 모셨다. 초동草洞에 있는 큰 형의 집에서 반혼反魂하고 이어 여막을 지었다. 나의 기운이 혹 평안치 않으면 때때로 대박산 아래 작은 오막에 살면서 아침저녁으로 오가며 참제參祭하였다. 을사년에 삼년상을 마쳤다. 나는 휴가를 얻어 두 분의 상을 치른 사적을 기록하여 후세에 보이는 바이다.

아, 우리 형제자매 일곱 명이 나이가 일흔인 사람도 있고 예순, 쉰인 사람도 있으며 나 또한 마흔일곱 살이었다. 모두 쇠약한 노인의 몸으로 삼년상을 치르며 아무도 세상을 떠난 사람이 없으니, 이것이 어찌 지하에 계시는 부모님의 보살핌이 있었기 때문이 아니겠는가. 마을 사람들이 부러워 탄식하지 않는 사람이 없다.

　이상한 일이 또 있다. 5월 19일부터 큰 비가 오다가 21일에 잠깐 개었다. 내가 일찍 일어나 영좌靈座를 살피고서 자리를 쓸고 장막을 털고 상을 어루만지며 사면을 둘러보았더니 매월 삭망에 술을 따랐던 모사茅沙 그릇에서 특별히 아름답게 이삭이 팬 일곱 줄기가 있었다. 이것은 일곱 형제자매가 아무 탈이 없으리라는 징후가 아니겠는가. 윤기가 흐르고 무성하니 이 또한 자손이 대대로 이어질 조짐이 아니겠는가. 또 아침저녁에 모사 그릇에 강신하고 하룻밤이 지나자 두 줄기에서 이삭이 나왔고, 또 하룻밤이 지나 한 줄기에서 이삭이 나왔다. 이는 형님의 효성 때문이다.

　아아, 후손들은 마땅히 잘 보고 배워서 효성스런 마음을 일으켜야 할 것이다.

考妣兩喪居憂事跡記

嗚呼, 庚寅年五月初四日, 先君捐世于箕城次兄家. 癸卯年六月十七日, 慈母見背于余家. 余以武科出身, 長在戰所, 離日常多, 侍日常小. 豈意吾生適來于家, 終身於母主永決之日乎? 卽爲分告六同生所居處, 則道路遠近不同, 其日又明日, 齊會哭盡哀, 大小斂之畢, 殯于江亭. 四日成服, 其年八月十七日, 歸葬于富盛洞, 與先君雙墓焉. 反魂于草洞伯兄家, 仍爲居廬. 余氣或不平, 則時處太朴山下小草菴, 朝夕往來參祭. 而歲丁乙巳, 則三年之喪畢矣. 余得休暇之日, 實錄兩喪事跡, 以示後焉. 噫, 吾兄弟娣妹七人, 年或七十, 或六十, 或五十, 余亦四十七也. 皆爲衰老之命, 而三年之內, 無一人零落之歎, 兹豈非幽明陰佑之故也! 鄕里之人, 莫不羨歎. 抑又有異焉. 五月十九日天大雨, 二十一日小霽. 余早起, 省其靈座, 掃其席, 拂其帳, 撫其床, 周其四面, 則每月日朔望時所注茅沙器, 別有七莖佳秀焉. 無乃七同生無故之徵乎? 色沃而茂盛, 亦無乃子孫繼繼承承之兆乎? 又過一日, 朝夕降神茅沙器, 過一夜, 二莖發秀, 又一夜, 一莖發焉, 此則舍兄之誠孝也. 嗟嗟後孫, 宜觀感而興起哉!

일옹문집 권2

일옹유사

　공의 성은 최崔, 휘는 희량希亮, 자는 경명景明으로, 본관은 경기 수성
隋城이다. 증조는 휘 귀당貴溏 건공장군建功將軍 행의흥위 대호군 만포진
첨절제사行義興衛大護軍滿浦鎭僉節制使이고, 증조모는 금성錦城 오씨吳氏이
다. 조부는 휘 영영英瀛 영릉참봉英陵參奉이고, 조모는 죽산竹山 박씨朴氏이
다. 부는 휘 낙궁樂窮 증통정대부 승정원 좌승지贈通政大夫承政院左承旨 겸
경연참찬관 행제용감 정兼經筵參贊官行濟用監正이고, 모는 광산光山 김씨
金氏이다.

　가정 39년 명조 15년 경신년(1560), 1세.

　공은 나주 서쪽 초동草洞 저택에서 출생하였다. 어려서부터 기골이 장
대하며 영특하고 조숙하여 의지와 기개가 범상치 않았다. 일곱 살 때 수
학하기 시작하여 약관이 되기도 전에 제가의 서적을 섭렵해 대의를 꿰
뚫었다.

　만력 8년 선조 13년 병진년(1580), 21세.

　부친의 명으로 학문을 그만두고 활쏘기를 배웠다.

　만력 13년 선조 19년 병술년(1586), 27세.

가을 7월, 나라에서 별시를 시행하고 이어서 알성과를 시행하였다. 공은 연이어 무과에 급제하여 두 해액解額에 모두 장원에 올라 서울에서 이름을 떨쳤다. 이 해에 순찰사를 따라 위원군에 도착하였다. 이 당시 쓴 시가 있다.

오랑캐와 중화가 나뉘는 땅	地分夷夏界,
남쪽 나그네 첫추위 겁이 나누나	南客㤼初寒.
어머님 계신 곳 돌아갈 길 아득타	北堂歸路遠,
효도할 날 그 언제일는지	何日彩衣斑.

만력 18년 선조 23년 **경인년**(1590), **31세.**
5월, 부친상을 당하여 예에 맞게 상례를 치렀다.

만력 20년 선조 25년 **임진년**(1592), **33세.**
4월 13일, 왜적이 대거 국경을 침범하였다. 14일에 부산이 함락되고 15일에 동래가 함락되었다. 여러 고을이 왜적에 쓸려 산산조각 붕괴되었고 왜장은 말을 몰아 조령을 넘었다. 5월 3일에 적이 경성에 쳐들어오니 선조는 서쪽으로 파천播遷하였다. 15일에 서경이 또 함락었다. 6월 22일, 임금의 수레가 의주에 이르러 행영을 설치하였다. 다음해 계사년 3월에 삼경三京을 수복하고 10월에 임금의 수레가 환궁하였다. 이때 공은 삼년상을 치르느라 집에 있었다.

만력 22년 선조 27년 **갑오년**(1594), **35세.**

무과에 급제하였다. 이 해 겨울, 장인 충청 수사忠淸水使 이계정李繼鄭 휘하의 군관이 되어 왜구를 막았다.

만력 23년 선조 28년 **을미년(1595), 36세.**

봄 2월, 충청 수군절도사 이공과 더불어 수군을 거느리고 한산도를 방어하기 위해 바다를 항해하던 중 배에 불이 나서 수사 및 장수들과 군사들이 모두 타죽거나 익사하였다. 공은 옆구리에 북을 끼고서 바다에 뛰어들어 헤엄쳤다. 힘이 다해 거의 죽게 되었을 때 다행히 지나가던 배를 만나 살아날 수 있었다.

이 해에 천거를 받아 선전관에 제수되었다. 선조께서 무예를 시험하도록 명하였는데 공이 일등을 하였다. 임금께서 가상히 여겨 어궁御弓 7장張을 상으로 내리며, "네가 활을 잘 쏘는 것을 가상히 여겨 상을 내리는 것이니 잘못 쏘아서는 안 될 것이다" 하고 하교하였다.

만력 25년 선조 30년 **정유년(1597), 38세.**

왜구가 재침하였다. 선조께서 왜장 풍신수길의 화상을 그려 걸어 놓고 활을 쏘게 명하고, "표적을 맞힌 자에게는 상으로 관직을 내리겠다"고 전교를 내리셨다. 공이 그 이마를 명중시키자 상께서 크게 기뻐하며 흥양 현감興陽縣監으로 특진시켰다. 임지에 도착하자마자 조정에서 연해의 수령은 모두 수군에 예속시킨다는 명을 내렸다. 공은 즉시 통제사 충무공 이순신의 막사로 달려갔다. 매 전투에서 용맹스럽게 선두에서 전투에 임해 8척의 수군으로 바다를 가득 매운 적에 맞서 명도鳴渡에서 첫 승을 올리고 첨산尖山에서 두 번째 승리를, 그리고 예교曳橋에서 세 번째 승리를 거두었다. 이 해 12월 그믐에 공이 계책을 세워 밤에 적진을 기습해 적의 수급 1급을 베니 적이 놀라 후퇴하였다. 적의 군량 5백여 섬을 노획하여 군량미로 공급하였다. 이 해 여름, 통제사가 참소로 파직되어 떠나고 원균이 이를 대신하였는데, 7월에 적이 한산도를 함락해 삼도 수군 백여 척이 적에게 함락되어 격파당하였다. 8월에 통제사가 다시 부임하여 수군을 지휘하였다.

만력 26년 선조 31년 **무술년(1598), 39세.**

이 해 봄, 공은 지치고 굶주린 병사들을 앞장서서 이끌어 몸소 재목을 끌며 전함을 제조하였고 병기도 수선하였다.

3월 20일, 첨산의 전투에서 수급 30여 급을 베고 왜의 군물을 노획하였다. ─통제사와 감사에게 보낸 승첩보의 진본이 지금 후손의 집에 남아 있다. 아래 일곱 번의 승첩보도 모두 남아 있다. ─

21일, 양강楊江 부근의 왜병의 육군을 쳐서 수급 38급을 베고 적병 한 명을 생포하였다.

22일, 고도姑島 부근의 왜병의 육군을 쳐서 수급 1급을 베고 2명을 생포하였으며 적의 군물을 노획하였다.

25일, 다시 첨산 전투에서 수급 1급을 베고 포로 1명을 생포하였으며 왜적의 군물, 의복 등을 노획하였다.

4월 14일, 흥양현 남문 밖에서 수급 5급을 베고 왜적의 군물을 노획하였다.

4월 18일, 수급을 베었다.

7월 12일, 남당포南堂浦의 전투에서 수급 2급을 베고 왜적의 의복, 검

등의 군물을 노획하였다.

8월, 봄과 여름에 제조한 전선과 병기 등의 군물을 수록해 통제사에게 올리니 통제사가 특별히 포계褒啓를 올렸다. -전함과 병기에 관한 첩보를 성첩한 문건도 지금 후손의 집에 남아 있다.-

공은 또 수군 신덕희申德希 등 왜적의 포로가 된 아군 7백여 명을 귀환시켰다.

하루는 공이 왜적에게 붙잡혔다. 왜적이 공을 위협해 항복시키려 하자 공이 매섭게 말하였다. "내가 임금의 녹을 먹고 임금의 옷을 입는데 어찌 너희에게 항복할 수 있겠느냐!" 왜적이 공을 베려 하자 한 왜병이, "의로운 군사를 죽여서는 안 된다"고 말하였다. 그 때문에 적의 손에서 벗어나 돌아올 수 있었다.

공이 전투에 임해 병이 나자 국의가 진맥을 보았다. 공이 이 당시 쓴 시가 있다.

명의가 이 내 몸 진맥을 보니	名醫占身脈,
충성의 분한 마음 오장을 울려	忠憤五臟鳴.
적장의 피 한 사발 들이킨다면	若飮單于血,
막혔던 위국충정 능히 통할 터	能通爲國誠.

당시 도내의 수령은 모두 수군에 예속되어 통제사의 지휘만을 따랐다. 병마절도사가 그것을 매우 싫어해서 수령이 통제사가 있는 것만 알고 주장의 명령은 이행하지 않는다고 여겨 통제사와 사이가 좋지 않았다. 이 일로 인해 공까지 아울러 배척하여 근거 없이 무함해서 파출시킬

것을 주청하였다. 선조께서 그것이 사실이 아님을 분명히 알아서 일을 지체시키며 허락하지 않았고 다시 계청하였는데도 또 허락하지 않았다. 양사兩司가 합동으로 아뢰기를, "병마절도사는 한 도의 대장인데 어떤 수령의 일을 연이어 아뢰었는데도 상께서 들어주시지 않으신다면 대장의 권위가 훼손됩니다. 파출할 것을 명하소서" 하였는데도 상께선 오히려 허락하지 않았다. 여섯 차례에 걸쳐 계청하자 그때서야 비로소 체직을 허락하고 전교하기를, "이러한 위급한 때에는 교체시키는 사이 반드시 큰일이 생길 것이다" 하였으니, 상께서 공을 깊이 알기에 그렇게 한 것이다. 얼마 되지 않아 새 수령 고득장高得蔣이 왜적에게 패해 적의 손에 목이 베였으니, 성상께서 체직을 신중히 하신 뜻이 과연 증명되었다. 공은 그 일로 인해 통제사의 막사에 남아 군관이 되었다.

11월, 통제사가 수군을 대대적으로 집합시켰다. 18일에 명나라 장군 수군제독 진린陳璘과 함께 노량에서 격렬하게 전투를 벌여 왜선 2백여 척을 불태우고 남해까지 추격하였다. 19일에 왜적이 대패하여 도망갔으나 통제사가 탄환에 맞아 선상에서 전사하였다. 공은 통곡하며 향리로 돌아왔다. 공은 이미 공을 질시하는 자들에게 모함을 받은데다 또 통제사의 상까지 만나게 되어 다시 세상에 나갈 뜻이 없어 종신토록 문을 걸어 닫고 자취를 감추고자 마음 먹었다. 이 당시에 지은 시가 있다.

난리 통에 세상사 모두 변하여	亂中人事變,
돌아와 이름 석 자 묻고 살고파	歸臥欲藏名.
산천은 옛날과 변함 없는데	依然舊時物,
물가의 갈매기 반기어 주네	磯上白鷗迎.

만력 31년 선조 36년 **계묘년**(1603), **44세.**

6월, 어머니 김씨의 상을 만나 상례의 법도를 더욱 굳게 지켜 흙덩이를 베고 거적을 덮고 자면서 삼년상을 마쳤다.

만력 33년 선조 38년 **을사년**(1605), **46세.**

조정이 논공하여 공을 선무원종 일등공신宣武原從一等功臣에 책록하였다.

만력 41년 광해군 5년 **계축년**(1613), **54세.**

공은 본래 성품이 청렴하고 강직하며 겸손하고 뽐내지 않아 버려짐을 감내하였고 윗사람 중에 끌어주는 사람도 없어 공이 높은데도 상을 받지 못하자 억울하다는 공론이 있었다. 이 해에 같은 고을 사람인 생원 오정남吳挺男 등 수백 명의 선비들이 상소를 올려 억울함을 호소하였다. 그러나 당시 광해군의 혼란한 조정을 만나 포록褒錄을 받지 못했으니 선비들은 그것을 애석하게 여겼다. 뒤에 고령으로 가선대부에 올랐다.

공은 일찍이 군자감 정軍資監正을 지냈는데 어느 해인지는 상고할 수 없다. 공신록에 '정正 최 아무개'라고 쓰여 있고 생원 오정남의 상소에 또 '군자감 정 최 아무개'라고 쓰여 있으니 군자감 정으로 제수된 것은 공신에 책록되기 전 어느 해일 것이다. 공은 세상을 등진 뒤에 대박산 삼주 가에 정자를 짓고 '비은費隱'이라 편액하고 강호에서 풍류를 즐기며 시를 짓고 술을 마시는 것으로 스스로 즐겼다. 그러나 임금을 사랑하고 나라를 걱정하는 충정한 마음은 읊조리는 시구 사이에 간절하였다. 교유하였던 사람은 모두 사림의 명사였는데 특히 나운懶雲 임연林堜, 백호白湖 임제林悌, 송호松湖 백진남白振南과 가장 잘 알고 지냈다. 한가한 때 초청하여 여러 날 시구를 주고받으며 허물없는 교우관계를 맺었다.

숭정 9년 인조 14년 병자년(1636), 77세.

12월, 오랑캐의 군대가 갑자기 남한성에 이르러 포위를 당하자 공은 바깥에 서서 북쪽을 향해 주야로 통곡하며 여러 아들들에게 이르기를, "남한산성이 함락된다면 나 역시 스스로 목숨을 끊겠다" 하였다. 마침내 임금을 호종扈從하기 위하여 떠나는 감찰인 아들 결結을 보내면서 흐느끼며 이 시를 읊었다.

삼십에 동쪽 왜구 평정했는데	三十東倭定,
다 늙어 북쪽 호로 어이하리오	老衰北狄何.
낡은 검 손에 들고 어루만지니	手摩一古劍,
나라 위해 흘린 눈물 강이 되었네	憂[1]國淚成河.

병들고 쇠약한 서호 늙은이	哀病西湖老,
위국충정 헛되이 가슴에 품네	空懷衛國心.
임금님 용안을 뵐 수 있다면	天顔如可見,
북으로 날아가는 새라도 되리	欲作北飛禽.

---

1) '憂' 자가 『일옹문집』 권1에는 '爲'로 되어 있다.

숭정 10년 인조 15년 **정축년**(1637), **78세.**

정월 보름밤에 달을 보고 남한성을 그리워하면서 시를 지었다.

천고 흥망의 한	千古興亡恨,
오늘밤 이 마음이로고	何如此夜情.
새해 십오야 둥근 달이	新年三五月,
남한성도 비추겠지	應照漢南城.

이 해 같은 달 24일에 직접 글을 써서 자신의 생각을 술회하였다. "아 아, 말세의 인심이 어쩌다 이 지경에 이르렀는가. 여러 고을에서 수령들 이 앞장서 피난선을 마련하고서 배 안 가득히 관곡을 싣고 떠나고 있다. 크고 작은 백성들은 혹은 말을 타거나 걸어서 산속으로 들어가고 혹은 배를 타고 바다로 들어가고 있다. 그러나 나는 그렇게 하지 않았다. 집 사람과 아이들 역시 난리를 피하자는 뜻을 날마다 흐느끼며 간청했지 만, 나 역시 그들에게 눈물을 흘리며 '임금께서 오랑캐의 포위 속에 계 시고 백관들은 그 뒤를 따르고 있는데 내가 어느 겨를에 난리를 피할 계 책을 세운단 말이냐. 남한성이 만약 격파된다면 나 또한 자결하겠다' 하 고 말하였다. 남한성이 포위당한 뒤로 오늘까지 그 날짜가 이미 44일이 나 되었다. 바깥에 서서 북쪽을 향해 날마다 고성孤城을 바라보고 있자 니 오장이 타는 듯하구나. 비록 날개 치며 날아오를 수 없다지만 늙은 몸이라 아무것도 할 수 없구나. 어찌하리오, 어찌하리오."

이어서 강화한다는 소식을 듣고 비분함을 이기지 못해 시를 지었다.

목을 빼고 우두커니 남한성 생각	鵠立思南漢,
가슴 열고 북풍 향해 서 있노라니	開襟向北風.
새로 지은 정자에 천고의 한을	新亭千古恨,
이 늙은 사람에게 모두 맡기오	都付此衰翁.

이때에 호서 지방의 한 사공이 공의 강개함과 큰 절의를 듣고 배를 타고 찾아왔다. 사공은 바로 김 학사金學士였다. 그 사람 또한 세상에 분노를 느끼고 세속을 떠난 사람이었다. 서로 만나 악수를 나누고 가슴속의 생각을 토론하고 강화를 맺으려는 자들을 조소하면서 시를 지었다.

적장의 수급을 베는 것이	一斬單于首,
진정 내가 하고자 하는 일	乃爲所欲爲.
원컨대 춘추 대의 받들어	願將春秋義,
해서는 안 될 일 하지 말기를	無爲所不爲.

삼백 년 예의지국이	三百冠冕地,
어찌 오랑캐의 땅이 되랴	那堪左襟衣.
백두산 아래 흐르는 물에	白頭山下水,
병기를 씻고 돌아올 날 언젠가	何日洗兵歸.

그 후에 또 손수 글을 써서 당시의 권세가에게 올리고자 하였으나 실행하지 않았다. 그 대략의 내용이 다음과 같다.

"나는 세 임금을 섬긴 노신으로 물러나 강호에 묻혀 사는데 나이가 거의 90세입니다. 세상일에는 뜻이 없으나 늙을수록 우국의 충심만은 더욱 깊어졌습니다. 동쪽 왜구가 침입한 뒤이니 북쪽 오랑캐의 변란을 차마 말할 수 있겠습니까. 사족士族의 남녀가 포로로 잡혀 끌려갔고 세자께서 변방을 나가시는 것을 차마 보았습니다. 신자臣子된 도리로 사직을 위해 함께 죽음을 택해야 할 것이니 이것은 마음에 달게 여겨야 할 바입니다. 바라옵건대 좌우左右께서 특별히 의를 일으키는 논의를 내시어 적장의 목을 참하고 이를 황제 앞에 고하신다면 마땅히 춘추春秋의 의사義士가 되실 것입니다. 여러 군자께서는 차마 춘추의 죄인이 되시려 하십니까?"

인조 21년 계미년(1643), 84세.

이 해 생일에 9남 2녀의 자녀들과 함께 즐거워하며 노래를 불렀다.

오랑캐 병마가 쳐들어오니	鐵馬南窺,
온 나라 여기저기 난리가 나서	國家多亂.
남한성 강화도 피난처마다	南漢江都,
문무백관 많이들 죽고 말았네	衣冠多殞.

호남에 살고 있는 한 늙은이	湖南有翁,
부부가 백년해로 함께 늙어가	夫妻偕老,
나이가 이제 곧 구십이 되는데	年將九十,
난리 통에 목숨을 보존하였네	亂世存保.

생일이라 즐거운 이 저녁에	生辰今夕,
아홉 형제 두 자매 모두 모여서	九男二女,
저마다 아버지께 축수 올리니	各獻壽盃,
누구의 술잔이라 들지 않으리	何取何捨.

크게 취해 마음껏 노래 부르니	大醉狂歌,
가슴속은 태고마냥 순진무구해	胸中太古,
아름다운 이 세상 이 강산에	第一江山,
나 홀로 주인이 되어 보노라	我獨爲主.

삼주 가에 고기 잡으며	三洲釣魚,
비은의 노래 부른다	費隱吟詩.
지나간 세상사 뒤돌아보니	回首世間,
날 알아줄 이 그 누구런가	知我其誰.

인조 27년 기축년(1649), 90세.

『중용』을 읽고 글을 지어 스스로를 경계하였다. 그 대략의 내용은 다음과 같다.

"나이가 팔구십이 다 되어 스스로를 돌아보아 반성하고 성현의 책을 열어 보지만, 아아 이미 때늦은 일이로다. 그러나 『논어』에 이르기를, '아침에 도를 들으면 저녁에 죽어도 괜찮다' 하였다. 마땅히 날마다 부지런히 힘쓰고 죽을 때까지 그만두어서는 안 될 것이다."

이 일을 인하여 시를 지었다.

내 나이 아흔이 다 돼서	行年八九十,
이제야 알겠네 참된 도의 근원을	始覺道源眞.
훌륭한 인생 이 같아야 하니	有爲亦若是,
묻노니 요순은 어떤 분이시던가	堯舜間何人.

효종 2년 신묘년(1651), 92세.
이때 지은 시가 있다.

강호의 백발 늙은이	江湖白髮老,
어느덧 장한 뜻 사라지고	頓覺壯志銷.
가련타 외로운 꿈속에서나	惟憐孤枕夢,
밤마다 옛 조정을 향해 가네	夜夜入先朝.

이 해 12월 29일에 별세하였다. 대박산 아래 유향酉向의 자리에 장사를 지냈으니, 공이 은거해 지내던 곳이다. 공은 자호를 '일옹'이라 하고 또 '와룡臥龍'이라고도 칭하였다. 공은 제갈무후諸葛武侯의 이름과 자를 취한 뒤에 또 그의 호를 취해 무후를 닮고자 하는 뜻을 붙였다.

영조 50년 공 사후 124년 갑오년(1774) 9월.
대신이 경연經筵에서 주청한 일로 인하여 공을 자헌대부 병조판서資憲大夫兵曹判書 겸 지의금부훈련원사兼知義禁府訓鍊院事에 증직하였다.

逸翁遺事

公姓崔, 諱希亮, 字景明, 本貫京畿水原府[隋城]. 曾祖諱貴溏, 建功將軍行義興衛大護軍滿浦鎭僉節制使, 妣錦城吳氏. 祖諱瀛, 英陵參奉, 妣竹山朴氏. 考諱樂窮, 贈通政大夫承政院左承旨兼經筵參贊官行濟用監正, 妣光山金氏. 嘉靖三十九年 <small>我明廟十五年</small> 庚申, 公生于羅州西草洞里第. 自幼形體壯大, 岐嶷夙成, 志氣不凡. 七歲始受學, 年未冠, 涉獵諸家, 貫通大義. 萬曆八年 <small>宣廟十三年</small> 庚辰, 公年二十一歲. 以親命, 投筆學射. 萬曆十三年 <small>宣廟十九年</small> 丙戌, 公年二十七歲. 秋七月, 國家設別試, 繼有謁聖科, 公連捷武擧, 兩解額俱占壯元, 名動洛下. 是年隨巡相到渭原. 有詩曰, 地分夷夏界, 南客惱初寒, 北堂歸路遠, 何日彩衣斑. 萬曆十八年 <small>宣廟二十三年</small> 庚寅, 公年三十一歲. 五月丁外憂, 執喪以禮. 萬曆二十年 <small>宣廟二十五年</small> 壬辰, 公年三十三歲. 四月十三日, 倭賊大擧犯境. 十四日, 陷釜山. 十五日, 陷東萊. 列郡望風瓦解, 賊長驅北上, 踰鳥嶺. 五月初三日, 賊入京城, 宣廟西狩. 十五日, 西京又陷. 六月二十二日, 車駕至義州行營. 翌年癸巳三月, 克復三京, 十月, 車駕還宮. 時公執服在家. 萬曆二十二年 <small>宣廟二十七年</small> 甲午, 公年三十五歲. 登虎榜. 是年冬, 佐婦翁忠淸水使李繼鄭幕以禦倭寇. 萬曆二十三年 <small>宣廟二十八年</small> 乙未, 公年三十六歲. 春二月, 與忠淸水使李公, 率舟師, 同下海, 赴防閑山島, 中流船中失火, 水使與將士盡爲燒溺. 公腋挾革鼓, 投海浮沕, 力盡幾死, 幸遇過船而得活. 是年被薦拜宣傳官, 宣廟命試藝, 公居魁. 上嘉之, 賞御弓七張. 敎曰, 嘉汝善射而賞之, 勿失射之可也. 萬曆二十五年 <small>宣廟三十年</small>

丁酉, 公年三十八歲. 倭寇再猘, 宣廟命畵倭酋秀吉, 上揭而射之. 敎曰, 得中者賞職. 公正中其額, 上大喜, 特除興陽縣監. 纔到任, 朝廷命沿海守令盡屬舟師, 公卽赴忠武李公舜臣統制幕, 每戰賈勇先登, 以八隻舟師, 當蔽海之賊, 一捷于鳴渡, 再捷于尖山, 三捷于曳橋. 是年十二月晦, 公設謀, 夜驚賊陣, 奮斬一級, 賊駭退. 奮取賊租五百餘石, 以給軍餉. 是年夏, 統制以言去, 元均代之, 七月賊陷閑山, 三道舟師百餘艘盡爲陷破. 八月統制起廢復令舟師. 萬曆二十六年 宣廟三十一年 戊戌, 公年三十九歲. 時年春, 公倡率飢疲, 躬自曳木, 造成戰艦, 又繕完兵器. 三月二十日, 戰于尖山, 斬首三十餘級, 奪取倭物. 報捷統制及監司書目眞本 至今在後孫家, 此下七度報捷 皆在焉. 二十一日, 擊楊江下陸賊, 斬首三十八級, 生擒一賊. 二十二日, 擊姑島下陸賊, 斬首一級, 生擒二賊, 奪取倭物. 二十五日, 又戰于尖山, 斬首一級, 生擒一賊, 奪取倭物倭衣等物. 四月十四日, 戰于興陽縣南門外, 斬首五級, 奪取倭物. 四月十八日, 斬獲首級. 七月十二日, 戰于南堂浦, 斬首二級, 奪取倭衣劍等物. 八月, 修錄春夏所造戰船兵器等物上統制, 統制特爲褒啓. 戰艦兵器成帖文簿, 亦至今在後孫家 公又誘還我人之爲賊所擄者水軍申德希等七百餘人. 公一日爲賊所執, 賊欲脅降之, 公厲聲曰, 吾食君之食, 衣君之衣, 何可降汝! 賊欲刃之, 一倭曰, 不可殺義士. 以故得脫還. 公臨戰有疾, 國醫診脈. 公有詩曰, 名醫占身脈, 忠憤五臟鳴, 若飮單于血, 能通爲國誠. 時道內守宰, 盡屬舟師, 專聽統制之節制. 兵使甚嫉之, 以爲守令但知有統制, 而不行主將之令 與統制不協. 因竝擠公, 白地構誣, 啓請罷黜. 宣廟燭其誣, 留中不下再啓而又不下. 兩司合啓曰, 兵使一道大將, 以么麼守令之事, 連爲啓聞, 而上不聽施, 則大將之權虧損. 請命罷職. 上猶不許, 至六啓始許遞, 而傳敎曰, 當此危急之時, 交遞之際, 必生大事. 蓋上知公甚而然也. 未幾新倅高得蔣戰敗, 爲賊所斬, 聖上靳遞之意果驗矣. 公因留統制幕爲軍官. 十一月, 統制大會舟師. 十八日, 與天將水軍提督陳璘, 鏖戰于露梁, 焚二百餘艘, 追至南海界. 十九日, 賊大敗而遁, 統制中丸, 歿於船上. 公痛哭而還鄉里. 公旣被媢疾者所中, 又遭統制之喪, 無復當世意, 杜門屛跡, 爲終老計. 有詩曰, 亂中人事變, 歸臥欲藏名, 依然舊時物, 磯上白鷗迎. 萬曆三十一年 宣廟三十六年 癸卯, 公年四十四歲. 六月, 遭母夫人金氏之憂, 持制愈固, 枕塊寢苫以終三年. 萬曆三十三年 宣廟三十八年 乙巳, 公年四十六歲. 朝廷論功, 錄公宣武原從一等功臣. 萬曆四十一年 光海君五年 癸丑, 公年五十四歲. 公素性廉介, 謙退不伐, 自甘棄置, 上之人亦無援引者, 功高不賞, 公議抑鬱. 是年, 州人生員吳挺男等數百章甫, 上疏訟之. 而値光海昏朝, 未蒙褒錄, 士論惜之. 後以大年進秩嘉善. 公嘗歷軍資監正而年月未考. 功臣錄券書以正崔某, 生員吳挺男疏, 又書以軍資監正崔某, 則軍資正之除, 在於錄功前某年矣. 公謝世後, 築亭于大朴山下三洲之上, 扁以費隱, 跌宕江湖, 詩酒自娛. 愛君憂國之心, 眷眷於吟哦之間. 所從游, 皆士林名勝, 而與懶雲林公埰白湖林公悌松湖白公振南最相知. 暇日招邀, 唱酬留連, 爲忘形之交. 崇禎九年 仁廟十四年 丙子, 公年七十七歲. 十二月, 虜兵猝至南漢, 被圍, 公露立北向, 晝夜痛哭, 謂諸子曰, 南漢若破, 吾亦自死矣. 遂送子監察結, 扈從而泣吟曰, 三十東倭定, 老衰北狄何. 手摩一古劍, 憂國淚成河. 又曰, 衰病西湖老, 空懷衛國心. 天顏如可見, 欲作北飛禽. 崇禎十年 仁廟十五年 丁丑, 公年七十八歲. 正月望日夜, 見月思南漢. 有詩曰, 千古興亡恨, 何如此夜情. 新年三五月, 應照漢南城. 是年月二十四日, 手書以自敍曰, 嗚呼! 末世人心, 何至於此. 列邑守令, 先治避亂船, 滿載官穀以去. 大小人民, 或騎步入山, 或乘船入海, 余則不如是也. 家人及兒子, 亦以避亂之意, 日日泣諫. 余亦泣而言之曰, 君父在圍, 百官扈從, 吾何暇爲避亂之策乎! 南漢若破, 吾亦自死矣. 自南漢被圍, 計其日子, 則至于今日, 已四十四日矣. 露立北向, 日望孤城, 五內如煎. 雖欲奮飛, 老矣無能爲. 奈何奈何? 追聞講和, 不勝悲憤, 有詩曰, 鵠立思南漢, 開襟向北風. 新亭千古恨, 都付此衰翁. 時年湖西一舟子, 聞公慷慨有大節, 乘舟來訪. 舟子乃金學士也. 其人亦憤世浮海者. 因握手論懷, 嘲請成之人, 而有詩曰, 一斬單于首, 乃爲所欲爲. 願將春秋義, 無爲所不爲. 又曰, 三百冠冕地, 那堪左襟衣. 白頭山下水, 何日洗兵歸. 其後又作手書, 欲上於當時當路之人而未果. 其略曰, 某以三朝老臣, 退伏江湖, 年將九十. 無意於世事, 而憂國之心, 老而彌篤. 東倭之後, 北胡之變, 尙忍言哉? 士族男女, 俘攎而去, 忍見春宮出塞. 其爲臣子之道, 同死社稷, 是所甘心. 惟願左右特發擧義之論, 一斬單于之首, 而以告皇帝之靈, 則當爲春秋之義士. 未知諸君子忍爲春秋之罪人耶? 仁廟二十一年癸未, 公年八十四歲. 是年生辰, 與九男二女, 同樂而歌曰, 鐵馬南窺, 國家多亂, 南漢江都, 衣冠多殞. 湖南有翁, 夫妻偕老, 年將九十, 亂世存保. 生辰今席[夕]²⁾, 九男二女, 各獻壽盃, 何取何捨. 大醉狂歌, 胸中太古, 第一江山, 我獨爲主. 三洲釣魚, 費隱吟詩, 回看[首]世事[間], 知我其誰? 仁廟二十七年己丑 公年九十歲. 讀中庸, 作文以自警. 略曰, 年至八九十, 反顧自責, 披閱聖賢書, 而嗚呼晚矣. 然魯論曰, 朝聞道, 夕死可矣. 當惟日孜孜, 斃而後

---

2) 저본에는 '席'으로 되어 있으나 『일옹문집』권1의 「生辰贈兒」시를 참조하여 '夕'으로 바로잡았다.

已. 因有詩曰, 行年八九十, 始覺道源眞. 有爲亦若是, 堯舜問何人. 孝
廟二年辛卯, 公年九十二歲. 有詩曰, 江湖白髮老, 頓覺壯志銷. 惟憐孤
枕夢, 夜夜入先朝. 以是年十二月二十九日, 考終. 葬于大朴山下, 抱酉
之原, 公之棲隱處也. 公自號逸翁, 又稱臥龍, 公旣取武侯名與字, 又取
其號以寓思齊之意云. 英廟五十年 公沒後, 百二十四年 甲午, 秋九月. 因大
臣筵啓, 贈公資憲大夫兵曹判書兼知義禁府訓鍊院事.

행록

공의 성은 최崔이고 휘는 희량希亮이고 자는 경명景明으로 수성隋城 사람이다. 수성백 문혜공文惠公 휘 영규永奎의 후손이다. 대대로 과천果川에 살았었는데, 중직대부中直大夫 순순淳이 대사간大司諫 이절李節의 따님을 부인으로 맞이하면서 부인의 고향인 나주羅州로 이주하였다. 공에게는 고조부가 되신다. 증조 귀당貴溏은 건공장군建功將軍 행 의흥위 대호군 만포진 첨사行義興尉大護軍滿浦鎭僉使이고, 조부 영영瀛은 영릉 참봉英陵參奉이고, 부 낙궁樂窮은 남모르는 선행을 행하고 학문에만 힘써서 세상의 부귀영화를 추구하지 않았다. 율정栗亭 최학령崔鶴齡과 친하게 지냈다. 관직이 제용감 정濟用監正 증승정원 좌승지贈承政院左承旨에 이르렀다. 모는 광산光山 김씨 부장部將 반반攀의 따님이다.

공은 가정 경신년(1560)에 태어났다. 기골이 장대하고 도량이 넓고 깊었다. 어려서 글을 읽으면 대의를 이해하였지만 호걸스럽고 기개가 뛰어나 답답한 선비는 되려 하지 않았다. 약관의 나이가 되어서는 학문을 그만두고 스스로 무예에 힘썼다. 만력 병술년(1586)에 나라에서 별시를 시행하고 이어서 알성과를 시행하였는데, 공은 연이어 급제하여 두 번의 해액解額에서 모두 장원을 차지하였다.

경인년(1590)에 부친상을 당하였는데 장례에 조금의 소홀함도 없이 예에 맞게 상례를 치렀다.

갑오년(1594)에 무과에 급제하였다. 당시 왜구의 침입으로 혼란하여 사람들은 모두 숨기에 정신이 없었는데 공은 분연히 일어나 나라의 은혜를 갚을 것을 다짐하였다. 이 해 겨울, 장인 충청 수사忠淸水使 이계정李繼鄭의 휘하에서 군관이 되었다.

을미년(1595) 봄에 충청 수사와 더불어 수군을 거느리고 한산도를 방어하기 위해 함께 바다를 항해하던 중 한밤에 배에 불이 나서 수사와 군사들이 모두 타죽거나 익사하였다. 공은 옆구리에 북을 끼고서 바다로 뛰어들어 헤엄쳤다. 힘이 다해 거의 죽게 되었을 때 다행히 지나가던 배를 만나 살 수 있었다.

이 해에 천거를 받아 선전관에 제수되었다. 선조께서 무예를 시험하도록 명을 내렸는데 공이 일등을 하였다. 상께서 어궁을 상으로 내리시고 총애하였다.

정유년(1597)에 왜구가 다시 침략하였다. 상께서 왜장의 화상을 그려놓고서 정신廷臣에게 활을 쏘게 명하고, "표적을 맞힌 자에게는 관직을 상으로 내리겠다"고 하교하였다. 공이 풍신수길의 이마를 적중시키자 상께서 크게 기뻐하며 흥양 현감興陽縣監에 특진시켰다. 얼마 후 임지에 도착하였는데 조정에서 연해의 수령을 모두 수군에 예속시킨다는 명을 내렸다. 공은 즉시 통제사 충무공 이순신의 막사로 달려갔다. 공은 신장이 8척으로 힘이 세고 용맹하게 싸워 통제사가 매우 의지하며 소중하게 생각하였다.

당시 도내 수령들이 통제사의 지휘만을 따랐기 때문에 병마절도사가 그것을 미워하였다. 수령들이 단지 통제사가 있는 것만을 알고 주장主將의 명령은 이행하지 않는다고 여겨 통제사와 사이가 좋지 않았다. 이 일로 공까지 아울러 배척하여 근거 없이 무함해서 파출할 것을 주청하였다. 상께서 그것이 사실이 아님을 살피고는 미루고 허락하지 않았다. 재차 계청하였는데 또 허락하지 않았다. 양사가 합동으로 아뢰기를, "병마절도사는 한 도의 대장인데 어떤 수령의 일을 연이어 아뢰었는데도 상께서 들어주시지 않으신다면 대장의 권위가 훼손됩니다. 파출할 것을 명하소서" 하였는데도 상께선 오히려 허락하지 않았다. 여섯 차례에 걸쳐 계청하자 그때에야 비로소 체직을 허락하고 전교하기를, "지금과 같은 위급한 때에는 교체시키는 사이 반드시 큰일이 생길 것이다" 하였으니, 상께서 공을 깊이 알았기에 그렇게 한 것이다. 얼마 되지 않아 새 수령 고득장高得蔣이 왜적에게 패해 적의 손에 목이 베였으니, 성상께서 체직을 신중히 하신 뜻이 과연 증명되었다.

공은 그 일로 인해 통제사의 막사에 남아 군관이 되어, 매 전투에서 용맹스럽게 가장 먼저 전투에 임해 명량해협에서 첫 승리를 올렸고, 첨산에서 두 번째 승리를, 그리고 예교에서 세 번째 승리를 거두었다. 이해 12월 그믐에 공이 계책을 세워 밤에 적진을 습격해 적의 수급 1급을 베니 적이 놀라 후퇴하였다. 적의 군량 6백여 섬을 노획하여 군량미로 공급하였다. 한산도가 비로소 함락되어 전함이 모두 격파되었다. -이 해 봄 통제사가 참소로 떠나고 원균이 대신하였다. 7월에 왜적이 한산도를 함락하여 삼도의 수군 백여 척이 모두 포위당해 격파되었다. 8월에 통제사가 다시 부임하여 수군을 지휘하였다.-

무술년(1598) 봄, 공이 굶주리고 지친 병사들을 앞장서서 이끌고 몸소 재목을 끌며 함선을 제조하고 병기를 수선하였다. 통제사가 특별히 포계를 올렸다. 3월에 첨산에서 싸워 수급 30여 급을 베었고, 또 첨산에서 싸워 수급 31급을 베고 적병 한 명을 생포하였다. 4월에 흥향현 남문 밖에서 수급 5급을 베었고, 7월에 남당포에서 싸워 수급 2급을 베고, 신덕희申德希 등 왜적의 포로가 된 아군 7백여 명을 귀환시켰다. 하루는 공이 왜적에게 붙잡혔다. 왜적이 공을 위협해 항복시키려 하자 공이 매섭게 말하였다. "내가 임금의 녹을 먹고 임금의 옷을 입는데 어찌 너희에게 항복할 수 있겠느냐!" 왜적이 공을 베려 하자 한 왜병이, "전장에서 의로운 군사를 죽여서는 안 된다"고 말하였다. 이로써 적의 손에서 벗어나 돌아올 수 있었다. 11월, 통제사가 수군을 대대적으로 집합시켰다. 노량에서 격렬하게 전투를 벌여 바다가 적의 피로 붉게 물들었다. 적병이 대패하여 도망하였으니 전공이 으뜸이었으나 통제사가 탄환을 맞고 전사하였다. 공은 통곡하며 향리로 돌아왔다. 공은 이미 질시하는 자들에게 모함을 받은데다 또 통제사의 상까지 만나게 되어 다시 세상에 나갈 뜻이 없어 마침내 문을 걸어 닫고 자취를 감춘 채 생을 마감하고자 마음먹었다.

계묘년(1603)에 어머니의 상을 만났다. 상례의 법도를 더욱 굳게 지켰다.

을사년(1605)에 조정이 논공하여 공을 선무원종 일등공신宣武原從一等功臣에 책록하였다.

공은 본래 성품이 청렴하고 강직하며 겸손하고 뽐내지 않아 버려짐을 감내하였고 윗사람 중에 끌어주는 사람도 없어 공이 높아도 상을 받지 못하자 억울하다는 공론이 있었다. 계축년(1613)에 같은 고을 사람인 생원 오정남吳挺男 등 수백 명의 선비들이 상소를 올려 억울함을 호소하였다. 그러나 당시는 광해군의 혼란한 조정이어서 포록襃錄을 받지 못했으니 사람들은 그것을 원통하게 여겼다. 뒤에 고령으로 가선대부에 올랐다.

공은 세상을 등진 뒤에 대박산 아래 삼주 가에 정자를 짓고 '비은費隱'이라 이름을 지었다. 산에 올라 유람하고 강가에서 낚시하고, 학창의鶴氅衣[2]을 입고 화양건華陽巾[3]를 썼으며, 강호에서 흥겹게 노닐고, 시와 술로 스스로 즐기면서 청한淸閑의 복을 누린 것이 40여 년이었다.

영릉 신묘년(효종 2년, 1651) 월 일에 별세하였으니, 향년 92세였다.

공은 비록 무과로 출사하였으나 글을 쓰는 일에 마음을 쏟아 평상시의 일을 직접 기록하였으니 그의 유집에 실려 있다. 그 중에 이러한 글들이 있다.

"나는 쉰이 넘어 당상에 올랐으나 만족할 줄 알고 그칠 줄을 알았다. 경치 좋은 곳을 골라 정자를 세우고 어부와 이웃이 되고 물새와 벗이 되었다. 들과 언덕에서 밭을 갈고 안개 피어오르는 물가 너럭바위에서 낚시를 드리우며 농어회와 잉어찜을 먹고 동이 가득 술이 차 있으면 크게 취해 맘껏 노래 불렀다. 그 즐거움이 도도하여 늙어지는 것도 깨닫지 못하였으니 이 또한 임금의 은혜로구나."

"병자년과 정축년의 호란으로 남한성이 포위당한 지 40여 일이 지났다. 북쪽을 바라보며 눈물을 흘리니 오장이 타 들어가는 것 같았지만 늙고 병든 쓸모 없는 몸이라 왕명을 받잡을 길이 없다. 아들 결結이 임금을 호종하기 위하여 떠나기에 눈물을 흘리며 전송한다."

"예순부터 아흔까지 날마다 시를 쓰고 노래 부르는 것을 소일 삼아 지냈다. 사람들은 모두 비웃었지만 그만둘 수 없었다. 이것이 한퇴지韓退之가 말한 '모든 사물은 평정을 얻지 못하면 운다'는 것이다. 옛사람 중에

---

2) 학창의鶴氅衣는 소매가 넓고 뒤 솔기가 갈라진 흰 옷의 가를 검은 천으로 넓게 댄 웃옷이다.
3) 화양건華陽巾은 도가道家나 은거 생활을 하던 사람이 쓰던 쓰개의 하나이다.

조정에 나가서도 나라를 걱정하고 물러나와도 걱정하던 사람이 있었다. 내가 비록 강호에 물러나와 지내고 있지만 어찌 나라를 걱정하는 마음이 없겠는가. 하물며 나는 세 분의 임금을 섬긴 노장이며 일등공신으로 품계가 2품에 올라 성은이 망극한데 어찌 한 순간이라도 임금을 잊을 수 있단 말인가.

지금 남으로는 왜적이, 북으로는 오랑캐가 좌우에서 침략해 오고 있으니, 주옥珠玉으로 섬겨도 면할 수 없고 미포米布로 섬겨도 면할 수 없고 군병軍兵으로 섬겨도 면할 수 없다. 국가는 텅 비고 백성은 상처투성이가 되었으니 통곡할 일이라 할 수 있다. 맹자가 말하기를, '큰 나라로서 작은 나라를 섬기는 자는 하늘의 도를 즐기는 자이고, 작은 나라로 큰 나라를 섬기는 자는 하늘의 위엄을 두려워하는 자이다' 하였다. 만일 하늘의 위엄을 두려워하는 자라면 훌륭한 재상을 뽑아 나라를 다스리되 형벌을 줄이고 세렴을 가볍게 하여 민심을 얻는 데 힘을 쏟아 국가의 힘을 모아야 한다. 그리고 훌륭한 장수를 뽑아 외방을 지키되 사졸을 자식처럼 사랑하고 군정을 기쁘게 하는 데 힘을 쏟아 군대를 훈련해야 한다. 그렇게 하면 군대와 백성이 윗사람을 친히 하고 장자長者를 위해 죽으려는 마음을 가질 것이니 외욕外辱을 막는 데 무슨 어려움이 있겠는가. 옛날 한나라 고조는 평민으로 세 명의 호걸을 얻어 천하를 소유하였으니, 우리나라가 비록 작지만 장수와 재상을 모두 훌륭한 적임자를 얻는다면 남쪽의 왜구와 북쪽의 오랑캐는 두려워할 게 없을 것이다."

"나이 구십이 다 되어 후회와 부끄러움에 얼굴이 달아오른다. 스스로를 돌아보아 반성하고 성현의 책을 열어 보지만, 아아 이미 때늦은 일이로다. 끝내 촌사람을 면하지 못하겠구나. 슬퍼하고 탄식한들 어찌할 것인가. 그러나 『논어』에 이르기를, '아침에 도를 들으면 저녁에 죽어도 괜찮다' 하였다. 마땅히 날마다 부지런히 힘쓰고 죽은 뒤에야 그만두어야 할 것이다."

"나이가 많은데 아들이 많으니 이른바 두려움도 많고 모욕도 많다는 것이다. 말은 진실하게 하고 행동은 공경히 하도록 힘쓰고 만약 횡역橫逆이 다가오면 곧바로 받아들이고 보복해서는 안 된다."

이 몇 가지 모습을 근거해 보면 공의 고상하고 세속적이지 않은 지취志趣와 의분강개하고 우국충정 하는 성심과 말년에 향학의 근면함과 삼가고 살피는 내면의 성실함을 대략 볼 수 있다. 선조를 모시고 어버이를 섬기며 상례를 예법에 맞게 거행하는 예의범절과 형제와 우애하고 종족과 화목하며 자손을 훈육하는 규범은, 공이 평소에 마음을 다하고 몸소 실천하던 것으로 또 일에 따라 기록하고 질서정연하게 문장으로 지었으니, 모두 대대로 전할 만한 법도가 될 수 있다.

그리고 공은 시에 뛰어나 때로 벗들과 함께 모여 붓 가는 대로 시를 짓고 화려하게 수식하는 데 힘쓰지 않았다. 교유하였던 사람은 모두 사림의 명사였는데 특히 나운懶雲 임연林堜, 백호白湖 임제林悌, 송호松湖 백진남白振南과 가장 잘 알고 지냈다. 한가한 날에 초대하여 여러 날 시와 술을 나누며 허물없는 교우관계를 맺었다. 그러니 무공을 세운 것 한 가지만으로 공의 시대를 논할 수 없다.

공이 「여든 살, 나의 뜻은「八十言志」」의 시에서,

| 매양 진리를 찾아가고자 했으니 | 每欲尋眞去, |
| 어찌 세상 사람에게 아첨하리오 | 何[4]爲媚世人. |

입은 옷은 날마다 해지고	身衣隨日破,
귀밑머리는 해마다 세어 간다	鬢髮逐年新.
병이 많아 정든 벗들은 멀어지고	多病情朋遠,
세상사 잊으니 들새가 나를 따른다	忘機野鳥馴.
문을 나서도 갈 곳이 없으니	出門無所去,
고기 잡는 어부가 나의 좋은 이웃	漁父好爲隣.

이라 하였다. 시는 참으로 성정의 발로인데 나이가 들수록 뜻이 더욱 곧으니 세속에 미련을 두지 않았음을 볼 수 있는 대목이다.

공은 스스로 일옹逸翁이라고 칭했고 또 와룡臥龍이라고도 불렀다. 공이 제갈무후의 이름과 자를 취하고 또 그 호를 그대로 써서 그 분을 닮고자 하는 뜻을 보인 것이다. 공은 두 명의 부인을 두었는데 첫 번째 부인은 원주 이씨로 충청 수사의 따님이고, 두 번째 부인은 제주 양씨로 양수정梁守貞의 따님이다. 모두 9남 2녀를 두었다. 장남 서緒는 군자감 참봉을 지냈고, 차남은 치緻이고, 삼남 결結은 무과에 급제하여 사헌부 감찰을 지냈고, 사남은 규糾이고, 오남은 회繪이고, 육남은 급級이고, 칠남은 온蘊이고, 팔남은 수綏이고, 구남은 현絢으로 통덕랑을 지냈다. 장녀는 민승윤閔承胤에게 시집갔고, 차녀는 문재상文載尙에게 시집갔다. 내·외손, 증손과 현손이 더욱 번성하여 다 기록할 수 없다. 공의 형은 예조 좌랑 희열希說과 형조 좌랑 희민希閔이고 조카는 직장 찬纘과 생원 계繼, 현감 완梡으로 모두 이름난 행실이 있었으니 그 집안의 성대함이

---

4) '何' 자가 『일옹문집』 권1에는 '胡'로 되어 있다.

또한 이와 같다. 공의 묘소는 대박산 기슭 유좌酉坐의 언덕에 있는데 이곳은 공이 은거해 살던 곳이다.

아, 공이 겸비한 문무를 정말 펼칠 수 있었다면 세상에 남긴 공적이 어떠했겠는가. 그러나 운명이 원수와 도모하여 꺼림을 당하고 무함을 입어 큰 나무가 먼저 꺾이었고, 또 의지할 곳을 잃고 고향으로 돌아와 은둔하여 가진 재주를 다 펼치지 못했으니 상론자尙論者들이 이를 애석하게 여겼다. 그러나 홍범구주洪範九疇에서 말한 오복 중의 제일이 장수인데 공은 이미 장수를 누리었다. 더군다나 아들을 많이 두었고 또 거기에 더해 귀하게 되기까지 하여 이름은 높이 기린각에 새겨지고 지위는 추부樞府에까지 올랐으나 초연히 물러나 시골집에 한가로이 은거하였다. 깨끗한 영혼과 훌륭한 신체를 하늘로부터 품부받아 장수를 누렸으며 늙고 쇠약해졌어도 정신은 맑고 기운은 건강하였다. 아홉 아들이 열을 지어 모시고 여러 자손들이 줄을 지어 서서 생일과 명절에 술잔을 들고 헌수를 올렸으니 −노래를 보라.「생일에 자식들에게 줌(生辰贈兒)」− 공이 누린 완전한 복은 곽자의郭子儀5) 이후로 드문 일이고 하늘이 공에게 내려주신 것도 또한 풍성하다고 이를 만하다. 아아, 훌륭하도다.

또 임진년과 정유년의 왜란 때에 충신 열사 중에 참소를 받은 사람이 얼마나 많았던가. 충용장군忠勇將軍 김덕령金德齡은 아무 죄 없이 억울하게 죽었고 여러 장수들은 모두 각자 스스로 온전하지 못할까 의심하였으며 의병장군 곽재우郭再祐는 마침내 병사를 거두고 벽곡辟穀하며 화를

---

5) 곽자의郭子儀는 당 현종唐玄宗 때 삭방 절도사朔方節度使로서 안록산安祿山과 사사명史思明의 난을 평정한 뒤 그 공으로 분양왕汾陽王에 봉해지고 벼슬이 중서령中書令에 이르렀다. 수壽와 복을 누리고 자손이 번창하였으므로 역사상 가장 팔자 좋은 사람의 대명사가 되었다.

피하였다. 이 충무공은 전투에 임해 죽음을 각오하고 싸우다가 탄환을 맞고 전사하였으니, 공이 이러한 것을 보고 그 기미를 보고 일어나 하루가 끝나기를 기다리지 않고 떠난 것이 아니겠는가. 『시경』에, '사리를 밝게 통찰하여 자신의 몸을 잘 보존하였다' 하였는데, 공이 아마 이 경우에 해당할 것이다.

아아, 공이 세상을 떠난 지 지금 120여 년이 되었으나 명성과 행적의 훌륭함이 아직 기록된 것이 없다. 아마 최씨 문중에 여러 불행이 있어서 경황이 없어 그리 된 듯하니 안타깝다. 나는 이웃마을 사람이어서 평소에 어른들에게 공의 풍도에 대해 들은 것이 있었다. 근래 공의 현손 정畩과 서로 어울려 지내게 되었는데 이로 인해 전에 알지 못했던 것을 많이 알게 되었다. 정이 또 가승家乘과 유집遺集을 내게 맡기며 교정해 줄 것을 부탁하였다. 불초한 사람으로 감히 감당할 수 없는 일이지만 끝끝내 부탁하는 정성을 저버릴 수 없었기에 마침내 견식이 되는 대로 대략 조사하고 상고하였다. 실려 있는 공의 유사를 수집해서 오상상吳上庠(오정남吳挺男)의 상소를 첨가하여 아래와 같이 차례를 정하고서 훌륭한 글을 쓰는 군자들이 증거로 취할 수 있는 자료로 갖추어 놓는다.

숭정 기원 후 세 번째 임진년(1832) 월 일 광산 김중엽金重燁은 삼가 쓴다.

내가 임진년에 공의 행록을 찬수했었는데, 다음해 계사년(1833) 겨울에 공의 후손이 공이 왜구를 깨뜨릴 때의 보첩서장報捷書狀과 함선을 제조할 때의 상사문부上使文簿 등 7, 8건을 수집하여 빠진 부분을 보충하여 전하고자 거듭 부탁하였다. 그리하여 별도로 유사를 써서 연보의 예와 비슷하게 책머리에 붙인다. 그러나 행록과 유사의 기록이 똑같지 않아 상략과 선후의 차이가 있는 것은 다만 서장과 문적이 뒤에 나와서 그렇게 된 것일 뿐이다. 뒤에 훌륭한 군자가 이것과 저 것을 잘 참고하고 비교하여 교정해서 사실을 밝혀 주기를 바란다.

| 行錄 |

公姓崔, 諱希亮, 字景明, 水原[隋城]人. [隋城伯文惠公諱永奎之後 也]{高麗太子詹事有春之後也. -木邊春字. -}世居果川, 至中直大夫淳娶大 司諫李節女, 始移羅州聘鄕, 於公爲高祖. 曾祖貴溥, 建功將軍行義興衛 大護軍滿浦鎭僉使. 祖瀛, 英陵參奉. 考樂窮, 隱德藏修, 不慕浮華. 與 栗亭崔公鶴齡友善. 官至濟用監正, 贈承政院左承旨. 妣光山金氏, 部將 攀之女. 公以嘉靖庚申生, 姿貌魁健, 器局宏遠. 少讀書通大義, 然倜儻 多奇氣, 不肯爲拘儒. 旣冠, 捐去俎豆事, 自力於弧矢. 萬曆丙戌, 國家 設別試, 繼有謁聖科, 公連捷兩解額, 俱占壯元. 庚寅丁外憂, 送終無憾, 執喪如禮. 甲午登武科. 時當倭寇搶攘, 人皆鳥竄, 公奮然以報國爲心. 是年冬, 佐婦翁忠淸水使李公繼鄭幕爲軍官. 乙未春, 與水使率舟師, 同 下海赴防閑山島, 夜半船中失火, 水使與將士皆燒溺. 公腋挾革鼓, 投海 俘泅, 力盡幾死, 幸遇過船而得活. 是年, 被薦拜宣傳官. 宣祖命試藝, 公居魁. 賞御弓而寵之. 丁酉倭寇再獗, 上命畫倭酋像, 使廷臣射之, 下 敎曰, 得中者賞職. 公正中秀吉之額, 上大喜, 特除興陽縣監. 纔到任, 朝廷命沿海守令盡屬舟師. 公旣赴李忠武公舜臣統制幕下. 公身長八尺, 拳勇健鬪, 統制使倚而爲重. 時道內守宰, 專聽統制之節制, 兵使甚慊之.

以爲守令但知有統制使, 而不行主將之令, 與統制不協. 因并擠公, 白地構誣, 啓請罷黜. 上燭其誣, 留中不下. 再啓而又不下. 兩司合啓曰, 兵使乃一道大將, 而以么麼守令之事, 連爲啓聞, 而上不聽施, 則大將之權虧損. 請命罷職. 上猶不許. 至六啓始許遞, 而傳敎曰, 當此危急之時, 交遞之際, 必生大事. 蓋上知公甚而然也. 未幾新縣監高得蔣戰敗, 爲賊所斬, 聖上靳遞之意果驗矣. 公因留統制幕爲軍官, 每戰賈勇先登, 一捷于鳴渡, 再捷于尖山, 三捷于曳橋. 是年十二月晦, 公又設謀, 夜驚賊陣, 奮斬一級, 賊駭退. 取賊租六百餘石, 以給軍餉. 閑山新陷, 戰艦盡破. 是年夏, 統制使以言去, 元均代之. 七月賊陷閑山島, 三道舟師百餘艘, 盡爲陷破. 八月, 統制起廢, 復領舟師. 戊戌春, 公倡率飢疲, 躬自曳木而造成之, 又繕完其器械. 統制特爲襃啓. 三月戰于尖山, 斬首三十餘級, 又戰于尖山, 斬首三十一級, 生擒一賊. 四月戰于興陽南門外, 斬首五級, 七月戰于南堂浦, 斬首二級, 誘還我人之爲賊所擄者, 水軍申德希等七百餘人. 公一日爲賊所執, 賊欲脅降之, 公厲聲曰, 我食君之食, 我衣君之衣, 何可降汝! 賊怒將刃之, 一倭曰, 方當戰陣, 不可殺義士. 竟得脫還. 十一月, 統制大會舟師. 鏖戰露梁, 海水爲赤. 賊兵大敗而遁, 中興戰功, 此爲第一, 而統制中丸而死. 公痛哭而還鄉. 公旣被脩郤者所中, 又遭統制之喪, 無復當世意. 遂杜門屛跡爲終老之計. 癸卯遭內艱. 持制愈固. 乙巳朝廷論功, 錄公宣武原從一等功臣, 公素性廉介, 謙退不伐, 自甘棄置, 上之人亦無援引者, 功高不賞, 公議抑菀. 癸丑州人生員吳挺男等數百章甫, 上疏訟之. 而時當光海昏朝, 未蒙襃錄, 人皆冤之. 後以高年進秩嘉善. 公謝世後築亭於大朴山下, 三洲之上, 扁以費隱. 有登望之興, 魚釣之樂, 披鶴氅衣, 戴華陽巾, 跌宕江湖, 詩酒自娛, 享淸閑之福者, 四十餘年. 以寧

陵辛卯某月某甲考終, 得壽九十有二. 公雖以弓馬拔身, 而從事觚墨, 嘗
手錄平生事行, 載在其遺集. 其中有曰, 余五十後陞堂上, 知足知止. 選
勝立亭, 與漁父爲隣, 以沙鷗爲友, 耕田野岸, 垂釣烟磯, 膾鱸烹鯉, 有
酒盈樽, 大醉狂歌. 其樂陶陶, 不知老之將至, 是亦君恩也. 又曰, 丙丁
虜變, 南漢被圍, 四十餘日. 北望雪涕, 五內如焚, 而老病毳荒, 末由勤
王命. 子結扈從而泣送之. 又曰, 自六十至九十, 日以裁詩咏歌爲事. 人
皆笑之, 而不自止. 此退之所謂物不得其平則鳴者也. 古之人有進亦憂退
亦憂者. 余雖退處江湖, 豈無憂國之心也? 況以三朝老將, 一等功臣, 位
至二品, 受恩罔極, 何敢一飯而忘君乎? 目今南倭北胡, 左右侵喝, 事之
以珠玉, 不得免焉, 事之以米布, 不得免焉, 事之以軍兵, 不得免焉. 國
家虛耗, 人民瘡痍, 可謂痛哭者也. 孟子曰, 以大事小者, 樂天者也, 以
小事大者, 畏天者也. 若畏天者, 擇賢相而治國, 省刑罰, 薄稅斂, 務得
民心, 而生聚之. 選良將而守閫, 愛士卒如赤子, 務悅軍情, 而敎鍊之,
則軍民有親上死長之心, 而其御外侮, 有何難焉! 昔漢高祖以布衣得三
傑, 而有天下, 我東雖褊小, 而將相俱得其人, 則南倭北胡, 不足畏也.
又曰, 年將九十, 赧然悔恥. 反顧自責, 披閱聖賢書, 而嗚呼晚矣. 終未
免爲鄉人, 悲歎何及. 然魯論曰, 朝聞道, 夕死可矣. 當惟日孜孜, 斃而
後已. 又曰, 年老而多男, 所謂多懼多辱者也. 以言忠信行篤敬以務, 而
若橫逆之來, 直受之而不報. 据此數段, 可以槪見公高向世外之趣, 慷慨
憂國之誠, 暮年向學之勤, 畏愼修省之篤矣. 至若奉先事親, 送終之持制
之儀節, 友兄弟睦宗親訓子孫之規範, 蓋公平日盡心躬行者, 而又隨事隨
記, 秩秩成章, 皆可爲傳世之則. 公又有能詩聲, 時有與會, 信筆成語,
不事鏤飾. 所從遊, 皆士林名勝, 而與懶雲林公埬, 白湖林公悌, 松湖白

公振南, 最相知. 暇日招邀, 詩酒留連, 爲忘形之交. 槩不可以勳武一節論公之世也. 公於九[八]十言志日, 每欲尋眞去, 何爲媚世人. 身衣隨日破, 鬢髮逐年新. 多病情朋遠, 忘機野鳥馴. 出門無所去, 漁父好爲隣. 詩固性情之發, 而年彌高志愈貞, 不以塵俗係戀者, 有可見矣. 公自號逸翁, 又稱臥龍. 公旣取武侯名與字, 又取其號, 以寓思齊之意云. 公凡兩娶, 前夫人原州李氏, 卽水使公之女也, 後夫人濟州梁氏守貞之女. 擧九男二女. 男長緒, 軍資監參奉. 次緻, 次結, 武科司憲府監察. 次糾, 次繪, 次級, 次蘊, 次綏, 次絢, 通德郎. 女長適閔承胤, 次適文載尙, 內外孫曾玄來甚蕃衍, 不盡錄. 公之兄, 禮曹佐郎希說, 刑曹佐郎希閔, 從子直長纘, 生員繼, 縣監綋, 俱有名行. 其門戶之盛, 又如是矣. 公之降魄之藏, 在大朴山下麓抱酉之原, 公之所嘗棲隱處也. 噫! 以公文武兼材, 果得展布, 則其功業之在世者何如? 而命與仇謀, 見忌被誣, 大樹先摧, 又失依歸, 卷而退藏, 未究厥施, 尙論者惜之. 然箕疇五福, 初一日壽, 而公旣壽矣. 且多男重之以貴, 名高麟閣, 位躋樞府, 超然遐擧, 高臥湖庄. 靈襟異骨, 得之天賦, 以應難老之錫, 而耆而耋, 神明氣健. 九男列侍, 衆孫成行, 佳辰令節, 稱觴獻壽, 見歌類. 蓋公之完福, 汾陽後所罕有天之餉, 公亦云豐矣. 嗚呼盛哉! 抑又念壬丁之變, 忠臣烈士之被讒者何限? 而忠勇將金公德齡, 無罪寃死, 諸將人人, 自疑不自保, 義兵將郭公再佑, 遂斂兵辟穀避禍. 李忠武公方戰免冑, 自中丸以死, 公豈有監於斯, 見幾而作, 不竢終日耶? 詩曰. 旣明且哲, 以保其身. 公其庶幾乎! 嗚呼! 公之歿去, 今百有二十餘年矣, 名行之懿, 尙無述焉. 顧崔氏中多厄事, 不得遑而然矣, 傷哉! 重燁隣鄕人也, 因著舊聞公之風有素矣. 近與公之玄孫畈相從遊, 自此益知其所未知. 畈又以其家乘與遺集, 屬重燁而校正之. 無所肖似者, 有不敢當, 然而亦不可終孤寄託之勤, 遂以見識所及, 略加考訂. 因採撤公遺事之載見者, 參之以吳上庠疏本, 第次之如右, 以備立言君子, 取證之一資云.

崇禎紀元後三回壬辰月日, 光山金重燁, 謹述.

重燁於壬辰歲, 撰公行錄, 翌年癸巳冬, 公之後孫搜得公之破倭時報捷書狀, 造艦時上使文簿等七八件, 申請補遺而傳信. 遂別述遺事, 倣年譜例, 弁於卷首. 而第行錄與遺事, 所記不一, 詳略之殊, 先後之差, 祇緣書狀文簿之後出而然也. 惟俟尙義君子, 參互彼此, 校正而發輝云.

신도비명

_ 병서

우리나라는 임진년과 정유년에 왜란으로 가장 참혹한 병화를 겪었다. 그러나 그 당시 충무공 이순신 장군이 삼도의 수군을 통솔하여 중흥의 위대한 공적을 이루었다. 그 휘하에 있었던 장수 중에 참으로 걸출하다고 칭할 만한 인물이 많았지만, 왜적이 물러간 후에 공훈을 차지하지 않고 강호에 돌아가 여생을 보내며 자신의 자취를 감춘 분은 바로 일옹 최공이시다.

공의 휘는 희량希亮, 자는 경명景明, 자호는 일옹逸翁으로, 와룡臥龍이라고도 칭한다. 최씨는 수원이 관향으로 수성백隋城伯 최영규崔永奎가 그 시조이다. 대대로 선비 집안으로 고조 순淳은 경차관敬差官이었고, 증조 귀당貴溏은 첨사였고, 조부 영瀛은 영릉 참봉英陵參奉이었고, 부친 낙궁樂窮은 참됨을 보존하고 고졸함을 지켜서 후덕함으로 칭송을 받았다. 제용감 정濟用監正을 지냈고 좌승지에 추증되었다. 모친은 광산光山 김씨 부장部將 반반擧의 따님이다.

공은 가정 39년 경신년(1560)에 태어났다. 신체가 건장하고 지기가 뛰어나 어려서부터 독서를 좋아하였고 대의를 이해하였다. 부친의 명으로 무예를 닦았다. 경인년(1590) 5월에 부친상을 당하였는데 예에 맞게 상례를 치렀다.

임진왜란 때에 삼년상을 치르느라 여막에 있었다. 갑오년(1594) 무과에 급제하였다. 이 해 겨울 장인 충청 수사 이계정李繼鄭을 보좌하였다. 이공과 함께 수군을 통솔하여 한산도를 방어하기 위해 달려가던 중 바다 가운데서 불이 나서 함께 배에 타고 있던 사람들이 모두 타죽거나 익사하였다. 공은 옆구리에 북을 끼고서 바다에 뛰어들어 여러 날 떠다니다가 천행으로 지나가던 배를 만나 살아날 수 있었다. 이듬해 천거를 받아 선전관에 제수되었다.

정유년에 왜구가 재침하였다. 선조께서 왜장 풍신수길의 화상을 걸어놓고 여러 무신들에게 활을 쏘라고 명하셨다. 공이 그 이마를 명중시키자 상께서 크게 기뻐하며 흥양 현감에 특진시켰다.

당시 조정에서 연해의 수령을 모두 수군에 예속시킨다는 명을 내렸다. 공은 즉시 이 충무공 통제사의 막사로 달려갔다. 충무공은 공의 용맹과 지략을 알아보고 의지하며 소중하게 여겼다. 매 전투마다 용맹스럽게 제일 먼저 전투에 임해 8척의 수군으로 바다를 가득 매운 적에 맞서 명량해협에서 첫 승리를 올리고 첨산尖山에서 두 번째 승리를, 그리고 예교曳橋에서 세 번째 승리를 거두었다. 또 기계奇計를 세워 밤에 적진을 기습 공격하니 적이 놀라 후퇴하였다. 적의 군량 6백 섬을 노획하여 군량미로 공급하였다. 당시 충무공이 참소로 인해 떠났는데 공은 현에 남아 부상당하고 지친 병사들을 이끌고 전함을 제조하고 병기를 수선하며, 몸소 재목을 끌고 고통을 함께하였다.

다음해 무술년(1598)에 충무공이 다시 수군을 통솔하게 되자 특별히 포계襃啓를 올렸다. 봄부터 가을까지 양강, 고도, 흥양현 남문, 남당포 등지에서 연이어 승리를 거두었으니 전후로 벤 적의 수급과 노획한 군물이 매우 많았다. 또 우리 사람 중에 포로로 잡혀갔던 7백여 명을 유환하게 하였으니, 그때의 상공교첩上功交帖이 지금까지 남아 있다. 당시 병마절도사가 통제사와 사이가 좋지 않아 공이 충무공의 명령만을 듣는 것을 미워하여 조정에 무함하는 글을 올려 파직을 청하였으나 상께서 허락하지 않았다. 양사에서 여섯 차례에 걸쳐 청하기에 이르자 비로소 체직시키고 이어 전교를 내리기를, "지금 한시가 위급한 때에 교체시키는 사이 반드시 큰일이 생길 것이다" 하였으니, 이로써 상께서 공을 깊이 알았다는 것을 볼 수 있다. 얼마 되지 않아 새 수령 고득장高得蔣이 과연 적에게 패하여 죽었다.

공은 해임된 후에 통제사 막하에 남아 계책을 세우는 일을 하였다. 11월에 충무공이 수군을 대대적으로 집합하여 노량에서 격렬하게 싸워 적선 수백 척을 불태우고 남해까지 추격하였다. 적이 크게 패하여 도망갔으나 충무공이 탄환을 맞고 전사하였다. 공은 무함을 받고 파직된데다가 통제사마저 잃게 되자 세상에 나갈 뜻이 없어져 마침내 통곡하며 고향으로 돌아가서 문을 걸어 닫고 자취를 감춘 채 일생을 마치고자 하였다. 다음과 같이 시를 지었다.

난리 통에 세상사 모두 변하여	亂中人事變,
돌아와 이름 석 자 묻고 살고파	歸臥欲藏名.
산천은 옛날과 변함 없는데	依然舊時物,
물가의 갈매기 반기어 주네	磯上白鷗迎.

계묘년(1603)에 모친의 상을 만나 부친의 상과 마찬가지로 상례喪禮의

법도를 잘 지켰다. 을사년(1605)에 조정에서 논공하여 공을 선무원종 일
등공신에 책록하였다. 공은 평소 겸손하여 스스로를 뽐내는 것을 부끄
럽게 여겼는데 혼란한 조정을 만나 버려지는 것을 달게 여겼다. 그러나
공의가 더욱 거세져서 같은 고을 사람 진사 오정남吳挺南 등 2백여 사람
들이 상소를 올려 공의 공적이 보고되지 않은 억울함을 호소하였다.

공은 금강 가에 작은 정자를 짓고 어부들과 한 무리가 되어 시와 술로
즐거워하며 마치 세상과는 서로 잊은 듯이 지냈다. 그러나 임금을 사모
하고 나라를 걱정하는 마음은 매번 읊조리는 시 가운데에 드러났다. 함
께 교유하며 시를 주고받던 사람들은 모두 사림의 명사였는데, 특히 백
호白湖 임제林悌, 한호閑好 임연林堜, 송호松湖 백진남白振南이 가장 유명
하다.

인조조 병자년(1636)에 오랑캐의 군대가 남한산성까지 이르러 포위하
였다. 이때 공의 나이 일흔일곱이었다. 바깥에 서서 북쪽을 향해 밤낮으
로 울부짖으며 여러 아들에게 이르기를, "남한성이 만약 격파된다면 나
역시 스스로 목숨을 끊겠다" 하였다. 임금을 호종하기 위하여 떠나는 감
찰인 셋째 아들 결結을 떠나보냈다. 강화가 맺어졌다는 소식을 듣고 비
분을 이기지 못해 직접 글을 써서 늙어 전장에 나가지 못한 우국충정의
간절한 마음을 술회하고 마지막에 벼슬길에 있는 선비들이 춘추의 대의
를 지키지 못한 죄를 나무랐다.

아흔 살에 『중용』을 읽고 글을 지어 스스로 경계하기를, "아침에 도를
들으면 저녁에 죽어도 괜찮다고 하였다. 마땅히 날마다 부지런히 힘쓰
고 죽은 뒤에야 그만두어야 할 것이다" 하였다. 고령으로 가선대부에 올
랐다. 신묘년(1651) 12월 29일에 별세하였다. 향년 92세였다. 대박산 기

늙 유좌酉坐의 언덕에 장사를 지냈다. 부인은 원주 이씨 충청 수사 이계
정李繼鄭의 따님이고, 후실은 제주 양씨 주부 양달수梁達洙의 따님이다.
9남 2녀를 두었는데, 장남 서緖는 군자감 참봉을 지냈고, 차남은 치緻이
고, 삼남 결結이 바로 감찰을 지냈고, 사남은 규紉이고, 오남은 회繪이
고, 육남은 급級이고, 칠남은 온蘊이고, 팔남은 수綬이고, 구남은 현絢이
다. 장녀는 민승윤閔承胤에게 시집갔고, 차녀는 문재상文載尚에게 시집갔
다. 부인 이씨의 묘소는 시랑면侍郎面 출동朮洞 선영에 있고, 부인 양씨
는 공과 합장하였다. 공이 돌아가신 지 124년 후인 영조 갑오년(1774)에
대신들이 경연에서 주청한 일로 인해 자헌대부 병조판서에 증직되었고,
정조 경신년(1800)에 고장 사람들이 사당을 지어 충무공께 제사를 올리
면서 공을 배향하였다.

아아, 공은 충의의 품성을 타고난데다가 국가의 간성이 될 재주까지
겸하여 어린 나이에 학문을 그만두었다. 당시 왜적의 침입이 창궐하였
는데 성상께서 그의 재주를 기특하게 여기셨고 주장은 그의 용기에 의
지하였다. 노량과 한산에서 가는 곳마다 공을 세워 드넓은 기운을 드날
렸다. 중흥의 업적을 세우는 데 기틀이 되어 마침내 일등공신에 봉해졌
으니, 참으로 장하도다. 충무공이 전사하고 난 후 간사한 자들이 죄를
얽으려 곁에서 틈을 엿보았으나 세상사에 초연하여 강호에 자취를 감추
었다. 종신토록 불우하게 지냈지만 기미를 보이지 않았으니 이 또한 현
명하지 않은가.

병자년에 공은 이미 노년이었지만 아들을 전쟁터에 보내면서 자진할
것을 맹세하였다. 천지가 뒤바뀌던 날 이후로는 춘추의 대의를 펴지 못
한 것을 한탄하여 충의의 분한 마음이 시에 여러 차례에 드러났다. 아흔

이 다 된 나이에도 책을 읽고 자신을 경계시키는 글을 지었으니 어찌 무인이라고 해서 눈을 굴리며 볼 수 있겠는가.

애석하다! 공을 세웠으면서도 상을 받지 못하고 나라에 충성을 바쳤지만 간신들의 미움을 받아 불우하게 일생을 마쳤으니. 그러나 하늘의 도는 매우 밝은 것. 장수와 다남多男의 복을 누린데다가 백 년 만에 공의 도 크게 정해져서 조정에서는 정경正卿에 가자하고 사림에서는 향사에 배향하였으니 공께서는 유감이 없으실 것이다.

공의 후손인 제동齊東이 노년의 몸으로 먼 길을 찾아와 비석에 새길 글을 구하기에 문장을 잘 못한다고 사양했지만 끝까지 거절하지 못했다. 이에 공의 행장을 가지고 대략 서술하고 다음과 같이 명을 짓는다.

충의의 성품과	忠義之性
문무의 재주로	文武之才
개연히 붓을 던지고	慨然投筆
어려운 시대를 만났다	遭時艱虞
왜장의 화상을 쏘아 맞히어	射中賊像
성상의 특별한 총애를 받았고	特荷聖眷
남방이 다시 소란해졌을 때	南氛再漲
해안 가 현의 수령에 임명되었다	分符海縣
당시 충무공께서	惟時忠武
수군을 통솔하셨는데	統率舟師
공께선 충성과 용기로 분발하여	公奮忠勇
제일로 인정을 받았다	最被其知

용맹스레 제일 앞장서서	鼓弧登先
거북선이 선두에 모습을 드러내니	龜船著前
남해는 적의 피로 물들고	血漲南海
한산도는 승기로 가득하였다	氛廓閑山
중흥의 위대한 공적은	中興偉績
실로 공의 힘이었다	公實先後

그러나	
얼마 후 해임을 당하고	遭間解紱
충무공마저 잃고 말아	又喪元帥
쓸쓸히 강호에	蕭然江海
자취를 감추고 이름을 묻었다	斂跡藏名
기린각에 오를 만큼 공적은 높았지만	功最麟閣
강호에 묻히고자 하는 뜻은 굳건하였다	志堅鷗盟
사론士論이 무성히 일어나고	士論有鬱
상소가 잇달아 올려졌다	疏訟涑陽
저들의 질시와 미움이	彼哉媢疾
공에게 무슨 해를 끼칠 수 있었겠는가	於公何傷
노년이 되어	桑榆暮景
다시 병자년과 정축년의 호란을 만나	又値內丁
아들이 나라를 위해 참전하니	替子勤王
그 충정을 더욱 알 수 있었다	愈見忠貞
춘추의 대의를	春秋之義

반드시 드러내라 노래하였으니	有吟必形
공의公議가 정해지는데	公議之定
백 년을 기다려야 하였다	必待百年
공훈에 맞게 관작과 봉훈을 받으시니	貤爵酬勳
경건하게 사당을 세웠다	立祠揭虔
내가 그 분의 공적을 뽑아	我撮其蹟
비석에 새기노니	以篆穹石
천만 년 후에 이 앞을 지나는 자는	有來千億
반드시 공경을 표하리라	過者必式

숭정 네 번째 기축년(1829) 늦봄 상한에 가의대부 사헌부 대사헌 겸 성균관 제주 세자시강원 찬선 덕은德殷 송치규宋穉圭는 찬한다.

神道碑銘 幷序

我國兵燹之慘, 莫酷於壬丁島夷之變. 而時則有李忠武公舜臣統三道舟師, 成中興偉績. 其麾下士, 固多傑然可稱者, 而賊退之後, 不居其功, 歸老江湖以晦其跡者, 逸翁崔公是已. 公諱希亮, 字景明, 自號逸翁, 又稱臥龍. 崔氏系出水原, 隋城伯永奎, 其鼻祖也. 世襲簪纓, 高祖淳, 敬差官. 曾祖貴溏, 僉使. 祖瀛, 英陵參奉. 考樂窮, 葆眞守拙, 以厚德見稱. 濟用監正贈左承旨, 妣光山金氏, 部將攀女. 以嘉靖三十九年庚申生, 姿貌魁傑, 志氣卓遠, 少好讀書, 略通大義. 以親命業武, 庚寅五月, 丁承旨公憂, 執喪以禮. 壬辰倭變, 守制在廬. 甲午, 登武科, 是年冬, 佐婦翁忠淸水使李公繼鄭幕. 同李公率舟師, 赴防閑山島, 中流失火, 同舟盡燒溺. 公腋兩革鼓投海, 浮泗累日, 幸遇他船得活. 翌年, 薦拜宣傳官. 及丁酉, 倭寇再猘, 宣祖命揭倭酋秀吉像, 使諸武臣射之. 公正中其額, 上大喜, 特除興陽縣監. 時朝廷命沿海守令, 盡屬舟師. 公卽赴李忠武公統制幕下. 忠武知公勇略, 倚以爲重. 每戰輒賈勇先登, 以八隻舟師, 當薇海之賊, 一捷于鳴渡, 再捷于尖山, 三捷于曳橋. 又設奇, 夜斫賊陣, 賊驚駭退遁. 取其租六百餘石以餽穀. 時忠武以讒去, 公在縣, 倡率瘡殘, 造戰艦, 繕戎器, 躬曳木, 同甘苦. 翌年戊戌, 忠武復領舟師, 特爲襃啓. 自春徂秋, 連獲捷勝於楊江姑島及縣南門南堂浦, 前後斬獲甚衆. 又誘還我人被擄者七百餘名, 其上功文帖, 至今尙在. 時兵使與統制不協, 疾公之專聽忠武節制, 誣啓請罷, 上不許. 兩司至六啓, 始許遞, 因傳曰, 目今朝夕危急, 交遞之際, 必生大事. 此可以見上之知公矣. 未幾, 新倅高德蔣果敢汲於賊. 公旣解符, 留統制幕下, 贊劃戎機. 十一月, 忠武大會舟師, 鏖戰露梁, 焚賊船數百艘, 追至南海. 賊大挫衂逃遁, 李忠武中丸而卒. 公旣被誣罷官, 又喪元帥, 無復當世意, 遂痛哭歸鄕, 杜門屛跡, 爲終老計. 有詩曰, 亂中人事變, 歸臥欲藏名. 依然舊時物, 磯上白鷗迎. 癸卯, 丁母夫人憂, 持制一如前喪. 乙巳, 朝家論功, 錄公宣武原從一等, 公素執謙退, 恥自矜伐, 而旋値昏朝, 自甘棄置. 公議愈鬱, 州人進士吳挺男等二百餘人上疏, 訟屈不報. 公構小亭於錦江上, 漁釣爲徒, 詩酒自娛, 若與世相忘, 而愛君憂國之意, 輒形於吟詠. 所從遊唱酬, 皆一時名勝, 而林白湖悌林閑好塽白松湖振南, 尤其著者也. 仁廟丙子, 虜兵猝至, 南漢被圍. 公年七十七矣, 露立北向, 日夜號哭, 謂諸子曰, 南漢若破,吾亦當自盡. 送第三子監察結扈從, 及聞媾成, 不勝悲憤, 自爲文, 敍其老未勤王, 憂國眷眷之意, 而末乃責當路者之爲春秋罪人. 方九十歲, 讀中庸, 作文自警曰, 朝聞道夕死可矣. 當惟日孜孜, 斃而後已. 以大耋進嘉善, 考終于辛卯十二月二十九日, 享年九十二. 葬于大朴山下抱酉之原. 配原州李氏, 水使繼鄭女, 繼配濟州梁氏, 主簿達洙女. 九男二女, 男長緒軍資監參奉. 次緻, 次[結]^1)卽監察, 次繪, 次級, 次蘊, 次綬, 次絢. 女長適閔承胤, 次適文載尙. 李氏墓在侍郎面朮洞先兆上, 梁氏與公合祔. 公沒後百二十四年英宗甲午, 因大臣筵白, 贈資憲大夫兵曹判書, 正宗庚申, 鄕人建祠享忠武公, 而以公配侑. 嗚呼! 公稟忠義之性, 而兼干城之材, 早年投筆. 時際搶攘, 聖主奇其才, 主將倚其勇. 露梁閑山, 隨處立功, 廓淸湖海之氛. 以基中興之蹟, 遂策勳一等, 吁其壯哉! 暨元帥旣亡, 媒孽傍伺, 見幾超然, 斂跡湖海. 終身落拓, 而不見幾微, 不亦賢乎? 丙丁之歲, 公已遲暮, 而遣子勤王, 誓以自靖. 逮天地飜覆之後, 慨歎莫伸春秋之義, 忠憤激昂, 累形詞章. 若九十之年, 猶讀書自警, 夫豈可以靮鞿者流視之也哉? 惜乎功而不賞, 忠而見忌, 卒坎壈以沒也. 然而天道孔昭, 旣享大耋, 多男之福, 公議亦大定於百年, 朝家貤之以正卿, 士林侑之於鄕祠, 公於是可以無憾矣. 公之後孫齊東, 白首重繭, 來乞樹墓之文, 以不文辭, 不獲. 茲就其狀, 略敍而銘之. 銘曰, 忠義之性, 文武之才, 慨然投筆, 遭時艱虞, 射中賊像, 特荷聖眷, 南氛再漲, 分符海縣, 惟時忠武, 統率舟師, 公奮忠勇, 最被其知, 螯弧登先, 龜艦著前, 血漲南海, 氛廓閑山, 中興偉績, 公實先後, 遭間解綬, 又喪元帥, 蕭然江海,

---

1) 저본에는 '結'이 빠져 있으나 중간본을 참조하여 보충하였다.

歛跡藏名, 功寀麟閣, 志堅鷗盟, 士論有鬱, 疏訟涑陽, 彼哉媚疾, 於公何傷, 桑楡暮景, 又値丙丁, 替子勤王, 愈見忠貞, 春秋之義, 有吟必形, 公議之定, 必待百年, 貤爵酬勳, 立祠揭虔, 我撮其蹟, 以篆穹石, 其來千億, 過者必式.

崇禎四己丑年, 暮春上澣, 嘉義大夫司憲府大司憲兼成均館祭酒世子侍講院贊善, 德殷宋穉圭撰.

시장

공의 휘는 희량希亮이고 자는 경명景明, 성은 최씨로 수성 사람입니다. 증조는 휘 귀당貴溏으로 건공장군建功將軍 행 의흥위 대호군 만포진 첨사 行義興尉大護軍滿浦鎭僉使이고, 조부는 휘 영영瀛으로 영릉 참봉英陵參奉이고, 부친은 휘 낙궁樂窮으로 재용감 정濟用監正 증통정대부 승정원 좌승지贈通政大夫承政院左承旨입니다.

공은 가정 경신년(1560)에 태어났습니다. 기골이 장대하고 어려서부터 독서를 좋아하여 대의를 이해하였습니다. 만력 갑오년(1594)에 무과에 응시, 급제하여 출신出身하였고, 다음해에 선전관에 천거되었습니다. 왜구가 재침하였을 때 선조께서 왜장 풍신수길의 화상을 그려서 걸어 놓고 활을 쏘아 맞히게 명하고 또 하교하기를, "명중시키는 자에게는 상을 내리겠다" 하였는데, 공이 한 발을 쏘아 왜장의 이마를 명중시키자 선조께서 크게 기뻐하여 마침내 흥양 현감에 특진시키셨습니다.

당시 연해의 여러 수령들은 모두 수군에 소속되었는데 공은 즉시 통제사 충무공의 막하로 달려갔습니다. 신장이 8척으로 죽음을 무릅쓰고 용맹스럽게 싸워 삼군의 으뜸이 되니 충무공께서 의지하여 중하게 여겼습니다. 공은 선봉에 서서 왜적과 명도鳴渡에서 싸워 대파하였습니다. 또 첨산에서 선봉에서 싸워 다시 대파하였습니다. 얼마 후에 예교曳橋 위로 진군하여 왜적을 크게 무찔렀습니다. 12월 밤에 적진을 습격하여 적의 수급 1급을 베니 왜적이 놀라 도망하였습니다. 마침내 왜적의 군량 6백여 섬을 노획하여 군량미로 공급하였습니다.

마침 충무공께서 탄핵을 받아 떠나고 원균이 대신 통제사로 왔는데 왜적이 한산도에 함정을 놓아 원균이 패주하여 전사하였습니다. 이에 다시 충무공에게 수군을 통솔하도록 명하였습니다. 공은 현에 남아 있으면서 몸소 재목을 끌어 전선을 만들고 병기를 수리하였습니다.

무술년(1598) 3월 20일에 왜적과 첨산에서 싸워 적의 수급 30여 급을 베고 적의 군물을 노획하였습니다. 21일에 양강楊江에서 뭍으로 내리는 왜적을 쳐서 적의 수급 38급을 베고 장수 한 명을 생포하였습니다. 22일에는 고도姑島에서 뭍에 내리는 왜적을 쳐서 적의 수급 31급을 베고 장수 한 명을 생포하고 왜적의 보검과 전포戰袍를 노획하였습니다. 4월 14일에 다시 왜적과 현의 남문 밖에서 싸워 적의 군물을 노획하였습니다. 7월 12일에 다시 왜적과 남당포에서 수급 2급을 베고 왜적의 화의花衣와 이검利劍을 노획하고, 적에게 포로로 잡혀간 수군 신덕희申德希 등 7백여 명의 우리나라 사람들을 소환하게 하였습니다. 충무공이 매번 공이 올린 첩보를 볼 때마다 그의 충성을 칭찬하였습니다. 공의 첩보에 답하기를, "고군孤軍으로 힘껏 싸웠으니 매우 가상하다" 하였습니다.

당시 병마절도사가 충무공과 의견이 맞지 않았는데, 즉시 공의 파직을 청하였으나 선조께서 허락하지 않으셨습니다. 대간들이 아뢰기를, "절도사는 한 도의 대장인데 수령의 파직을 청하였으되 전하께서 끝내 허락하지 않으신다면 한 도의 대장의 권위가 이 일로 훼손될 것입니다" 하니, 선조께서 전교하시기를, "이와 같이 위급한 때에 주현의 수령을 교체한다면 반드시 큰일이 생길 것이다" 하셨습니다. 대간들이 여섯 차례에 걸쳐 아뢰고도 오히려 그만두지 않자 비로소 해직을 명하셨습니다. 공은 이 일로 통제사의 막사에 머무르게 되었습니다.

11월에 충무공을 따라 노량에서 소서행장小西行長을 쳐서 왜선 20여 척을 불살랐습니다. 충무공이 탄환을 맞고 전사하자 공은 통곡하고는 고향으로 돌아와 이때부터 다시 세상에 나갈 뜻이 없었습니다. 삼주三洲 가에 정자를 짓고 그곳에서 노년을 마칠 계획을 세웠습니다. 7년 후에 조정에서 공을 논할 때에 선무원종 일등공신에 책록되었습니다. 다시 8년 후에 호남 생원 오정남吳挺男 등 수백 명이 상소를 올려 호소하여 통정대부에 제수되었습니다. 뒤에 고령으로 인해 가선대부에 올랐습니다.

공은 사람됨이 용감하고 의를 좋아하여 흥양현에 있을 때 적에게 사로잡힌 적이 있었는데 적이 위협하여 항복시키려 하였으나 공은, "내가 어찌 너희에게 항복하겠느냐!" 하고 적을 꾸짖었습니다. 왜적이 공을 죽이려 하였으나 한 왜병이, "이 사람은 의사義士이다. 죽여서는 안 된다"고 말하여, 마침내 적에게서 벗어나 살아 돌아왔습니다.

숭정 9년(1636)에 남한성이 포위되었을 때에 공은 당시 77세였는데 바깥에 서서 북쪽을 향해 밤낮으로 통곡하였습니다. 남한성으로 떠나는 아들 결結을 전송하며 그에게 이르기를, "나는 이미 늙어 왕을 뫼실 수 없으나 남한성이 만약 지켜지지 못한다면 나 역시 죽을 것이다" 하였습니다. 다음해 남한성에서 강화가 체결되고 왕세자가 심양에 인질로 잡혀갔다는 소식을 듣고 공은 비분을 이기지 못하였습니다. 신묘년(1651) 12월 29일에 집에서 별세하였으니 향년 92세였습니다. 다음해 월 일에 대박산의 묘소에 장사를 지냈습니다.

만력 연간에 왜적을 정벌할 당시에 명장名將과 지사志士 중에 참소를 받은 사람이 참으로 많았습니다. 김덕령金德齡 공은 백전백승의 재주로 아무 죄도 없이 죽었고, 충무공은 바다에서 왜적을 막아 국가 중흥의 공을 세웠으나 소인들이 결국 유언비어를 만들어 옥리에게 넘겨져 추고를 받다가 거의 죽을 뻔하였습니다. 다시 통제사로 부름을 받았을 때 공功이 이루어지면 반드시 죽음을 당하게 될 것을 스스로 알고 마침내 투구를 벗고 탄환을 맞아 군중에서 전사하였습니다. 이에 모든 장수들이 모두 자신을 온전히 보존하기 어려울 것이라고 의심해서 충익공忠翼公 곽재우郭再祐는 병을 핑계로 벽곡辟穀하여 산중에 들어가 종신토록 돌아오지 않았습니다. 공은 삼주 가로 돌아와 노년을 보내며 죽을 때까지 벼슬하지 않았으니, 이른바 '기미를 보고 떠나고 하루가 지나기를 기다리지 않는다' 는 것이 아니겠습니까.

그러나 곽재우 태상太常에게는 시호를 하사하여 후세의 충신들을 권면하였는데 공만 유독 공적이 높은데도 책록을 받지 못하고 단지 원정공신에 머물렀으며, 은혜로이 병조판서에 증직되긴 하였으나 아직까지 시호를 내려주시는 은전이 없으니 참으로 안타까운 일입니다. 공의 보첩서목 일곱 개가 집안에 보관되어 있는데 충무공의 제사題辭가 완연히 어제처럼 남아 있으니 어찌 기이한 일이 아니겠습니까. 삼가 올립니다.

자헌대부 행 부사직 황경원黃景源은 삼가 올립니다.

公諱希亮, 字景明, 姓崔氏, 水原[隋城]人也. 曾祖諱貴溏, 建功將軍, 行
義興衛滿浦鎭僉節制使. 祖諱瀛, 英陵參奉. 考諱樂窮, 濟用監正, 贈通
政大夫承政院左承旨. 公生于嘉靖庚申, 姿貌魁偉, 少好讀書通大義. 萬
曆甲午, 擧武科及第出身. 明年薦拜宣傳官. 倭寇再獗, 宣祖命畫倭酋平
信秀吉像, 揭而射之, 且敎曰, 得中者賞. 公一發中秀吉額, 宣祖大喜,
遂特除興陽縣監. 是時沿海諸守令, 盡屬舟師, 公卽赴李忠武公舜臣統制
幕下. 身長八尺, 敢死戰勇冠三軍, 忠武公倚以爲重. 公先登, 與倭奴將
戰于鳴渡, 大破之. 又先登, 戰于尖山, 又破之. 已而進兵曳橋上, 大破
倭奴. 十二月夜襲倭陣, 斬一級, 倭奴驚遁. 遂奪倭奴租六百餘石, 以給
軍餉. 會忠武公被劾去, 元均代爲統制使, 倭奴遂陷閑山島, 均走死. 於
是命起忠武公, 復令舟師. 公在縣, 躬自曳木, 造戰船, 繕完兵器. 戊戌
三月二十日, 與倭奴戰于尖山, 斬首三十餘級, 奪取倭物. 二十一日, 擊
楊江下陸倭奴, 斬首三十八級, 生擒一將. 二十二日, 擊姑島下陸倭奴,
斬首三十一級, 生擒一將, 奪旌旗輜重諸物. 二十五日, 又戰于尖山, 斬
首一級, 生擒一將, 奪倭奴寶劍戰袍. 四月十四日, 又與倭奴戰于縣南門
外, 奪其輜重. 十八日, 斬倭奴首級. 七月十二日, 又與倭奴戰于南塘浦
上, 斬首二級, 奪倭奴花衣利劍, 誘還我人之爲賊所虜者, 水軍申德希等
七百餘人. 忠武公每見捷書, 獎其忠. 嘗報于公曰, 孤軍力戰, 極爲可嘉.
是時兵馬節度使與忠武公議不合, 卽論啓請罷公職, 宣祖不許. 臺諫啓
言, 節度使以一道大將, 請罷守令, 而殿下終不聽施, 則一道大將之權,
自此虧矣. 宣祖敎曰, 當此危急之時, 州縣交遞, 必生大事. 臺諫六啓,

猶不止, 始命解職. 公因留統制幕下. 十一月, 從忠武公, 擊行長于露梁, 焚倭船三百餘隻. 忠武公中丸而卒, 公慟哭, 遂還鄉里, 由是無復當世意. 築亭于三洲之上, 爲終老計. 後七年, 朝廷論功, 錄宣武原從一等功臣. 又八年, 湖南生員吳挺南等, 數百人, 上書訟之, 授通政. 後以大耋進嘉善. 公爲人勇敢好義, 在興陽爲賊所執, 賊脅降之. 公罵曰, 我何可降於汝乎? 賊欲殺之. 一倭曰, 此義士也, 不可殺. 竟得脫還. 崇禎九年, 南漢被圍, 公時年七十七矣, 露立北向晝夜哭. 遣子結扈從南漢, 謂之曰, 吾年已老, 不能勤王, 然南漢如不能守, 則吾亦一死而已. 明年南漢講和, 王世子質于瀋陽, 公聞之, 不勝悲憤. 以辛卯十有二月二十九日卒于家, 享年九十二. 明年某月日, 葬於大朴之原. 當萬歷征倭之時, 名將志士中讒者誠多矣. 金公德齡, 以百戰百勝之才, 無罪以死, 忠武公禦倭海上, 建國家中興之功, 而小人乃爲飛語, 下于吏, 受考幾誅. 及復招爲統制使, 自知功成必見誅, 乃免胄以受丸, 卒於軍中. 於是諸將, 皆自疑不能保全, 忠翼公郭再祐, 謝病辟穀, 入山中, 終身不返. 公歸老三洲之上, 沒世不仕, 豈所謂見幾而作, 不竢終日者耶? 然再祐太常, 賜諡爲後世忠臣之勸, 獨公功高不見錄, 只以原從功臣, 恩贈兵曹判書, 而尙無賜諡之典, 良可惜也! 公報捷書目七度, 藏于家, 而忠武公題辭, 宛然如昨日, 豈不奇哉! 謹狀.

資憲大夫行副司直, 黃景源謹狀.

파왜보첩

본장
_ 공이 흥양 현감으로 있으면서 통제사 및 순찰사에게 승첩을 보고하였다. 일곱 차례의 진본을 첩자帖子로 만든 것이 후손의 집에 보관되어 있다.

고도姑島에 상륙한 왜노倭奴가 양강楊江으로 향하려고 해서 매복장埋伏將 송정기宋廷麒 등 소속군 -결문- 산에 숨어 있었으므로 포위하여 밤을 새려던 차에 한밤에 -결문- 창고 바닥에 숨어 있던 왜적의 머리 3급 -결문- 첨산尖山에서 접전하였는데 왜노가 상대가 되지 못하여 왜적의 머리 30여 급을 베고 1명을 생포하였습니다. 빼앗은 왜물倭物 및 군공軍功 등은 상세하게 전부 마련하여 추후에 올려 보내려고 생각하고 있습니다. 보고합니다.

만력 26년(1598) 3월 20일 행 현감行縣監 최崔 ○

제사題辭 : 지금 보고문을 보니 매우 기쁘고 가상하다. 군공 및 참두斬頭 등은 빨리 올려 보낼 것이며, 누락한 왜적은 남김없이 섬멸하고 붙잡아서 보고할 것. 도착하였음.[1]

통제사 충무공 이순신 ○ 고금도古今島 향관에서

---

1) 도착 일자가 빠져 있음. 뒤에 첨부한 〈최희량임란첩보서목〉을 참조할 것.

이도장

이번 3월 18일에 득양도得洋島로부터 왜선 5척을 통제사가 추격하였는데 현의 고도에 상륙하였으므로 정예군과 각 매복장 송정기 등 소속군이 발사하며 추격하여 혹 망지산으로 들어가고 양강창 -결문- 머리를 벤 왜적이 앞서 3급이고, 뒤에 곳곳에 매복하여 다시 다섯 번 맞서 싸웠는데 왜노가 당해 내지 못하였습니다. 추격하여 대강大江에 이르러 -결문- 포위하여 모두 베니 그 수가 35급에 이르고 생포한 왜적 한 명을 아울러 체포하여 소속 통제사에게 보냈습니다. 보고합니다.

만력 26년 3월 21일 행 현감 최崔

제사 : 도착하였음.

순찰사 ᄒ 전주에서

삼도장

-결문- 현 고도에 상륙한 적을 현감 및 매복장 -결문- 추격하여 왜두 31급을 참급하고 1명을 생포하였으며 빼앗은 군물 및 군공인軍功人 등을 상세하게 개록開錄하여 성책成冊하여 올려 보냈습니다. 보고합니다.

만력 26년 3월 22일 행 현감 최崔

제사 : 계문啓聞하겠음. 도착하였음.

통제사 ᄆ 고금도 향관에서

사도장

이번 3월 23일에 첨산에서 잡은 왜적 1급을 참하고 1명을 생포하였고 중검中劍 1병柄, 청단의靑單衣 1건 및 군공 송대립宋大立 -결문- 마련하여 보고합니다.

만력 26년 3월 25일 행 현감 최 **촉**

제사 : 참수 1급은 받았고 생포한 1명은 우리나라 사람이므로 수금囚
禁하여 두었다. 상고하여 시행할 것. 도착하였음.

통제사 ⑦ 고금도 향관에서

오도장

왜선 12척에서 상륙한 4백여 명이 같은 날 술시쯤에 현의 남문 밖 3
~4리 지점으로 곧장 달려왔기에 현감 −결문− 저들은 많고 우리는 적어
서 다만 3급을 참하였습니다. 같은 왜적의 무리들이 13일 미시쯤에 시
장柴場 입구로 도망해 달아난 것과 −결문− 통제사에게 보고하였습니다.

만력 26년 4월 14일 행 현감 최 **촉**

제사 : 고군孤軍으로 힘껏 싸운 것이 매우 가상하다. 도착하였음.

순찰사 ⑨ 익산에서

육도장

왜적의 머리 등을 보고합니다.

만력 26년 4월 18일 행 현감 최 **촉**

제사 : 계문하겠음. 도착하였음.

통제사 ⑦

칠도장

이번 7월 5일에 왜선이 녹도鹿島 앞바다에 상륙하였다고 했습니다.

현감의 아병牙兵과 대솔帶率 등을 별장 송구宋球가 모두 입송入送하였다고 했는데, 마침 같은 달 9일에 왜선 2척이 남당포南堂浦에 상륙하여 제멋대로 횡행하므로 한때 전투를 벌여 많은 수의 적을 사살하였습니다. 저들은 많고 우리는 적어 다만 2급을 참하고 진에 도착하였습니다. 왜두 2급, 장검 1병, 단검 2병, 왜의 2건 등을 보고합니다.

만력 26년 7월 12일 행 현감 최崔

제사 : 계문하겠음. 도착하였음.

통제사 ○ 진중陣中에서

신조 전함 및 병기, 군량에 대한 보첩

-원본 중에 실려 있는 물건이 너무 많아 다 기록하지 못한다.-

만력 26년 8월 일 행 현감 최崔

군관 송宋

통제사 ○

| 破倭報捷本狀 | 公以興陽縣監報捷于統營及巡營. 七度眞本作帖子, 在後孫家.

姑島下陸倭奴指向楊江, 埋伏將宋廷麒等所屬軍 缺文 山隱伏乙仍于, 園圍經夜, 次夜半 缺文 倉底隱伏, 倭頭三級 缺文 尖山良中接戰, 倭奴不能相敵, 三十餘倭頭斬級, 生擒一名爲有在果, 所奪倭物及軍功等段, 詳盡磨鍊, 追乎上道計料狀.

萬曆二十六年三月二十日, 行縣監崔. 手

　題曰, 今見報文, 極爲嘉悅. 軍功及斬頭等, 斯速上使爲旀, 落漏之賊,
無遺殲捕, 上使向事. 到付.
統制使 忠武公 李舜臣 ㄗ 在古今島鄕館.

《二度狀》

今三月十八日, 自得洋島倭船五隻, 統制使追逐, 縣姑島下陸乙仍于 缺文
與精銳軍及各埋伏將宋廷麒等所屬軍, 發射追逐, 或入望之山, 楊江倉 缺
文 斬級倭爲先三級, 後亦處處埋伏再五挑戰, 倭奴不能當敵. 追到大江 缺
文 園圍盡斬, 多至三十五級, 生擒倭一名, 并以捕捉, 所屬統制使道上使
狀.
萬曆二十六年三月二十一日, 行縣監崔. 手

　題曰, 到付.
巡察使 � 在全州.

《三度狀》

　缺文 縣姑島下陸之賊乙, 縣監及埋伏將 缺文 追逐, 斬級倭頭三十一, 生
擒一名, 所奪雜物及軍功人等乙, 詳細開錄成册, 上道狀.
萬曆二十六年三月二十二日, 行縣監崔. 手

　題曰, 啓聞次以. 到付.
統制使 ㄗ 在古今島鄕館.

《四度狀》

今三月二十三日, 尖山捕倭斬頭一級, 生擒一名, 中劍一柄, 青單衣一及, 軍功宋大立 缺文 磨鍊, 上道狀.

萬曆二十六年三月二十五日, 行縣監崔. 手

  題曰, 斬首一級段, 捧上, 生擒一名段, 我國人乙仍于, 囚禁爲有置, 相考施行向事. 到付.

統制使 押 在古今島鄕館.

《五度狀》

倭船十二隻下陸四百餘名, 同日戌時量, 縣南門外三四里, 長驅直來次, 縣監 缺文 彼衆我寡, 只斬三級. 同賊徒等, 十三日未時量, 遁走柴場項是在果 缺文 段, 統制使道上道狀.

萬曆二十六年四月十四日, 行縣監崔. 手

  題曰, 孤軍力戰, 極爲可嘉. 到付.

巡察使 押 在益山.

《六度狀》

倭頭等, 上使狀.

萬曆二十六年四月十八日, 行縣監崔. 手

  題曰, 啓聞次以. 到付.

統制使 押

《七度狀》

今七月初五日，倭船鹿島前洋下陸是如爲去乙，縣監牙兵帶率等乙，別將
宋球一同入送爲有如乎適音，同月初九日，倭船二隻，南堂浦下陸悉行
次，一時赴戰，不知其數射殺．彼衆我寡，只斬二級，到陣乙仍于，倭頭
二，長劍一，短劍二，倭衣二件等乙，上使狀．

萬曆二十六年七月十二日，行縣監崔．李

  題曰，啓聞次以．到付．

統制使 〄 在陣中．

《新造戰艦及兵器軍糧報牒》元本中所載什物汙漫，故不能盡錄．

萬曆二十六年八月 日．行縣監崔．李

      軍官宋 〄

        統制使 〄

보첩 발문

〈1〉

아아, 임진년과 정유년의 왜란을 차마 말로 다할 수 있겠는가. 우리나라가 다시 안정되었을 때에 선비 중에 충성과 용기로 나라를 위해 왜적을 깨뜨린 사람이 있었지만 일옹 최공과 같은 분은 그 중에서도 더욱 드러나는 분이시다.

공은 호남 사람으로 본래 유사儒士의 집안이다. 그러나 공만은 학문을 그만두고 분기하여 작은 한 현의 군졸로 세 번 승첩을 올렸다. 왜적이 재침하였을 때에 그들이 더욱 기승을 부리지 못하게 막았으니 얼마나 장한 일인가. 아, 만약 한 현에 그치지 않고 큰 고을과 한 지방을 공에게 맡겼다면 충성심을 발휘하여 왜적과 격렬하게 싸워 반드시 지금의 전공보다 더 훌륭하였을 것이니, 이 또한 안타까운 일이다.

삼가 공의 유사를 살펴보니 공의 평소의 대절大節을 충분히 볼 수 있었다. 공은 어려서부터 충의忠義의 뜻이 시를 짓는 가운데 여러 차례 드러났으니, 이것은 일반 무관들이 공에게 미칠 수 있는 바가 아니다. 적에게 포로로 잡혔을 때에 저항의 절의가 흔들림이 없고 충의에 찬 늠름한 모습이어서 간교한 왜적이지만 그래도 공을 의사義士라 칭하게 만들어 이로 인해 살아 돌아올 수 있었다.

무함을 받고 고향으로 돌아왔을 때에는 공功을 자랑하지 않고 강호에 자취를 감춘 채 시를 지으며 한가로이 한 생을 마치고자 하였다. 공부하는 것마다 자득하지 않은 것이 없어서 늙어 죽음에 이르렀을 때에 더욱 독실하여서 무장의 부류가 이해할 수 있는 경지가 아니었다. 그러고 보면 공이 품은 포부가 참으로 여기에 그치지 않았으니 어찌 거듭 애석한 일이 아니겠는가.

아, 공의 충의가 천년 후에도 오히려 공경의 마음을 불러일으키는데 하물며 공과 가까운 시대의 사람들은 어떠하였겠는가. 당시의 한 글자, 한 조각의 글도 오히려 보물과 같이 소중한 것이거늘 하물며 이 기록은 어떠하겠는가. 이 기록에서 헌괵獻馘의 수와 노획한 물품의 목록을 분명하게 상고할 수 있어 당시의 일을 상상해 볼 수 있으니 민멸되어서야 되겠는가.

공의 현손 정畯이 남평南平에 있을 때에 내가 현감으로 있었던 옛 인연으로 한마디 해 주기를 청하기에 마침내 이 글을 써서 그에게 주어 훗날 우리나라 충의忠義의 선비를 권면하고자 한다.

숭정 기원 후 세 번째 갑오년(1774) 초봄에 덕수德水 이은李溵은 쓴다.

⟨2⟩

아아, 이것은 고 최일옹 휘 희량의 파왜보첩破倭報捷 기록이다. 공은 향리의 한 서생으로 강개한 큰 뜻을 지니고 왜적이 다시 침략했을 때에 붓을 던지고 활을 잡은 채 이 충무공의 막하에서 매 전투마다 용맹스럽게 선봉에 섰다. 명랑에서 첫 승리를 거두고 첨산에서 다시 승리를 거두고 예교에서 세 번째 승리를 거두었다. 전후로 죽인 적의 수가 매우 많았고 빼앗은 적의 군량과 무기도 매우 많았다. 적에게 사로잡혔을 때에는 번뜩이는 흰 칼날 아래에서 분기충천하여 왜적을 꾸짖었으며 공의 충의에 찬 늠름한 모습은 교활한 왜적으로 하여금 공경을 불러일으키게 하였으니 훌륭하다고 할 만하다.

그러나 이것으로 공을 완전히 알았다고 하기에는 부족하다. 임진년과 정유년의 왜란 때에 충신, 열사 중에 참소를 받고서 억울함을 안고 죽은 사람이 있었으니 충용장忠勇將 김덕령金德齡 같은 분들이다. 공은 사세가 이미 정해진 후에 초연히 강호 사이로 멀리 떠나서 자신의 공을 자랑하지도 명예를 바라지도 않았다. 시를 짓고 역사를 읽으며 거문고를 타고 술을 마시며 유유자적 지내어 천수를 누릴 수 있었다. 그의 뜻이 깊고 그의 행적이 은근하니 곽재우 장군이 벽곡辟穀하며 화를 피한 것과 비교해 보면 더욱 어려운 일이었다. 『시경』에, '명석하고도 현명하도다. 이로써 자신의 몸을 온전히 하였네' 하였는데 공에게 실로 이러한 점이 있었다.

공이 90세가 되었을 때 스스로를 경계하는 글을 썼으니, "아침에 도를 들으면 저녁에 죽어도 괜찮다고 하였다. 마땅히 날마다 부지런히 힘쓰고 죽은 뒤에야 그만두어야 할 것이다" 하였다. 이것을 보면 그분이 덕을 닦고 학문에 힘쓴 공부가 늙어서도 더욱 두터웠다는 것을 알 수 있으니 지난날 이른바 충의忠義를 분발한 것과 명철보신한 것이 어찌 아무 근거 없이 그렇게 된 것이겠는가. 아아, 위대하도다.

공의 현손 정畎이 이 보첩을 가지고 와서 한마디 써 줄 것을 구하였다. 공의 한결같은 대절大節은 행록에 이미 자세하니 다시 더 보탤 것이 없기에 단지 이러한 것만 드러내어 쓴다.

숭정 기원 후 세 번째 갑오년(1774) 5월 하순에 가림嘉林 조명정趙明鼎

은 삼가 발문을 쓴다.

〈3〉

서쪽 왜구가 일으킨 병화의 참상은 임진년의 침략이 가장 참혹하였다. 그 당시 권율 장군은 육지에서 전투를 하였고 통제사 이 충무공은 바다에서 전투를 하여 두 분 다 공이 가장 높았다. 그 휘하에 있었던 공과 같은 분들의 공적이 민멸되어 세상에 드러나지 않고 있으니 어찌 안타깝지 않은가.

공의 가승家乘을 살펴보니 공의 성은 최씨이고 이름은 희량으로 수성 사람인데 무과로 출사하였다. 왜구가 재침하였을 때에 흥양 현감으로 있었는데 조정의 명으로 충무공의 군대에 소속되어 매 전투마다 승리를 거두었다. 그러나 탄핵을 받게 되었으니 공이 수군통제사의 명령만을 따른다는 죄명이었다. 어쩌면 그리도 터무니없이 무함할 수 있단 말인가. 흥양은 바다에 접해 있는 현이다. 이 충무공이 수군을 거느리고 왜구가 침입해 들어오는 요충지를 방어하고 있어 나라의 안위가 달려 있는 상황이었는데 공이 이 충무공을 버리고 누구를 따르겠는가.

공의 현손 정�이 공의 보첩공첩報捷公牒 약간 편을 가지고 와 보여주었는데 공의 서압과 이 충무공의 수결이 모두 그 문서에 남아 있다. 비록 결락된 부분이 많으나 헌괵獻馘과 노획물의 수를 고찰해 볼 수 있다.

옛날 한퇴지韓退之가 남제운南霽雲의 일을 기록할 때에 사수 가에 있는 부도에 꽂힌 화살을 증거로 삼았고,[1] 구양영숙歐陽永叔이 왕자명王子明

---

[1] 당 숙종唐肅宗 때의 하남절도사河南節度使였던 하란진명賀蘭進明은 윤자기尹子琦가 수양睢陽을 포위하자 장순張巡이 남제운南霽雲을 보내어 급히 구원해 주기를 요청하였는데도 장순의 명성을 시기

의 절개를 칭찬할 때에 남아 있는 그의 화상畵像을 통해 사모하는 마음을 표현하였다.[2] 후세 사람들이 이 보첩을 보고 일으키는 감동이 어찌 화살이나 화상보다 못하겠는가. 그 자손들은 마땅히 잘 보존하고 간직해야 할 것이다.

이 충무공이 돌아가시고 왜구들도 모두 물러가고 난 후 공은 다시 공명에 뜻을 두지 않고 홀연히 자취를 감추고 강호에서 유유자적하게 보내며 오십여 년이 지나 생을 마치셨다. 병자호란 때에 나이가 거의 여든이 다 되었는데도 바깥에 서서 북쪽을 향해 밤낮으로 통곡하였다. 임금님의 행소로 호종을 떠나는 아들을 보내며 그 충의의 기절氣節이 나이가 들어서도 더욱 열렬하였으니 공의 훌륭함이 어찌 전공을 세운 것뿐이겠는가. 상론尙論하는 자들은 공의 이러함을 볼 수 있을 것이다. 이에 이 글을 쓴다.

숭정 기원 후 세 번째 갑오년(1774) 중춘에 수양首陽 오재순吳載純은 삼가 발문을 쓴다.

〈4〉

만약 주周나라의 원융元戎이 오랑캐를 무찌르면서 심문하고 헌괵한

하여 구원하지 않았다. 남제운이 성을 나서면서 화살을 뽑아 절의 부도를 쏘았는데 화살이 부도 위의 벽돌을 맞혀 화살이 반이나 들어갔다. 남제운이 말하기를, "내 돌아가 적을 깨뜨리고 반드시 하란진명을 멸할 것이니, 이 화살이 증표이다"라고 한 일을 한퇴지가 「장중승전후서張中丞傳後敍」에 써서 그의 충의를 기록하였다.

2) 후량後梁 때의 왕언장王彦章은 자가 자명子明으로 혼란한 오대시대 말기에 나라를 위해 싸우다 포로가 되어 사생死生과 화복禍福으로 위협하였는데도 충절의 마음을 변하지 않고 죽었다. 구양수歐陽脩는 「왕언장화상기王彦章畫像記」에서 왕언장의 화상畵像이 백여 년이 넘는 세월 동안 사라지지 않은 것이 그의 충의의 절개가 그렇게 만든 것이라고 칭송하였다.

사실이 오랜 세월 후 역사에 기록되어 남아 있다면, 만약 노魯나라의 신하들이 희씨姬氏의 주나라를 존숭하여 받들고 정삭正朔의 예를 행한 기록이 주나라가 멸망한 후에 남아 있다면, 손으로 매만지고 무릎을 치며 떠받드는 정도가 당연히 어떠하겠는가.

이 첩帖에는, 일옹이 왜적을 물리치고 승리를 보고한 자취가 어제의 일처럼 완연하여 벤 왜적의 수와 포로의 수와 적에게 빼앗은 칼의 수와 갑옷의 수가 일일이 기록되어 있다. 그뿐만 아니라 한 달에 거둔 세 번의 승리에서 또 전함의 수와 병기의 수와 군량의 수와 경영하고 구획하는 열혈의 정신이 낡은 종이와 바랜 먹빛 사이에 스며들어 있다.

더욱 존경스러운 것은 '황조 만력 월 일'의 일자가 쓰인 것이 춘추의 대일통大一統의 의미가[3] 의젓이 살아 있는 듯하고, 또 이 충무공의 수결이 찍힌 흔적이 노공魯公의 지갑指甲 한 쌍을 손에 쥔 듯하다.

이 첩에서 어진 정치를 읊은 시에 감동하여 서방의 위대한 성왕을 그리워하는 비감이 격렬히 느껴지고 종과 경쇠 소리를 들으며 남방의 오랑캐를 막으며 죽음으로써 지키려 한 충정이 떠오른다. 마음속의 오악五嶽이 우뚝우뚝 편안하지 않을 때면 일찍이 검을 어루만지며 술잔을 들지 않은 적이 없으니 이것을 보면서 눈물을 흘리지 않는 자는 사람의 마음이 없는 것이다.

일전에 듣기로 일옹의 크고 작은 승리가 열두 번이라고 하였으나 지금 단지 통제사에게 보고한 첩보 다섯 문건과 순찰사에게 보고한 첩보

---

3) 『춘추春秋』 은공隱公 원년元年의 '춘 왕정월春王正月'을 『공양전公羊傳』에서 해석하면서 "왜 '왕정월'이라고 하였는가. 제후들은 주 문왕周文王의 제도를 따르면서 모두 여기에 귀일되어야 하기 때문이다(何言乎王正月, 大一統也)" 하였다.

두 건만이 남아 있다. 게다가 노량에서 승전할 때 통제사의 선봉이 되었는데 이때의 전선과 병기가 앞에서 가장 뛰어나서 적의 배를 뒤엎어 한 척도 돌아가지 못하게 하였으니, 이는 국가 중흥의 제일 전공으로 이 첩에서 시작된 것일 것이다. 그러하니 국가가 지금의 평안을 얻은 것이 이 분 일옹의 힘이 아니었다고 할 수는 없을 것이다.

그러나 이름이 운대雲臺와 공신록에 올랐지만 당시 일옹을 미워하던 자들이 많아 일옹은 마침내 고향으로 돌아가 겸손히 물러서고 공을 자랑하지 않아 일급 반급의 자급도 포상 받지 못했으니 옹은 참으로 저 푸른 하늘 아래 대공지정大公至正한 분이시다. 9남 2녀를 두고 90세 장수를 누렸으니 두 가지 큰 복을 누렸다. 그러나 일옹은 당나라의 곽분양郭汾陽이 누린 복과 수명, 그리고 자손이 번성함은 가지고 있으나 한나라의 대수장군大樹將軍 풍이馮異[4)]가 공을 세워 받은 포상과 같은 것이 없으니, 이는 하늘이 사람을 이긴 것인가, 아니면 사람이 또한 하늘을 이긴 것인가. 아, 슬프다.

대방帶方 양주익梁周翊은 삼가 발문을 쓴다.

⟨5⟩

금산錦山은 예부터 훌륭한 선비가 많다고 칭해졌는데 일옹 최공도 그 중의 한 분이다. 왜적이 서쪽에서 침략해 온 당시에 공은 흥양 현감으로 이 충무공의 관할하에 예속되어 있었다. 화살이 빗발치는 전쟁터에서

---

4) 후한後漢의 개국공신開國功臣인 풍이馮異는 광무제光武帝를 섬겨 많은 전공을 세웠으나 사람이 겸양하여 논공행상할 즈음이면 언제나 자신의 공로를 발표하지 않고 큰 나무 아래에서 한가히 쉬고 있었으므로 대수장군이라는 별칭이 있게 되었다.(『후한서後漢書』 「풍이전馮異傳」)

목숨을 돌보지 않았고 전함들이 부딪치는 해전에서 온 힘을 다 바쳐 헌곽과 노획한 군물이 매우 많았다. 충무공에게 보낸 승첩을 보면 확실히 알 수 있다. 공이 왜적에게 사로잡혔을 때에 협박하여 항복을 받으려 했으나 공은 언성을 높여 꾸짖으며 굴복하지 않았다. 왜적이 노하여 베려고 하다가 도리어 "의사義士이다" 하고 말하며 부축하여 풀어주었다. 쏟아나는 충의의 마음에 오랑캐도 오히려 감동하였는데 저 간계를 꾸미는 자들은 도리어 무슨 마음으로 공의 공적을 엄폐하고 직책에서 쫓아내어 간성干城의 재주와 충의의 마음을 방해하여 쓰이지 못하게 하고 가로막아서 의지할 곳이 없게 만들어 고향으로 돌아가 은둔하며 시와 술로 세월을 보내게 하였단 말인가. 오랑캐들보다 못한 인간들이란 말인가.

공의 후손 익동翊東이 공의 유고와 행록을 가지고 와서 나에게 보여주기에 공의 만년의 시들을 살펴보니 비분강개의 울분에 찬 마음이 때때로 시구詩句 속에 한탄하는 가운데 드러나 있었다. '동쪽에 무릎 꿇고 이제 서쪽에 무릎 꿇으니 누가 이 노인을 일으키려냐' 하는 시 한 구절은 사람으로 하여금 더욱더 감동의 눈물로 옷깃을 적시게 만들고 만다. 공의 나라 위해 세운 공훈과 의로운 행동은 이미 전인들이 표장表章하였으니 지금 거듭 다시 거론할 필요는 없을 것이다.

경신년 중춘仲春에 서하西河 후인 임육任熇은 삼가 발문을 쓴다.

〈6〉

사람이 다른 사람의 문장을 아끼는 것은 비단 문장이 아낄 만해서가 아니라 그 사람이 존경할 만하기 때문이다. 그러므로 비록 한 마디 말, 한 글자라도 아끼지 않는 것이 없는 것이다. 그렇다면 오래된 문자는 많이 남아 있는 것이 귀한 것이 아니고 적을수록 더욱 귀한 것이 되어서 세상에서 사라져 버려 사람들로 하여금 애호하고 존경할 만한 것이 없게 될까만을 두려워한다. 그러므로 길광吉光의 편우片羽[5]나 계림桂林의 일지一枝[6]를 사람들이 모두 보배로 여기는 것도 이와 같은 이유에서이다.

일옹 최공이 왜적을 무찌르고 올린 파왜보첩破倭報捷의 공적과 왜적에 사로잡혀서도 도리어 그들을 꾸짖은 충의는 늠름하게 천년 뒤에도 사람으로 하여금 공경심을 일으키게 한다. 그러나 세대가 점점 멀어지면서 사적도 사라지기 쉬우니 후세 사람들이 공을 존경할 수 있고 감동을 일으키게 하는 것은 오직 이 책이 남아 있기 때문이다. 그리고 이 책이 병화를 거듭 겪으면서 남아 있는 것이 겨우 얼마 되지 않기 때문에 사람들도 그 수가 적기에 더욱 귀하게 여기는 것이다.

나는 일찍이 증조부 노포老圃 -노포老圃는 조명정趙明鼎(1709~1779)의 별호이다.- 의 유고를 통해 공의 사람됨을 잘 알게 되어 마음속으로 사모하고 있었다. 무령武寧에 군수로 온 다음해에 공의 후손 제동齊東이 멀리서 글을 보내 선대의 교분을 들어 나에게 몇 마디의 말을 써 달라고 부탁하였다. 책의 끝머리에 이름을 붙이게 되어 후세에 영원히 남을 기회를 얻는 것은 나에게 있어서는 영광이고 행복이다. 그뿐만 아니라 선대의 친

---

5) 길광吉光은 짐승 이름이다. 『십주기十洲記』에 "한 무제漢武帝 천한天漢 3년에 서국왕西國王이 길광의 모구毛裘를 바쳤는데 색이 황백으로 대개 신마神馬의 종류이다. 그 모구가 물에 들어가서 여러 날이 되어도 가라앉지 않고 불에 들어가도 타지 않는다" 하였다. 뒤에 문인文人의 시장詩章이 사라져 가는 가운데 겨우 발견된 것을 칭하는 말로 쓰인다.

6) 진晉나라 극선郤詵이 현량賢良 대책對策에 급제하여 관원이 되었는데 자신을 평가해 보라는 무제武帝의 말에, "대책으로는 천하제일이니, 비유컨대 계수나무 숲에 높이 솟은 한 가지요(桂林一枝), 곤륜산의 한 조각 옥(崑崙片玉)과 같다고 할 수 있습니다"라고 대답한 고사에서 나온 말이다.

분을 이유로 요청하니 글솜씨가 없다고 해서 감히 사양할 수는 더욱 없기에 이 글을 써서 나의 책임을 다한다.

　신축년(1841) 8월 상한에 가림嘉林 조재경趙在慶은 삼가 쓴다.

| 報捷跋 |

〈1〉

嗚呼! 壬丁之亂, 尙忍言哉? 當吾東之再奠也, 士之以忠勇, 爲國破賊者間有之, 而若逸翁崔公, 尤其著者也. 公湖南人, 家本儒也. 公獨慷慨投筆而起, 以區區一縣之卒, 三獻其捷. 於倭奴再猘之時, 使不得益肆, 何其壯也? 噫! 使公之任不止一縣, 若大州與一路, 則奮忠鏖賊, 必有大於是者, 此又可慨者也. 謹按公遺事, 公之平生大節, 有足可觀者. 公自少忠義之志, 屢發於吟?, 非操弓之士所可及. 及其被執於虜也, 抗節不撓, 忠義凜然, 雖以倭奴之狡, 猶以義士稱之, 賴以生還. 逮夫遭誣而歸也, 不伐其功, 斂跡湖海, 嘯詠琴樽, 若將終身. 無入而不自得, 至老且死彌篤, 非蹶張者類, 所可辦然, 則公之所抱負, 果不止於是矣, 其非重可惜者乎? 噫! 公之忠義, 千載之下, 尙可以起敬, 況近世哉? 當時之尺字片牘, 尙可以寶藏, 況斯錄哉? 斯錄也, 獻馘之數, 鹵獲之簿, 斑斑可考, 可以想見當時之事, 其又可泯耶? 公之玄孫畋, 落拓在南平, 以不佞之曾有莅縣之舊, 請一言以發揮, 遂書此而贈之, 以爲他日吾東方忠義之勸云.

崇禎紀元後三甲午首春, 德水李㴽題.

〈2〉

嗚呼! 此故崔逸翁諱希良破倭報捷之錄也. 公以鄉里一書生, 慷慨有大志, 當倭酋再獗之日, 投筆操弓, 遂李忠武幄下, 每有戰, 輒賈勇先登. 一捷於鳴梁, 再捷於尖山, 三捷於曳橋. 其前後所殺賊甚衆, 所獲糇糧劍械亦甚多. 及其爲賊所執, 則憤罵於白刃之下, 忠義之凜然, 至使狡虜起敬, 可謂壯矣. 而此不足以了公也. 蓋當壬丁之變, 忠臣烈士, 或有被讒誣抱枉而死者, 如忠勇將金公德齡是已. 公則事定後, 超然遠引於湖海之間, 不伐功不徼名. 詩史琴樽, 漫浪自適, 得以天年終. 其旨微其跡婉, 比之於郭將軍之辟穀葅禍, 尤有難焉. 詩云, 旣明且哲, 以保其身, 公實有之也歟! 抑公九十歲, 自警之文, 有曰, 朝聞道, 夕死可矣. 惟日孜孜, 斃而後已. 卽此可見其進修之工, 老而彌篤, 向所謂忠義之奮, 名哲之得, 夫豈無所本而然哉? 嗚呼偉矣! 公玄孫畞, 持是帖, 來求一語. 公終始大節, 行錄已備, 不復架疊, 特表此而書之.

崇禎紀元後三甲午正月之下旬, 嘉林趙明鼎謹跋.

〈3〉

左海兵燹之憯, 無酷乎壬辰之寇. 當是時, 元帥權公戰於陸, 統制李公戰於海, 功俱爲最. 其麾下之士如公之左右其功者, 泯沒不顯于世, 豈不惜哉! 按公家乘, 公姓崔氏, 名希亮, 水原[隋城]人, 以武進. 寇之再逞, 公以興陽縣監, 屬李公軍, 每戰輒勝. 及公被劾, 以專受舟師節制爲咎, 何其誣也? 興陽濱海, 而李公用舟師, 以遏寇路之衝, 國之安危係焉, 公捨李公而孰從哉? 公玄孫畞, 持示公報捷公牒若干度, 公之署, 李公之花押, 皆存, 其文雖多缺落, 首虜鹵獲之數, 尙可考焉. 昔韓退之記南霽雲事, 徵泗上浮圖之矢, 歐陽永叔褒王子明節, 寓想於丹靑之像. 後人之起感於斯牒者, 豈出矢像之下哉? 宜其子孫保而藏之. 李公旣沒而寇亦已退, 公不復以功名爲意, 飄然斂迹, 優游江湖五十餘年而終. 其當丙子之變也, 年幾八十, 露立北向, 日夜慟哭. 送其子扈從行在, 其忠義之氣, 至老彌烈, 公之賢, 豈獨戰功也哉? 尙論者可以觀之. 於是乎書.

崇禎紀元後三甲午仲春, 首陽吳載純謹跋.

〈4〉

使周之元戎, 有薄伐玁狁執訊獻馘之眞草於春秋風雨之餘, 使魯之陪臣, 有尊奉姬家春王正朔之遺券於鎬京禾黍之後, 則其摩挲擊節尊閣之當若何? 是帖也, 逸翁破倭報捷之蹟, 宛若昨日事, 其斬馘幾, 俘獲幾, 奪賊之刀劍幾, 衣甲幾, 一一載錄. 不翅一月三捷, 又其戰艦幾, 兵器幾, 軍糧幾, 經營區劃, 熱血精神, 灌注於壞紙渝墨之間. 尤可敬者, 皇朝萬曆月日字, 儼然有麟經大一統之義, 又有李忠武手押印跡, 依然握魯公之指爪一對乎? 此感風泉而激西方望美之悲, 聽鍾磬而想南徼死綏之忠. 方寸五嶽, 魂磈不平, 未嘗不撫劍引白, 見此而無涕, 無人心也. 嘗聞逸翁大小十二捷, 而只有報統營五巡營二. 且如露梁之捷, 爲統制先鋒, 以是戰船也兵器也, 最著于前, 擣盪賊艘, 隻檣不返, 此爲中興第一戰功, 而蓋嘗權與乎此帖. 使國家得有今日, 未必非此翁力也. 然名登雲臺鐵券, 而時多齮齕, 翁者乃反, 謙退不伐, 無一資半級之褒, 翁者惟大公之彼蒼. 有以九男二女及九鼎, 有二之餉. 翁者, 但有唐之天於郭汾陽, 獨無漢之人於馮大樹, 此天勝人耶? 抑人亦勝天者耶? 噫! 帶方梁周翊謹跋.

〈5〉

錦州古稱多奇偉士, 而逸翁崔公其一也. 當島夷西猘之日, 公以興陽縣監, 隷忠武公管下. 忘身於矢石之地, 竭力於欀衝之鬪, 所斬獲甚多, 觀於忠武公文帖, 可徵也. 公時爲賊所獲, 欲脅降, 抗辭不屈. 賊怒欲刃之, 旋日, 義士也, 扶而釋之. 忠義所激, 夷狄猶感, 而顧彼修隙者, 抑獨何心, 掩其功而黜其職, 使干城之材, 忠憤之志, 妨而莫需, 闕而莫據, 落拓於鄉社詩酒之場, 則曾夷虜之不若耶? 公之後孫翊東, 持公遺稿及行錄來示, 余取考公晚年吟咏, 則慷慨鬱憤之氣, 時發於言志 咨嗟之間. 而東膝今西跪, 何人起此翁一句, 尤令人難禁其感淚之沾襟也. 如公之勳閥行義, 已有前人之表章, 今不必疊床云爾.

庚申仲春, 西河後人任焴謹跋.

〈6〉

夫人之愛人文字者, 非惟文字之可愛, 惟其人之可敬. 故雖片言尺字, 人莫不愛. 然則壽後文字, 非貴於多, 愈小愈貴, 惟恐泯沒於世, 使人無所愛玩起敬之地. 是故吉光片羽, 桂林一枝, 人盡爲寶, 亦猶是也. 逸翁崔公, 破倭報捷之功業, 被執奮罵之忠義, 凜然千載, 令人起敬. 然而世代浸遠, 事蹟易晦, 則後人所以寓慕而起感者, 惟此篇存. 而此篇重經兵燹, 所存僅一二, 古人亦以愈小愈貴焉. 不佞曾於曾王考老圃, 老圃卽趙公明鼎之別號. 遺稿中稔知公之爲人, 竊自愛慕矣. 來守武寧郡之明年, 其雲仍齊東甫, 馳書於宿春之地. 勉以先故, 要余數語, 夫寄名簡編之末, 獲忝不朽之資, 榮也幸也. 矧以趾先爲責, 則尤不敢以荒陋辭, 書此而塞焉.

歲辛丑八月上澣, 嘉林趙在慶謹稿.

청포소

　삼가 아룁니다. 공을 세운 이를 포상하고 충의를 바친 이를 권면하는 것은 국가의 급선무입니다. 그러므로 상과 관작을 아끼지 않고 역사에 그 어짊을 칭송하였으니, '상을 신중히 하라(愼賞)'는 가르침은 경전의 여러 책에 전해집니다. 이른바 '신중히(愼)' 하라고 한 까닭은, 공이 없는 자가 상을 받아서는 안 되는데 혹 요행히 상을 받게 되고, 공이 있는 자가 그 상을 받아야 하는 게 마땅한데 혹 버려지고 상을 받지 못한다면 충신, 열사가 거의 흩어지게 되기 때문이 아니겠습니까.

　정유재란 이후에 조정에서는 전사들의 공을 기록하고 관작을 내릴 자에게는 관작을 내리고 상을 내릴 자에게는 상을 내렸습니다. 위로는 귀하신 왕자와 공경대부로부터 아래로 바다와 육지의 천한 노비에 이르기까지 조금도 빠뜨리지 않고 모두 공신의 녹권을 내렸으니 참으로 신중하였다고 이를 만합니다. 그러나 공신을 헤아리지 못하고 포상과 녹권이 한만하게 내려져서 훌륭한 공을 세워 마땅히 큰 상을 받아야 할 사람이 엄폐되기에 이른다면, 공이 없으면서 상을 받고 공이 있지만 상을 받지 못하는 사람이 있게 되고 작은 공을 세우고 큰 상을 받고 큰 공을 세우고도 상을 받지 못하는 사람들이 있게 될 것입니다. 이는 신들이 앞서 말한 '충신, 열사들이 흩어지게' 되는 경우이니, 어디에 공을 세운 이를 포상하고 충의를 바친 이를 권면하는 것이 있단 말입니까.

신들이 삼가 살펴보건대, 통훈대부 군자감 정 전 흥양 현감 병마사 신 최희량崔希亮은 무예가 뛰어나고 전략에 통달한 훌륭한 대장부입니다. 흥양 현감으로 있을 적에 전력을 기울여 승리를 쟁취한 크고 작은 공이 열두 차례입니다.

첫 번째는 명량에서의 승리이고, 두 번째는 첨산에서의 승리이고, 세 번째는 예교에서의 야전夜戰이고, 네 번째는 노량에서 선두에서 싸운 것이고, 다섯 번째는 정유년 그믐밤에 적진을 놀라게 하여 적의 수급 1급을 베고 적의 식량 6백여 석을 탈취하여 군량으로 지급한 것이고, 여섯 번째는 한산에서 새로이 전함이 부서져 모두 수몰되었는데 희량은 무술년 봄에 굶주리고 지친 백성들을 이끌고 몸소 재목을 끌어서 전선戰船을 조성하였으며 활과 화살, 창과 방패가 정비된 것이 다른 고을이 아직 겨를 없었던 것에 비해 단연 뛰어나서 당시 통제사 신 이순신이 특별히 포계褒啓를 올린 것입니다. 일곱 번째는 이 해 3월 18일에 첨산에서 적과 싸워 30여 급의 적의 수급을 벤 것이고, 여덟 번째는 같은 달 22일에 또 첨산에서 전투를 벌여 수급 31급을 베고 왜적 1명을 사로잡은 것이고, 아홉 번째는 이 해 4월 14일에 흥양현 남문 밖에서 수급 5급을 벤 것이고, 열 번째는 이해 7월 12일에 남당포에서 싸워 수급 2급을 벤 것이고, 열한 번째는 왜적에게 포로가 된 수군 신덕희申德希 등 우리나라 사람 7백여 명을 유환하게 한 것입니다.

희량이 하루는 적에게 사로잡혀 적이 위협하여 항복을 받으려 하였는데 희량이 큰 소리로 꾸짖기를, "내가 임금이 내려주신 음식을 먹고 임금이 내려주신 옷을 입는데 어찌 너희들에게 항복할 수 있겠느냐!" 하였는데 적이 그를 베려다가 한 왜병이 "진을 치고 싸우는 이때 의사義士를 죽여서는 안 된다" 해서 이 때문에 적의 손에서 벗어나 돌아올 수 있었습니다. 희량의 절의節義 역시 가상하니 이 또한 가장 훌륭한 열두 번째 공훈입니다.

그 전후의 공렬이 모두 문서로 남아 있어 매 장마다 상고할 수 있으니 희량의 공이 큽니까 작습니까. 신들이 삼가 공신록을 살펴보니 희량의 이름이 일등공신의 일곱 번째에 있었습니다. 공이 일등인 자가 높은 빈열에 오르지 못한 경우가 드문데도 희량의 경우 한 자급도 오르지 못하였으니, 훌륭한 공에 훌륭한 상을 내리는 국가의 성대한 은전에 흠이 되는 것이 아니겠습니까.

아, 희량의 공은 조정도 이미 알고 있고 초야도 알고 있는 것이거늘 관작과 포상이 미치지 않는 것은 사실 까닭이 있어서이니, 그것은 희량의 본성이 겸손하고 스스로의 공을 뽐내는 것을 부끄럽게 여겨서 단지 당시 유사들이 공정하게 논공행상할 것이라고만 믿고 있어 그러한 것입니다. 지금 성상께서 보위에 오르신 후로 유일遺佚의 공로를 생각하셔서 여러 차례 추후에 상을 내리라는 명을 내리셨는데 희량이 아직 은전을 받지 못한 것은 혹 아직 겨를이 없어서 그런 것입니까?

지금 밖으로 외적의 침입을 막고 안으로 역적의 무리를 토벌하여 나라가 나라로 존립할 수 있는 것은 모두 충신과 열사들이 목숨을 바쳤기 때문입니다. 전하께서 공이 있는 이에게 포록襃錄을 내리는 데 있어서 마땅히 아쉬운 점이 없으셔야 할 것입니다. 삼가 바라옵건대 전하께서는 세월이 오래되었다는 이유로 추기追記하기를 꺼리지 마시고 특별히 포록하신다면 서울과 지방의 사람들이 장차 고무되어 흥기할 것이니, 이른바 한 사람을 포상하여 천만 인을 권면한다는 것이 될 것입니다.

만약 희량이 끝내 버려져서 상을 받지 못하고 죽는다면 서울과 지방 사람이 장차 모두 말하기를, "희량이 나라를 위해 이처럼 근로하였는데 이와 같이 상을 받지 못하였으니 비록 충렬지사라도 모두 숨기에 바쁠 것이다" 할 것입니다. 전하께서는 어디에서 사력을 다하는 선비를 얻으시겠습니까.

아아, 희량은 일개 무부武夫이니 신들의 말이 분수에 넘치는 행동을 저지르는 것이고 자질구레한 일에 가깝습니다. 그러나 일이 매우 작으나 큰 것을 논할 수 있고 말이 느긋한 듯하나 사실 급박함이 있습니다. 지금 남북의 외적이 날마다 우리의 변방을 호시탐탐 살피고 있으니 장사壯士를 어루만지는 것은 사안이 매우 중대합니다. 전하께서 혹 희량의 공을 기억하셔서 여러 사람의 마음을 위무하신다면 변방의 다급한 일은 차차 정돈하여 거행할 수 있을 것입니다. 그렇다면 신들의 말이 또한 국가에 보탬이 되지 않겠습니까.

신들은 한 고을에서 태어나 희량의 일을 처음부터 끝까지 눈으로 직접 보았습니다. 훌륭한 공적이 엄폐되어 포상을 받지 못하게 되어서 끝내 성조의 흠전이 될까 마음속으로 걱정하고 있습니다. 삼가 바라옵건대 전하께서는 무지한 촌부들이 희량에 대해 사사로이 말하는 것이라 여기지 마시고 그의 공첩功牒을 비교하셔서 그의 관질官秩을 추증하신다면 전하께서 상을 신중히 내리시는 모범을 밝히고 앞으로 있을 충렬지사를 권면하실 수 있을 것입니다. 그렇게 된다면 국가에 매우 큰 다행이고 군민軍民에 큰 다행일 것입니다. 신들은 지극히 두렵고 간절한 마음으로 죽음을 각오하고 감히 아룁니다.

만력 41년 계축(1613) 월 일에 생원 오정남 등 2백여 인.

상소가 올라간 후 비변사에서 아뢰기를, "최희량은 전공을 많이 세웠으나 상전을 받지 못하였습니다. 그러므로 고을 사람들이 사실에 근거하여 상소를 올린 것입니다. 공훈을 헤아려 알맞게 보상하여 권면하고 격려하시는 것이 마땅합니다. 해조로 하여금 참작해서 거행하게 하는 것이 어떻겠습니까" 하였다.

만력 41년 12월 6일 우부승지 신 정립鄭岦 차지次知.

그대로 윤허한다고 하였다. 해조該曹가 아뢰기를, "최희량이 참으로 이러한 공이 있다면 참작해서 논공행상하는 것은 그만두어서는 안 되는 일입니다. 다만 오래 전의 일이라 보고 들은 것이 분명치 않은데 몇 사람의 상소로 인해 상을 시행하는 것을 허락하신다면 뒷날의 폐단이 없을 수 없으니, 최희량의 공로의 다소와 허실을 탐문하여 아뢰게 해서 검토하여 처리하는 것이 어떻겠습니까" 하였다.

그대로 윤허한다고 하였다. 해조에서 본도 관찰사 겸 순찰사에게 관문關文을 보내 상고하라고 한 일에 대해, 지난번에 도착한 비변사의 관문 안에 지난번에 계하하신 나주 생원 오정남의 상소는 비변사의 계목에 의거하여 계하하신 문건을 첨부하였으므로 최희량의 공로의 다소와 허실을 탐문하여 검토해 처리하도록 공문을 보내는 것이 어떻겠습니까.

만력 41년 12월 17일 우부승지 신 정립鄭岦 차지次知.

그대로 윤허한다고 하신 일이 있었던 것으로 교지 내의 말이 있었습니다. 시행할 일이라는 관문이 있었던 것으로 내용을 상고하여 최희량의 공로의 다소와 허실을 상세히 조사하여 보고합니다.

유향留鄕 좌수 이식李湜, 별감 유극효柳克孝·이승李承 등의 문장 안에, "최희량의 공로의 다소와 허실을 한 주州의 백성들이 있는 곳을 다 돌아

상세하게 찾아가 물었는데 모두 말하기를, '최희량의 공로가 작지 않은데 아직 상전을 못 받고 있다고 해서 고을 선비들의 공론이 격렬히 일어나 항소를 상달하였습니다' 라고 똑같이 한 목소리로 말하였습니다" 하였습니다.

뿐만 아니라 최희량이 들인 군공 문서를 하나하나 상고하였는데, 그 결과;

해전은, 정유년에 명도에서 전공이 일등이고 첨산, 예교, 노량에서의 전공에 이르기까지 모두 일등인 사적은 공신녹권에 있음.

육전은, 이 해 그믐밤에 적진을 놀라게 하여 적의 수급 1급을 베고 적의 군량 659석 8두를 탈취하였는데 그 중에서 100석은 당시 순찰사의 관문으로 보성군에 진급賑給하고, 100석은 낙안군에 진급하고, 209석 5두는 본 현에 조금 모여든 백성들에게 환자로 분급하고, 90석은 본현 관둔답의 종자로 분급하고, 20석은 복수장 양인용이 있는 곳으로 이급하고, 8석은 장흥 땅 수락부로 옮겨간 본 현의 백성들에게 환자로 분급하고, 63석은 수락부의 진을 친 곳에 왜구가 침범했을 때 미처 거두어 운송하지 못하여 환자로 분급하고, 69석 3두는 전선의 군량으로 통제사가 관문을 보내어 출급함.

한산도에서 처음 패전한 후 전선이 9척만 남았기 때문에 통제사가 연해에 소속된 여러 읍에서 모았는데, 지금 전선을 만들어 낼 수 있다면 배를 온전히 하고 적을 사로잡은 것과 같이 논공해야 한다고 아뢰고 또한 통지하였다. 여러 읍의 수령들은 겨우 몸만 빠져나왔기 때문에 배를 만들 수 있는 방법이 없는데 최희량은 무술년 봄에 흩어진 백성을 창솔하여 몸소 재목을 끌어 1개월 안에 전선을 만들어 완성하였다. 계 유격季遊擊이 살피러 왔을 때에 맞추어 배를 띄우자 통제사가 장계를 올렸을 뿐 아니라 뒤에 조사하고 편집하여 직접 책자를 만들어 서명과 관인을 붙였다.

최희량 부분의 책자를 살펴보았는데, 신新 전선 1척, 신 군량선 1척, 신 협선挾船 1척, 새로 만든 군기, 궁시弓矢와 대중소의 날카로운 창검槍劍, 깃발과 북, 철환鐵丸 등을 모두 직접 새로 마련하고 민력民力을 번거롭게 하지 않았음.

이 해 3월 18일 첨산에서 전투하여 먼저 수급 3급을 베고 다시 진격하여 수급 35급을 베고 1명을 생포한 것은 순찰사와 통제사가 모두 관인을 찍은 서목이 남아 있음.

이 달 23일 다시 첨산에서 전투하여 1급을 베고 왜적 1명을 사로잡았음.

그 해 4월 13일 현의 남문 밖에서 전투하여 수급 3급을 벰.

7월 5일 현의 남당포에서 접전할 때에 2급을 벤 것은 통제사의 도장이 찍힌 서목이 남아 있음.

정유년 12월 조정의 명령으로 포로로 잡혀 있던 수군을 유환하게 한 것이 신덕희申德希 등 673명이었으니, 그 공이 과연 12가지이온 바 모두 첩보를 고찰하였습니다. –당시 광해군 때의 어지러운 시절이라 포상을 받지 못하였다. –

| 請褒疏 |

伏以賞功以勸忠, 有國之急務也. 是故不吝爵賞, 史稱其賢, 而愼賞之典,

經傳屢書. 夫所謂愼賞者, 無功者, 固在不賞, 而或幸而冒賞, 有功者, 宜得其賞, 而或廢而不賞, 則忠臣烈士, 不幾於解體乎? 朝廷於丁酉倭變之後, 錄戰士之功, 爵其爵賞其賞. 上自王子公卿之貴, 下至水陸廝隸之賤, 錙銖不遺, 皆賜錄券, 則可謂至愼矣. 然而功臣不億, 褒錄汗漫, 有奇功當大賞者, 或至揜蔽, 則無功而冒賞, 有功而廢賞者有之, 小功而大賞, 大功而無賞者有之. 此臣等所謂忠臣烈士之解體也, 惡在賞功而勸忠乎? 臣等伏見, 通訓大夫, 軍資監正, 前興陽兵馬使, 臣崔希亮, 善騎射通兵略, 偉然傑丈夫也. 曾守興陽時, 其效力取勝之功, 大小十有二矣. 其一, 鳴島之捷. 其二, 尖山之捷也. 其三, 曳橋夜戰也. 其四, 露梁先登也. 其五, 丁酉除夕夜, 驚賊陣斬首一級, 奪取租六百餘石, 以給軍餉. 其六, 閑山新破, 戰船盡沒, 希亮乃於戊戌春, 倡率飢疲, 躬自曳木, 造成戰船, 而弓矢之精, 干戈之備, 獨出於諸邑之所未遑, 其時統制使臣李舜臣, 特爲褒啓. 其七, 是年三月十八日, 戰於尖山, 斬首三十餘級. 其八, 是月二十二日, 又戰於尖山, 斬首三十一級, 生擒一賊. 其九, 是年四月十四日, 戰於興陽南門外, 斬首五級. 其十, 是年七月二十日, 田於南堂浦, 斬首二級. 其十一, 誘還我人之被擄者, 水軍申德希等七百餘人. 希亮一日, 爲賊所執, 將欲脅降, 希亮厲聲曰, 吾食君之食, 衣君之衣, 何可降汝? 賊欲刃之, 一倭曰, 方當戰陣, 不可殺義士. 以故得脫還歸. 希亮之節義亦可尙, 而此又十二功之最者也. 蓋其前後功烈, 皆有印文, 章章可考, 則希亮之功, 大乎小乎? 臣等伏見功臣錄券, 則希亮之名, 居一等之第七. 功居一等者, 崇班峻秩, 鮮有不及, 而一資半級, 尙不加於希亮, 則不瑕有欠於懋功懋賞之盛典乎? 噫! 希亮之功, 朝廷已知之矣, 草野亦知之矣, 而爵賞之所不及者, 果有以焉, 蓋希亮素性謙退, 恥自矜伐, 只恃當時有司論賞之公而然也. 至於今日, 聖上臨御, 慮有遺逸之功, 累降追賞之命, 而希亮之未蒙恩典, 或緣未遑而然耶? 當今外禦寇難, 內討逆豎, 國家之所以爲國家, 莫非忠臣烈士之效死, 則殿下褒錄有功, 宜無所惜矣. 伏願殿下, 無以歲月之遠, 憚於追記, 而特爲褒錄, 則中外之人, 其將鼓舞而興起矣, 所謂賞一人而千萬人勸者也. 若使希亮終爲廢棄, 死於無賞, 則中外之人, 將皆曰, 希亮之服勞如彼, 而不賞如此, 雖有忠烈之士, 皆將藏匿之不暇矣. 殿下烏得士之死力哉? 嗚呼! 希亮乃是一武夫也, 則臣等之言, 涉於越俎而近於瑣屑也. 然而事有至小而可以論大, 言有似緩而實有所急. 目今南北之賊, 日伺吾邊, 則撫綏將士, 所繫甚大. 殿下倘記希亮之功以慰衆心, 則邊事之有急者, 可以次第修擧矣. 然則臣等之言, 不亦有助於國家乎? 臣等生同一鄉, 目見始終. 竊恐奇功異績, 有所掩蔽, 而未蒙褒賞, 終爲聖朝之欠典也. 伏願殿下勿以芻蕘私於希亮, 較其功牒, 追其爵秩, 則可以明殿下愼賞之章, 而勸方來忠烈之士矣. 國家幸甚, 軍民幸甚. 臣等不勝惶悚, 屛營之至, 謹昧死以聞.

萬曆四十一年癸丑月日, 生員吳挺男等二百餘人.

疏旣上, 備邊司啓言, 崔希亮多有戰功, 而未蒙賞典. 故鄉中之人據實陳疏, 參商勳功, 以爲酬報, 勸激之地宜當. 令該曹參酌擧行何如?

萬曆四十一年十二月初六日, 右副承旨臣鄭岦次知.

啓依允. 該曹啓言, 崔希亮誠有此功, 參酌論賞, 在所不已. 第年久之事, 見聞昧昧, 因若干人上疏, 便許施賞, 不無後弊, 崔希亮功勞多少虛實, 採訪啓聞, 以爲憑考處置何如?

啓依允. 自該曹行關本道觀察使兼巡察使, 爲相考事節, 到付備邊司關內節, 啓下敎, 羅州生員吳挺男上疏, 據備邊司啓目帖連啓下是白有亦, 崔希亮功勞多少虛實, 探訪啓聞, 以憑考處置爲白只爲, 行移何如?

萬曆四十一年十二月十七日, 右副承旨臣鄭岦次知.

啓依允敎事是有等以, 敎旨內白乙如. 相考施行向事, 關是去有等以, 關內辭緣相考, 同崔希亮功勞多少及虛實, 詳查以報. 留鄉座首李湜, 別監柳克孝, 李承等, 文狀內,

崔希亮功勞多寡虛實, 環一州大小人民等處, 詳細訪問爲乎矣. 咸以爲崔希亮功勞不小, 而未蒙賞典是去乎, 一鄉士子公論激發, 抗疏上達是如. 同然一辭是沙除良. 崔希亮所納軍功印文, 一一相考爲乎矣, 水戰則丁酉年分, 鳴渡戰功一等, 尖山曳橋露梁戰功, 至於幷只一等事蹟段, 在於錄券是齊. 陸戰則是年除夕夜, 驚賊陣, 斬首一級, 奪取賊租六百五十九石八斗內, 一百石段, 其時巡察關以, 寶城郡賑給, 一百石段, 樂安郡賑給, 二百九石五斗段, 本縣稍集人民等亦中還上以分給, 九十石段, 本縣官屯畓種子以分給, 二十石段, 復讐將梁仁容處移給, 八石段, 長興地水落村移接爲在本縣人民等, 亦中還上以分給, 六十三石段, 水樂村陣處倭寇侵犯時, 未及收運, 亦以還上以分給, 六十九石三斗段, 戰船軍糧, 以統制使移關出給爲齊. 開山新破之後 戰船只餘九隻乙仍于, 統制使募于沿邊所屬列邑, 有能於此時造出戰船是在等, 與全舡捕賊以論啓, 亦知委爲白良置. 列邑守令等, 僅以身免, 無路造船是去乙, 崔希亮亦於戊戌年春, 倡率散民, 躬親曳木, 一月之內, 造成戰船. 李遊塹[擊][1]延侯及良立船爲去乙, 統制使啓勞不喻, 後考次以親造成冊著署踏印付之. 崔希亮處冊子相考爲乎矣, 新戰船一隻, 新軍糧船一隻, 新挾船一隻, 新造軍器弓矢鎗

---

1) 저본에는 '塹'으로 되어 있으나 「파왜보첩장」 등을 참조하여 '擊'으로 바로잡았다.

劒大小中銳旗鼓鐵丸等物，皆自新備，不煩民力爲齊. 是年三月十八日，戰于尖山，先斬三級，再進，斬三十有五，生擒一名段，巡察使統制使，并皆踏印書目在焉是齊. 是月二十三日，又戰於尖山，斬一級，擒一賊. 其四月十三日，戰於縣南門外，斬三級是齊. 七月初五日，縣南堂浦接戰時，斬二級段，統制使印書目在焉是齊. 丁酉十二月，以朝廷之令，誘出被擄水軍申德希等六百七十三名是去等，其功果爲十有一是乎等，以并以相考牒報. ─時當光海昏朝，未爲褒賞.─

선무원종일등공신록권

_ 충훈부 소재

만력 33년 4월 16일 행 도승지 신 신흠申欽은 공경히 받듭니다.

전지傳旨에,

"국가가 어려움이 많아 안정되지 못하였는데 그대들이 중흥을 위해 힘을 썼으니, 아무리 작은 공훈일지라도 보답하지 않을 수 없다. 이에 나는 원종공신原從功臣에 추은推恩하노니, 새로운 의전儀典을 크게 거행하여 옛날의 전장典章을 따르노라.

생각하건대, 남쪽의 왜구가 제멋대로 날뛰어 서쪽으로 파천播遷하기에 이르렀으니 사나운 왜적이 횡행하여 참혹하게 종묘사직이 몽진蒙塵하였으며 산천을 떠돌게 되어 군신君臣이 이슬 맞던 일을 차마 말로 다할 수 있겠는가. 하늘이 요순의 나라를 부흥시키고자 하여 황국皇國이 우리나라를 구원해 주었고, 사람들이 그래도 나라를 떠받들고 대소 신료들이 몸을 바친 결과 다행히도 난리를 평정하고 환궁하게 되었다. 그리하여 마침내 책훈策勳하여 공훈을 금석에 새기노라.

그대들 경대부 및 사서인士庶人 중에 혹은 우리나라의 무열武烈을 선양하기도 하고 혹은 우리 군수품軍需品을 돕기도 하였으며, 몽둥이를 들고 치달려 목숨을 바친 선비도 있었고, 무기를 들고 싸워 적의 수급을 바친 무리도 있었기에 여기에 모두 기록하여 길이 후세에 전하는 것이

다. 경중에 따라 한때의 공로를 구분하였으니 그대의 자손들은 만세토
록 안락을 누릴 것이다. 그러므로 이에 교시하는 것이니, 잘 알았으리라
생각한다."

하였다.

선무원종 일등공신

정원군定遠君 휘諱 [1]

순화군順和君 보玤

인성군仁城君 공珙

의창군義昌君 광珖

달성위達城尉 서경주徐景霌

해숭위海嵩尉 윤신지尹新之

동양위東陽尉 신익성申翊聖

금양위錦陽尉 박미朴瀰

당원위唐原尉 홍우경洪友敬

전창위全昌尉 유정량柳廷亮

풍원부원군豊原府院君 유성룡柳成龍

증 좌찬성贈左贊成 김천일金千鎰

증 판서贈判書 고경명高敬命

증 참판贈參判 조헌趙憲

증 판서贈判書 김면金沔

---

1) 정원군定遠君은 인조仁祖의 아버지로 이름은 부琈이다.

행 군수行郡守 이복숭李福崇

병사兵使 변응성邊應星

참판參判 윤인함尹仁涵

부사府使 박경신朴慶新

교리校理 송부宋𩏷

군자감 정軍資監正 최희량崔希亮

병사兵使 유형柳珩

판관判官 이희운李希雲

치사致仕 영중추부사領中樞府事 심수경沈守慶

전前 목사牧使 조호익曺好益

증 판서贈判書 최경회崔慶會

증 도승지贈都承旨 고종후高從厚

증 판결사贈判決事 심우신沈友信

완평부원군完平府院君 이원익李元翼

오성부원군鰲城府院君 이항복李恒福

증 서천부원군贈西川府院君 정곤수鄭崑壽

연릉부원군延陵府院君 이호민李好閔

판중추부사判中樞府事 황진黃璡

영원군寧原君 홍가신洪可臣

우참찬右參贊 박동량朴東亮

증 청계군贈淸溪君 심우승沈友勝

증 판서贈判書 이종인李宗仁

행 관찰사行觀察使 김신원金信元

행 목사行牧使 최관崔瓘

연릉부원군延陵府院君 이광정李光庭

우의정左議政 기자헌奇自獻

영의정領議政 최흥원崔興源

양의정領議政 윤두수尹斗壽

교리校理 권진權縉

전前 판관判官 박곤朴崑

군수郡守 유몽룡劉夢龍 등은 선무원종공신宣武原從功臣 일등一等임.

만력 33년 4월 16일 행도승지 신 신흠申欽은 공경히 받듭니다.

전지傳旨에,

"선무원종공신 일등은 각각 1급을 가자加資하고 자손은 음직蔭職을 받게 하며 후세에까지 유죄宥罪하고 부모는 관작을 봉해 준다. ○이등은 각각 일급을 가자하고 자손은 음직을 받게 하며 부모는 관작을 봉해 준다. 자손 중 1인을 자원自願에 따라 산관散官 1급을 가자한다. 그 가운데 자손이 없는 자에게는 형제, 사위, 조카 중에서 자원에 따라 산관 1급을 가자한다. ○삼등은 각각 1급을 가자하고 자손은 음직을 받게 하고 후세에까지 유죄한다. ○죽은 자는 본등本等에 의하여 시행하며 각각 1급을 추증追贈한다. ○산관이 된 자는 아울러 본품本品으로 서용敍用한다. ○첩자妾子는 한품限品을 중지한다."

하였다.

선무원종공신도감

당상 추충분의평난충근정량효절갈성협책호성공신 대광보국숭록대부 오성부원군 신 이항복李恒福

당상 충근정량효절협책호성공신 보국숭록대부 연릉부원군 신 이호민李好閔

당상 충근정량효절협책호성공신 자헌대부 의정부 우참찬 금계군 신 박동량朴東亮

당상 효충장의선무공신 가선대부 호조참판 길창군 신 권협權悏

낭청 통훈대부 통례원 좌통례 신 김권金權

│宣武原從一等功臣錄卷│ 在忠勳府

萬曆三十三年四月十六日, 行都承旨臣申欽敬奉.

傳旨, 國多難而靡定, 爾旣宣力於中興, 功無微而不酬. 予乃推恩於原從, 誕擧新典, 式遵舊章. 言念南寇之陸梁, 致有西土之播越, 縱橫豺虎, 慘見宗社之蒙塵, 跋涉山川, 忍說君臣之中露. 天欲興唐而父母拯己, 人猶戴晉而大小忘身, 幸戡亂而回鑾, 遂策勳而銘鼎. 惟爾鄕士大夫曁士庶人, 或揚我武烈, 或助我軍需, 執殳驅馳, 或有捐軀之士, 提兵戰伐, 或有獻餉之徒, 悉錄於玆, 永傳於後. 惟輕惟重, 分一時之功勞, 爾子爾孫, 享萬歲之安樂. 故玆敎示, 想宜知悉.

宣武原從一等功臣

定遠君 諱, 順和君玭, 仁城君珙, 義昌君珖, 達城尉徐景霌, 海嵩尉尹新之, 東陽尉申翊聖, 錦陽尉朴瀰, 唐原尉洪友敬, 全昌尉柳廷亮, 豊原府院君柳成龍, 贈左贊成金千鎰, 贈判書高敬命, 贈參判趙憲, 贈判書金沔, 行郡守李福崇, 兵使邊應星, 參判尹仁涵, 府使朴慶新, 校理宋騲, 軍資監正崔希亮, 兵使柳珩, 判官李希雲, 致仕領中樞府事沈守慶, 前牧使曺好益, 贈判書崔慶會, 贈都承旨高從厚, 贈判決事沈友信, 完平府院君李元翼, 鰲城府院君李恒福, 贈西川府院君鄭崑壽, 延陵府院君李好閔, 判中樞府事黃璉, 寧原君洪可臣, 右參贊朴東亮, 贈淸溪君沈友勝, 贈判書李宗仁, 行觀察使金信元, 行牧使崔瓘, 延陵府院君李光庭, 左議政奇自獻, 領議政崔興源, 領議政尹斗壽, 校理權縉, 前判官朴崑, 郡守劉夢龍等乙良, 宣武原從功臣一等.

萬曆三十三年四月十六日, 行都承旨臣申欽敬奉.
傳旨, 宣武原從功臣一等乙良, 各加一資, 子孫承蔭, 宥及後世, 父母封爵. ○二等乙良, 各加一資, 子孫承蔭, 宥及後世, 父母封爵, 子孫中一人, 從自願, 加散官一資. 其中無子孫者, 兄弟壻姪中, 從自願, 加散官一資. ○三等乙良, 各加一資, 子孫承蔭, 宥及後世. ○物故人乙良, 依本等施行爲旀, 各追贈一資爲齊. ○作散人乙良, 并於本品敍用爲齊. ○妾子乙良, 限品安徐爲齊.

宣武原從功臣都監
堂上推忠奮義平難忠勤貞亮孝節竭誠協策扈聖功臣大匡輔國崇祿大夫鰲城府院君, 臣李恒福.

堂上忠勤貞亮效節協策扈聖功臣輔國崇祿大夫延陵府院君，臣李好閔．

堂上忠勤貞亮效節協策扈聖功臣資憲大夫議政府右參贊錦溪君，臣朴東亮．

堂上效忠仗義宣武功臣嘉善大夫戶曹參判吉昌君，臣權悏．

郞廳通訓大夫通禮院左通禮，臣金權．

증직전말

왜구가 우리나라를 침범한 지 세 갑자가 지난 계사년(1773) 겨울에 최공 일옹의 현손 정職이 일옹의 파왜보첩장 일곱 장을 가지고 경성의 직하櫻下에 있는 나를 찾아왔다. 그 낡은 종이와 글씨 사이에 간간이 잔결된 것이 있었지만 적을 무찌르고 헌괵獻馘한 공적이 어제의 일처럼 완연하였다. 나는 손을 씻고 공경히 열어 보니 더군다나 우리 선조 청계 선생靑溪先生(양대박梁大樸, 1544~1592)의 운암파왜헌첩雲巖破倭獻捷의 글과 비슷하였다. 그러기에 공경하고 기쁜 마음이 다른 사람보다 배나 되었다. 마침내 공인을 불러 배접하고 비단을 두르고 장첩을 하여 발문을 써서 돌려보냈다. 정이 마침내 이 장첩을 당시 재상이었던 상서 조명정趙明鼎, 상국 이은李溵, 학사 오재순吳載純 등에게 두루 보여주어 모두 글을 지어 끝머리에 붙였으니, 보는 사람마다 공경하고 소중히 여기며 감탄해 마지않았다. 일옹은 선무일등원훈에 들었으니, 일등급 가자加資되고 증직되며 자손들은 승음承蔭되고 부모는 봉작封爵된다는 내용이 전지에 기록되어 있다. 그러나 일옹은 죽을 때까지 조금의 포상도 받지 못했으니, 이것은 비단 자손들의 사사로운 슬픔일 뿐만 아니라 진실로 국가의 흠전欠典이다.

정이 두루 여러 공들의 집에 찾아다니면서 피를 토하며 억울함을 호소하였는데 태사太史 황경원黃景源이 그 사실을 보고는 정에게 말하기를, "이것은 국전國典이 응당 포상해야 하는 경우이다. 홀로 은전을 받지 못하였으니 매우 개탄스럽다" 하고는 곧바로 재삼 영의정에게 편지를 써서 규례대로 증직해 줄 것을 청하며 전례에 근거하여 논리적으로 증명하였다. 그리고 정을 영의정 집에 소개시켜 주니, 정이 이 첩과 유집을 가지고 영의정의 집으로 갔다.

영의정이 자세히 살펴본 후에 즉시 공신록을 보고자 하였다. 정이 충훈부에 가서 임진년 선무원정공신록을 살펴보고 영의정에게 올렸다. 담당자를 불러 전례를 고찰하게 하고는 말하기를, "이 분은 마땅히 증직의 포상을 받아야 하는 분인데 지금 백여 년이 지났다. 한번 연석筵席에서 아뢴 후에 거행하는 것이 좋겠다" 하였다. 그러나 매번 진달하려 하였지만 나라에 일이 많아 겨를이 없었다고 하였다. 영의정은 바로 김상복金相福이었다.

정이 해를 보내도록 머물렀지만 등철登徹할 길이 없었다. 상언하려 하였지만 임금님이 성 밖으로 동가動駕하실 일이 없을 듯하여 갑오년 여름에 가슴에 한을 품고 낙향하였다. 그 해 8월에 다시 먼 길을 걸어 경성에 들어와 즉시 나를 찾아와 말하였다.

"제가 우리 선조의 뜻과 업적을 선양하지 못한다면 죽어서도 지하에서 눈을 감지 못할 것 같습니다. 어떻게 차마 집에서 편안히 먹고 잘 수 있겠습니까."

당시 신회申晦가 영의정이었고, 이사관李思觀이 좌의정이었고, 이은李溵이 약원藥院 제거提擧였고, 김기대金器大가 이조판서였다. 황태사가 정을 만나 말하기를, "이제 성사시킬 수 있을 것이다" 하고는 먼저 승지 신광집申光緝에게 편지로 부탁하여 옆에서 원만하게 아뢰게 하고 또 영의정에게 편지를 보내 연석에서 정상旌賞해 줄 것을 아뢰도록 부탁하였다. 전과 같이 일을 주선하면서 더욱 힘을 쏟았다. 정도 이때부터 날마다 나아가 더욱 간곡하게 부탁하였고 또 여러 차례 좌의정과 예조판서 및 내제조內提調의 문에 가서 유집을 안고 간절히 호소하니 예조판서가 말하기를, "영상께서 먼저 말을 꺼내신다면 마땅히 도울 것이다" 하였다. 그 실적을 초록하여 왔기에 내가 적을 토벌한 사실을 대략 뽑아서 한 통으로 만들어 영의정, 좌의정 및 예조판서에게 올리게 하니 모두 말하기를, "이와 같이 위대한 충성스런 신하가 포상의 은전을 끝내 받지 못한다면 매우 안타까운 일이다. 틈을 타서 건의하여야 한다" 하였다.

정은 아침저녁으로 궐문 밖에서 여러 분들의 수레를 붙잡고 날마다 끊임없이 간절히 간구하였다. 이렇게 하기를 스무 날 남짓이 되니 그의 정성이 다른 사람을 감동시키기에 충분하였다. 비록 이례吏隷들이 처음에는 물리쳤지만 마지막에는 마침내 관용을 베풀고 그를 막지 못하였다.

9월 5일 차대次對에서 영상 신회가 아뢰기를, "순화군順和君 이보李𤥢와 전 판서 김문기金文起 등 4인이 모두 충훈절의忠勳節義가 있어 마땅히 증시贈諡하여야 하는데 지금까지 빠져 있으니 예조로 하여금 거행하게 하는 것이 어떻겠습니까. 그리고 원종일등공신에게 각각 한 자급 가자하고 증직贈職하는 것도 국전國典이니 해조로 하여금 자손들에게 물어 규례대로 증직하는 것이 어떻겠습니까" 하였다. 예조판서 김기대도 입시하여 찬성하니 성상께서 윤허하시고 즉시 거조擧條를 내어 이조와 예조에 내렸다. 정이 즉시 전장銓長 이담李潭이 있는 곳으로 가니 전장이 그 사적을 살펴보고는 말하기를, "일옹이 살아 있을 때 가선대부였으니 한 자급을 가자하여 마땅히 가의대부嘉義大夫가 된다" 하고는 병조참판으로 증직하고 수결하였다. 황태사가 다시 전장에게 편지를 쓰기를, "우리 숙부 감사공監司公께서도 가선대부로 일등훈공에 들어 품계를 바꾸어 가자되어 자헌대부資憲大夫 이조판서吏曹判書로 증직되었으니 이미 전례가 있는 일입니다. 일옹도 품계를 바꾸어 자헌대부 병조판서가 되어야 마땅한데 지금은 부당하게 단지 가의대부에 그쳤습니다" 하여 예를 들어 증거를 대는 것이 하나하나 이치에 타당하였다. 정도 이러한 뜻으로 여러 차례 영상에게 진달하니 신공도 말하기를, "내가 이미 품계를 바꾸어 연석에서 아뢰었다" 하였다. 마땅히 자헌대부가 되어야 한다는 뜻으로 재차 전장에게 왕복하였으며, 또 차대하는 날에 이제거가 힘껏 영상에게 말하였고 영상도 이조판서에게 말해서 모두 품계를 바꿀 것을 권하였다. 이담이 즉시 병조판서로 자헌의 예를 겸하여 수결하였다. 그러므로 옥당 이상암李商巖이 즉시 교지를 써서 정사가 열리기를 기다려 안보安寶하려고 하였다.

무신원종공신의 자손들도 증직의 일로 모두 일어나 이조판서가 취사하는 데 어려움이 있어 모두 그만두게 하였다. 정은 또 날마다 영의정과 이조판서를 분주히 찾아다니며 이조판서에게 호소하기를, "영상께서 연석에서 아뢸 적에 '원종일등'이라고 불분명하게 호칭하였기 때문에 계속해서 여기저기서 들고일어나는 것입니다. 영상께서 다시 '선무일등'이라고 바꾸어 부표해서 아뢰신다면 마땅히 안보하실 것입니다" 하였다. 이 때문에 일이 지연되어 한 달이 흘렀다. 정이 눈물을 흘리며 말하기를, "우리 선조의 충렬지사가 거의 완성되려다 지체되고 있습니다. 지금 저는 거의 헐벗고 굶주려 돌아갈 날만을 기다리고 있지만 기약이 없으니 괴롭고 답답한 마음을 어쩌면 좋겠습니까" 하였다. 내가 말하기를,

"그대가 선조를 위하는 정성이 결국에는 반드시 하늘에 닿을 것이니 우선 기다리는 것이 좋겠다" 하였다.

당시 이조판서가 부모를 뵈러 정사呈辭하여 여주에 나가 있었다. 정이 가서 간곡히 부탁하여 입조하면 안보해 줄 것을 연석에서 아뢰겠다는 허락을 받았다. 그러나 오랫동안 환조하지 않아 체직되고 김종정金鍾正이 이조판서가 되었다. 정이 달려가 부탁하려 하기에 내가 일옹의 사저에 관한 대략을 쓰고 또 영의정이 아뢴 거조와 자헌대부로 품계를 바꾸는 일로 묘당이 왕복하여 정탈定奪한 이유를 기록하여 증거로 삼아 정으로 하여금 가지고 가되 그 유첩과 가승을 함께 가지고 가게 하였다. 김공이 그것을 두루 살펴보고 또 공신록과 호적을 찾아본 후에 말하기를, "공훈이 이와 같이 분명하게 드러났으니 품계를 바꾸어 증직해서 안 될 것이 없지만 어째서 굳이 병조판서를 구하는가?" 하고 처음에는 형조판서로 하였다가 다시 공조판서로 바꾸어 수결하였다. 황태사가 다시 편지를 쓰기를, "병조와 형조가 무슨 차이가 있습니까. 공적이 뛰어난데 어찌 병조를 아껴 훗날 시호를 받을 길을 방해한단 말입니까" 하였다. 이옥당도 정에게 일옹의 세보世譜를 기록하여 전장으로 하여금 한번 보게 하면 반드시 병조판서로 증직하는 것을 아끼지 않을 것이라고 알려주었다. 정이 세보를 베껴 가니 김공이 말하기를, "내가 자세히 알지 못했던 것이 한스럽다" 하고는 즉시 흔쾌히 허락하였다. 마침내 이전에 썼던 대로 병판의 예로 겸하여 교지를 써서 11월 29일에 입계入啓하고 12월 7일에 정사를 열어 안보하였다.

아아, 일옹의 외로운 충정과 위대한 공훈은 족히 후세의 이야기가 될 수 있다. 당시 사람들이 꺼리고 내버려두어 드날리지 못해 거의 백여 년

동안 묻혀서 드러나지 못했는데, 지금 다행히 하늘이 다시 광명을 되찾아 대지에 다시 햇빛을 비추니 이는 참으로 한 이치도 속이기 어려운 것이요, 백대의 정해진 의론인 것이다. 그러나 내가 일찍이 매몰된 충성을 권면하고 사라진 유광遺光을 드러내는 것은 오직 인인군자仁人君子만이 할 수 있다고 했었는데 황태사에게 이러한 점이 있다. 그리고 일옹으로부터 정에 이르기까지 거의 몇 대인데 정이 날마다 당시 재상의 문을 두드려 발에는 거의 굳은살이 잡히고 혀는 거의 문드러질 정도가 되어서야 비로소 선조의 충렬을 세상에 드러내게 되었으니 일옹의 영혼이 반드시, "나에게 후손이 있구나" 하실 것이다.

정이 내가 이 일의 전말을 잘 안다는 이유로 증직에 관한 의론이 매우 어려웠음을 한마디 써 달라고 부탁하기에 그가 돌아가는 길에 써준다.

숭정 기원 후 세 번째 갑오년(1774) 12월 상한에 용성龍城 양주익梁周翊은 기록한다.

贈職顚末

島夷軼我之三回癸巳冬, 崔公逸翁玄孫畞, 袖逸翁破倭報捷文狀七度, 來訪余于漢師之稷下. 其爛紙渝墨, 間多殘缺, 而破倭獻馘之蹟, 完如昨日事. 余盥閱, 則況若吾青溪先生雲巖破倭獻捷草. 故尊閣擊節之心, 自倍于他, 遂召工褙帖, 綠綃裝池, 題跋語以歸之. 畞遂以是帖, 遍謁于時宰趙尙事明鼎, 李相國㵆, 吳學士載純, 咸作文尾之, 見者莫不敬重而歎賞.

蓋逸翁入於宣武一等元勳, 則加一資贈職子孫承蔭父母封爵事, 傳旨裁錄, 而逸翁身後, 迄無一資半級之褒, 此非但子孫私痛, 誠爲國家欠典. 畹遍遊諸公之門, 扠血鳴寃, 黃太史景源, 閱其事實, 謂畹曰, 此國典之應褒者, 顧未蒙恩, 深可慨然. 卽再三裁書于領揆, 請依例贈職, 据典禮鑿鑿有徵. 且幡木畹於相門, 畹抱是帖與遺乘造焉. 領揆細考後 卽訪錄券.. 畹往忠勳府, 考出壬辰宣武券, 以呈領揆. 召執吏考典例謂曰, 此當褒贈者, 今過百餘年, 一者筵白後可擧行. 每擬其陳達, 而以朝家多事, 未暇云. 領揆卽金公相福也. 畹濡滯經年, 登徹無路. 將欲上言, 而若無城外動駕, 故甲午夏, 抱恨下鄉. 其八月又跋涉入洛, 卽訪余, 曰, 吾不能揚吾祖之志事, 則死不瞑於泉下矣, 何忍在家安寢食乎! 時申公晦爲領揆, 李公思觀爲左揆, 李公溆提擧藥院, 金公器大判春曹. 黃太史見畹, 曰, 今可以事諧矣. 先書托于申承宣光緝, 使之傍槀宛轉, 又裁書于領揆, 請筵奏旌褒, 一如前者而甚力. 畹亦仍此日造控懇, 又數往左揆禮判及內提之門, 抱遺卷血籲, 禮判曰, 領相先發端, 則當贊助. 抄錄其實跡而來, 故余略撮其討賊事實爲一通, 俾呈于令左揆及禮判, 則咸曰, 以若是之貞忠偉烈, 終未蒙褒典, 極可慨, 從當乘開建白云. 畹也朝暮於闕門外, 攀諸公軒軺, 日懇乞不已, 首尾卄許日矣. 其血誠有足以感動人者, 雖吏隸輩始辟除, 之末乃容護而不阻搪焉. 九月初五日, 次對領相申公晦奏曰, 順和君玬及前判書金文起等四人, 皆有忠勳節義宜有贈諡, 尙今闕焉, 請令儀曹擧行. 且原從一等功臣, 各加一資贈職, 亦是國典, 令該曹隨問其子孫依例贈職何如? 禮判金公器大, 亦入侍贊成, 上依允, 卽出擧條, 下吏禮曹. 畹卽往銓長李公潭所, 則銓長考其遺乘, 曰, 逸翁生時嘉善, 則加一資當爲嘉義. 以騎曹參判贈職手決. 黃太史又書于銓長, 曰, 吾叔父監司公, 亦以嘉善入於一等勳, 變品加資, 贈資憲吏判, 則已有前例. 逸翁當變品爲資憲兵判, 今不當只爲嘉義而已. 援例作證, 斤斤有理, 畎亦以此意屢陳於領揆, 則申公亦曰, 吾旣以變品筵奏. 當爲資憲之意, 再次往復于銓長, 且於次對日, 李提擧力言于領揆, 領揆亦言于吏判, 皆勸以變品. 李公潭卽以兵曹判書資憲例兼手決, 故李玉堂商巖, 卽書敎旨, 待開政, 將安寶矣. 戊戌原從功臣之子孫, 亦以贈職事, 閙然幷起, 吏判難於取舍, 令一竝停止. 畎又以日奔走於領揆及吏判, 以愬吏判曰, 領相筵啓混稱原從一等, 故繼起者紛紜, 領相更稟以宣武一等改付標, 則當令安寶. 以此相持閱月, 畎垂涕, 曰, 以吾祖之忠烈事垂成而見枳, 今吾迫於凍餒, 而竣歸無期, 痛鬱奈何? 余曰, 以君爲先之誠, 終必格于天人, 姑等俟可也. 時吏判覲親呈辭, 出在驪州, 畎往懇, 卽許以入朝則當筵稟安寶矣. 以久不還朝見遞, 金公鍾正爲吏判. 畎欲赴懇, 余卽書逸翁事蹟大槪, 又錄領相陳啓擧條, 及以資憲變品, 廟堂往復定奪之由, 爲一證左, 俾畎持以往兼帶其遺帖家乘以謁焉. 金公遍閱之, 又索其錄卷及戶籍後, 謂曰, 勳伐旣若是較著, 變品贈牒, 宜無不可, 而何必求本兵長乎? 初以刑判, 復改工判出手決. 黃太史又書曰, 兵工何間, 而事蹟有異, 何慳騎曹, 以防其他日延諡之路也? 李玉堂亦敎畎以須錄逸翁世譜, 一令銓長見, 必不靳騎判也. 畎膽譜以往, 金公曰, 恨吾未知詳也. 卽快許之. 遂以前所書兵判例兼敎旨, 十一月廿九日入啓, 臘月初七日, 開政安寶. 噫, 逸翁孤忠偉勳, 足以有辭於後世, 而爲當時人所惎廢置不颺, 幾百餘禩亂晦不章, 今幸天日回光, 泉塗改照, 此誠一理之難誣, 百世之定議. 然余嘗謂, 獎埋沒之危忠, 闡幽潛之遺光, 惟仁人君子能之, 黃太史有焉. 且自逸翁曁乎畎凡幾世, 而畎日叩時宰之門, 足幾胝舌幾爛, 而始暴乃祖之忠烈, 逸翁不昧者靈, 其必曰, 我有後乎! 畎以余詳乎顚末, 乞一言議之甚苟, 於其歸走草以贐之.

崇禎紀元之三甲午臘月上澣, 龍城梁周翊記.

유편후서

〈1〉

호남은 충의의 고장이라고 예부터 일컬어져 왔다. 간악한 왜적의 무리들이 난리를 일으켰을 때에 창의사倡義使 건재健齋 김천일金千鎰, 초토사招討使 태헌苔軒 고경명高敬命·준봉隼峯 고종후高從厚 부자, 병마절도사 일휴당日休堂 최경회崔慶會 등 여러 선생들이 전후로 공을 세우고 순국하였으니, 이 분들은 더욱 유명하신 분들이다. 충무공 이순신의 훌륭한 공적은 비단 순수한 충성과 위대한 계책이 일월을 뚫고 금궤를 쓰다듬는 정도가 아니다. 그러나 역시 대부분 호남의 충의지사들이 좌우에서 보익하는 도움을 받은 것이다. 금성錦城으로 말하면 교동 수사喬桐水使 나대용羅大用이 해추선海鰌船을 건조建造한 것과 흥덕 현감興德縣監 김제용金濟容이 대방帶方에서 순사殉死한 것을 나라에서 포상하고 선양하였다. 몇몇 공은 충의를 다 바쳐 싸우다 전사하였거나 혹은 우연히 살아남았으니, 자취를 좇아 흠모하는 후세 사람들은 순사한 사람을 높이 사고 살아 남은 사람을 폄하해서는 안 된다. 다만 그 충의의 마음과 왜적을 막은 공로가 어떠한지만을 논의해야 할 것이다.

나는 일옹 최공에 대해 그 분의 유집을 통해 알게 되었다. 금악錦岳은 호남의 중앙에 웅장히 자리하고 있는데 광주光州의 서석산瑞石山과 함께 중주中州 형악衡嶽의 진鎭과 같아서 남방의 빼어난 기운이 모여 뛰어난

인걸들이 많이 배출되었다. 서쪽으로는 백룡산白龍山의 우뚝함이 남쪽으로 내달려 대박산이 되었는데 산아래가 공이 기거하던 곳이다. 맑고 장엄한 기운이 모여 있는 곳에서 공이 실로 이 기운을 받아 태어나신 것이다.

명나라 가정 경신년에 태어나셨으니 휘는 희량希亮, 자는 경명景明으로 그 선조는 수성 사람이다. 대대로 벼슬하여 국가의 문벌이 된 일은 행록을 살펴보면 자세히 알 수 있다. 장대한 신체와 뛰어난 재주로 지기志氣가 원대하였다. 문文은 이미 집안의 유풍이 있었고 무武는 다른 사람들보다 월등히 뛰어났다. 약관의 나이에 책을 읽으면 대의를 통하였고 깨달은 바를 시로 표현하면 놀라울 정도로 뛰어나서 충군과 효친의 의미가 드러나지 않은 것이 없었다.

아버지의 명으로 학문을 그만두고 서른에 출신出身하였다. 왜구가 쳐들어왔을 때 분연히 나라를 위해 몸을 바칠 마음으로 장인 충청 수사 이계정李繼鄭의 군대를 도와 수군을 이끌고 바다로 달려가 한산도를 방어하려 하였다. 중간에 불이 나서 절도사와 장사들이 모두 불에 타거나 익사하였는데 공은 두 개의 북을 겨드랑이에 끼고 바다로 뛰어들어 표류하다가 구출되었으니 공의 강건하고 용감함으로 늠름히 살아 남은 것이다. 하늘의 뜻이 공을 살려서 온전히 공훈을 세워 사직을 보존하게 하고자 해서리라. 선전관으로 있었을 때가 마침 정유년 왜구가 다시 침략했을 때인데 선조께서 왜적장의 화상을 걸어 놓고 활을 쏘게 하며 하교하기를, "명중시키는 자에게는 직책을 상으로 내리겠다"고 하였는데 공이 풍신수길의 이마를 명중시키자 성상께서 크게 기뻐하며 흥양 현감으로 특진시켰다. 즉시 이 충무공의 군대에 소속되어 수군을 거느리고 선두에

서서 매 전투마다 반드시 적의 수급을 베고 적의 군물을 노획하였다.

공의 공적을 시기하는 자들이 무함하여 모두 공을 관직에서 물러나게 하려고 하였는데 성상이 허락하지 않다가 여섯 차례에 걸쳐 아뢰자 비로소 체직을 허락하였다. 공은 이 일로 통제사의 막사에 남아 밤낮으로 전투에 임해 11차례에 걸쳐 승리하였는데 명량해협에서 남당포에 이르기까지 하나하나 승리를 셀 수 있다. 하루는 적에게 사로잡혔는데 적이 위협하여 항복을 받아 내려 하였다. 공이 큰 소리로 말하기를, "내가 임금이 내려주신 음식을 먹고 임금이 내려주신 옷을 입는데 어찌 너희들에게 항복할 수 있겠느냐!" 하자, 왜적이 노하여 공을 베려고 하였는데 한 왜병이 말하기를, "의사義士를 죽여서는 안 된다" 하여 마침내 적의 손에서 벗어나 돌아올 수 있었다.

노량대첩에서 왜병을 크게 물리쳐서 바다가 적의 피로 붉게 물들었으니 중흥의 전공이 으뜸이었는데 불행하게도 통제사가 적의 탄환을 맞아 전사하게 되었다. 공은 통곡을 하며 고향으로 돌아와 종신토록 문을 걸어 닫고 자취를 감춘 채 숨어살 것을 결심하였다. 그러나 충의의 애국심은 끝까지 시들지 않았다.

대박산 아래, 삼주 가에 정자를 짓고 '비은費隱'이라고 편액을 단 후 '일옹逸翁'이라 스스로 호를 삼고는 마음 가는 대로 시를 썼으니 시문 약간 편이 이때에 지어진 것들이다. 벼슬한 선비들이 이곳을 지날 때에는 반드시 공에게 예를 표하였다. 백호白湖 임제林悌, 나운懶雲 임연林堜, 송호松湖 백진남白振南 등 여러 공들과 어울려 시를 주고받았다. 조정에서 전날의 공적을 추론하여 선무원종 일등공신에 책록되었다. 뒤에 고령으로 가선대부嘉善大夫로 가자되었다.

병자호란이 일어났을 때 공의 나이가 거의 여든 살에 가까웠는데 남한성을 호종하기 위해 떠나는 아들 감찰 결結을 보내며 울면서 시를 읊기를,

병들고 쇠약한 서호 늙은이	衰病西湖老,
위국충정 헛되이 가슴에 품네	空懷衛國心.
임금님 용안을 뵐 수 있다면	天顏如可見,
북으로 날아가는 새라도 되리	欲作北飛禽.

하였고, 정축년에 강화가 체결되자 다시 흐느끼며 시를 짓기를,

목을 빼고 우두커니 남한성 생각	鵠立思南漢,
가슴 열고 북풍 향해 서 있노라니	開襟向北風.
새로 지은 정자에 천고의 한을	新亭千古恨,
이 늙은 사람에게 모두 맡기오	都付此哀翁.

하였으니 충의의 기운이 가을 하늘과 더불어 그 고하를 다툴 만하다.

평생의 사적事蹟을 직접 기록하였는데 모든 행동에 그 근원이 있음과 높은 포상을 받은 것이 바탕이 있음을 대략적으로 볼 수 있다. 부모님의 뜻을 잘 받들어 학문을 그만두고 무예를 닦아 이름을 이루었고, 부모님의 장례와 제사를 모실 적에 예법에 맞게 지내어 아들의 효성을 다하였다. 관직에 있을 때는 청렴하고 근면하다고 일컬어졌고 나라에 난리가 났을 때에는 전쟁터로 달려갔다. 하늘이 착한 이를 도우셔서 사지에 있

었지만 살아날 수 있었던 것이 여러 번이었다. 많은 복을 누려 수명이 구십이 넘었고 아들이 아홉 명이나 되었다. 강호에 지내면서도 임금을 잊지 않는 것은 송나라의 한기왕韓蘄王과 같고, 충신忠信을 간직하면서 큰 복을 받은 것은 당나라의 곽분양郭汾陽과 비슷하다.

아, 절의와 공훈이 찬란하고 성대한 경우는 고금의 사람 중에 모두 갖춘 자가 적은데, 공은 천추에 보존하여 대박산에 있는 무덤을 지나가는 자는 반드시 예를 표하고 길 가는 자들이 손가락으로 가리켜 보이며 후손의 향화香火가 끊이지 않는다. 두터이 베풀어 보답을 받는다는 것이 바로 공을 두고 이르는 말일 것이다. 나는 뒤에 태어났지만 공의 이야기를 듣고 공경심이 일어났다. 매번 초동草洞을 지나고 금강을 건널 때마다 공의 무덤을 우러러보면 마음이 숙연해진다. 더군다나 훌륭한 기풍이 지금 공의 유집을 통해 전해져 오니 더욱 감격스럽다. 글로 공의 훌륭함을 천양하고자 하나 난삽한 글솜씨가 부끄럽기만 하다. 그러나 공의 후손의 부지런한 부탁을 어기기 어려워 경모하는 마음에 근거하여 이 글을 쓴다. 공의 세계世系와 이력, 생몰년월과 대대로 이어지는 많은 자손들에 대해서는 광주 김중엽金重燁의 글에 자세히 쓰여 있으니 다시 더 기술하지 않는다.

숭정 후 세 번째 계사년(1773) 동지 이튿날에 죽성竹城 안치택安致宅은 공손히 절하고 삼가 쓴다.

〈2〉

아아, 이 문집은 우리 선조 일옹 부군府君의 유고와 후인들이 서술한 글을 부록한 것이다. 부군의 큰 공훈과 아름다운 덕은 황태사黃太師(황경원黃景源)의 시장諡狀과 송문간宋文簡(송치규宋穉圭)의 신도비문에 이미 다 기록되어 있다. 후손이 무지몽매하여 더 보태어 쓸 수 없다. 다만 부군께서 난리 후에 스스로 강호에 은둔하여 조용히 지냈는데 당시 향인 상사 오정남吳挺男 등 2백여 인이 상소를 올려 억울함을 호소하였으나 포상을 받지 못하였다. 이것이 비록 부군이 공을 차지하지 않고 기미를 미리 알고 전의節義를 돌같이 굳게 지킨 것이지만 후손의 입장에서는 아쉬움이 매우 큰 일이다.

영조 말년에 족숙族叔인 정畖씨께서 여러 해 동안 서울에 머무르면서 마음을 썩이고 온 정성을 기울여 마침내 임금께 아뢰게 되어 병조판서의 증직을 받기에 이르렀다. 시호를 받는 일은 참으로 그것에 비하면 부차적인 일이거늘 지금까지 이루지 못하였다면 이는 후인들의 잘못이다. 다만 부군이 당시에 자취를 숨기고 한가로이 지내면서 기분이 내키고 생각이 들 때마다 시를 지어 맑은 심정을 쏟아 냈으니 한적한 정취와 우국충정의 마음이 애연히 낡은 종이와 바랜 먹빛 속에서 손에 잡히는 듯하다. 그러니 이 묵적이 먼지 끼고 좀 슨 채 찢어지고 문드러져서 상자 속에 버려져 있는 것이 참으로 자손들이 가슴 아프게 생각하는 부분이다.

전에 삼종형 익동翊東씨가 몇 편을 베껴 쓰고 서술한 글들을 이어 넣어 대대로 전하려 하였으나 끝내 그 뜻을 이루지 못하였다. 나는 언제 죽을지 모르는 나이가 되어 나서 이 일을 다 이루지 못하면 영원이 우리 가문의 한으로 남게 될 것이고 미약한 후손들이 만일 조금 여유가 생기기만을 기다린다면 이 일을 이루는 것은 기약할 수 없게 될 것이라는 생각에 매우 염려스러웠다. 드디어 당질 광억光億, 족손 인국麟國과 상의해서 바로 일을 시작하였고 우리 부군을 위하는 자손들이 형편에 따라 힘을 보태어 각기 성의와 정성을 다하여 원집에다가 부록을 합하여 한 편을 만들었는데, 몇 달이 되지 않아 공인이 완성되었다고 알려왔으니 참으로 우리 가문의 다행이다.

다만 이후에 시호를 청하고 비석을 세우는 두 가지 큰 사업은 모두 그만두어서는 안 되는 일이니, 이는 내가 후인들에게 깊이 바라는 바이다. 우리 부군의 후손들이여! 힘쓸지어다, 힘쓸지어다.

숭정 네 번째 돌아오는 병오년(1906) 5월 일 불초한 5대손 제동齊東은 삼가 기록한다.

遺編後敍

〈1〉

湖南忠義之鄕, 從古著稱焉. 以龍蛇赤鷄之亂, 金倡義健齊高招討苔軒隼峯父子, 崔兵使日休諸先生, 前後立功殉節, 此其尤著也. 忠武李公之雋功, 非獨其精忠壯略, 貫日月而摩金櫃也, 亦多賴於湖南忠義之士, 右而羽翼之也. 以錦城言之, 則羅水使大用氏之海鰌船, 李興德容濟氏之帶方殉, 朝家褒錄而旌彰焉. 數公或立懂而死, 或偶然而生, 後之人循跡而慕之者, 不可襃死而貶生也. 只當論其忠義之心捍禦之功, 爲如何耳. 余於逸翁崔公遺編得之矣. 錦岳雄盤于湖南之中, 與光鄕之瑞石, 齊若中州衡嶽之鎭, 南服秀氣之鍾, 人傑多挺也. 其西則白龍山之崒葎, 而南走爲大朴山, 山之下, 公之居也. 淸淑磅礴之聚, 公實應氣而生. 生于皇明嘉靖庚申, 諱希亮, 字景明, 其先水原[隋城]人. 奕世冠冕, 爲我國華閥, 謹稽

行錄詳焉. 魁姿宏才, 志氣弘遠, 文旣傳家, 武亦尙類. 弱冠讀書通大義,
發於吟咏多警絶, 無非忠君孝親底意也. 以父命投筆, 立年出身. 値倭寇
搶攘, 奮然以殉國忘身爲心, 佐婦翁忠清水使李公繼鄭幕, 率舟師同赴
海, 防於閒山島. 中流失火, 節度壯士竝燒溺, 公挾二革鼓, 投海浮泅以
得活, 蓋公之壯健雄勇生凜然矣. 天意故欲公之生全, 立功勳而扶社稷
也. 其爲宣傳時, 值丁酉倭寇再猘. 宣廟命畵倭酋像, 揭而射之, 且敎曰,
得中者賞職. 公正中秀吉之額, 上大嘉之, 特除興陽縣監. 卽屬李忠武公
統制使幕下, 以舟師先登, 每戰必斬獲. 忌功者構誣并擠, 而上不聽施,
至六啓始許遞. 而公因留統制幕, 日夜督戰, 十一捷, 而自鳴渡至南堂浦,
歷歷可數也. 一日爲賊所執, 賊欲脅降之. 公厲聲曰, 我食君之食, 衣君
之衣, 何可降汝! 賊怒將刃之, 一倭曰, 不可殺義士. 竟得脫還. 露梁之
戰, 大破賊兵, 海水盡赤, 中興戰功, 此爲第一. 而不幸統制中丸歿, 公
痛哭還鄕里, 杜門屛跡爲終身計, 而一念忠愛, 終始不衰. 築亭於大朴山
下, 三洲之上, 扁以費隱, 自號逸翁, 游詠適意, 詩文若干篇, 斯時出焉.
搢紳之東南行課, 必禮焉. 與林白湖林懶雲白松湖諸公, 遊從唱酬. 朝廷
追論前功, 錄公宣武原從一等功臣, 後以大年進階嘉善, 及至丙子胡亂,
公年近八十, 遣子監察結扈從南漢, 泣吟曰, 衰病西湖老, 空懷衛國心,
天顔如可見, 欲作北飛禽. 丁丑講和後, 又泣吟曰, 鵠立思南漢, 開襟向
北風, 新亭千古恨, 都付此衰翁. 忠義之氣, 可與秋色爭高也. 其自敍平
生事跡記, 槪見夫百行源頭 九褒資釜. 養志焉改業而成名, 喪祭焉盡制
而殫誠. 居官則稱廉謹, 臨亂則赴湯火. 天相吉人, 置死地而得生者數,
身享多祉, 壽九耋而男九哥. 處江湖而不忘君, 若宋之韓蘄王. 仗忠信而
膺遐福, 如唐之郭汾陽. 嘻噫! 節義勳庸, 榮華蕃衍, 今古人間, 全有者

斂, 而公乃全之千秋, 大朴山壽藏, 過者必式, 行路指點. 雲仍之香火不替, 厚施而食報, 公之謂乎! 吾生也後, 聞風而興, 每於路草洞而渡錦水, 瞻仰象塚, 肅然凜然, 況乎英風之來襲, 今於遺編又有感焉. 闡揚文字, 況澁可羞, 而重違公後孫之勤托, 略據景慕之悰於斯文. 若其世系荏歷, 生卒歲月, 子孫連綿之多, 光鄕金斯文重燁甫之述備矣, 不復疊架云.

崇禎後三癸巳南至翌日, 竹城安致宅拜手謹敍.

〈2〉

嗚呼! 此吾先祖逸翁府君遺稿及後人敍述文字附錄者也. 府君之勳烈德美, 黃太史諡狀, 宋文簡大碑, 已盡之矣. 後孫蒙識, 無容更贅, 而第府君亂後, 自靖泯跡江湖, 同時鄕人吳上舍挺男等二百人, 上章訟屈, 亦未蒙顯襃. 此雖府君不居其功, 知幾介石, 而後孫之餘憾則深矣. 英廟末年, 族叔畝氏, 屢年留洛, 苦心血誠, 竟達天聰, 至蒙騎判之贈. 易名之典, 固次第事, 而迄今未果, 此則後人之責也. 第府君當日屛處優遊, 遇境會意, 輒以詩律陶寫, 沖澹蕭散之趣, 愛君憂國之意, 藹然可掬於亂紙渝墨之中, 而塵蠹斷爛, 抛棄巾衍, 誠子孫之傷感處也. 向者三從兄翊東氏, 抄出若干編, 繼以敍述文字以圖壽後, 而竟未得遂意. 余年準入, 不翅朝暮人, 深恐此事之未就, 永爲吾門之恨, 而弱子殘孫, 如待事力之稍裕, 則永無其日矣. 遂與堂侄光億族孫麟國相議, 不日始事, 而爲我府君子孫者, 隨勢出力, 各盡誠款, 元集附錄, 合爲一編, 不數月而工告斷手, 誠吾門之幸也. 第此後則諡典之請贈, 大碑之竪刻, 爲二大事, 而俱不可已者, 此余之所深望於後人也. 惟我府君後孫, 勉之哉勉之哉!

崇禎四回丙午五月日, 不肖五代孫齊東謹識.

일옹문집 보유

※ 「일옹문집 보유」는 1934년에 간행된 중간본 『일옹집』에 추가된 글만을 따로 모아 번역한 것임.

일옹집중간서

전란 후에 간행한 일옹 최 무숙공武肅公의 시집에는 그 시가 몇 편에 불과하지만 공의 유편을 옛사람들이 사랑하지 않은 것이 없었다. 부록과 아울러 한 책으로 만들었으니 공의 유적이 그 안에 다 갖추어져 있지만, 애초에 널리 유포되지 않아 세월이 오래될수록 더욱 세상에 전해지는 것이 드물게 되어 식자들이 안타깝게 여겼었다. 지금 다행히 공의 여러 후손들이 모여 중간할 것을 계획하고 이어 추가로 보충하기로 하였다. 일의 기초가 이미 시작된 후 정씨正氏와 윤휘潤翬가 멀리서 와서 나에게 서문을 부탁하였는데 참으로 내가 감당할 수 없는 일이지만 그렇다고 어찌 끝끝내 사양할 수 있겠는가.

삼가 생각해 보면, 공은 충의忠義의 성품을 타고 나셨고 간성干城의 재주를 겸비하셔서서 무과에 급제하여 그 재주를 발휘하셨다. 해읍의 현감에 제수되었을 때에 마침 왜구의 침범을 받아 작은 현의 군사로 용맹하게 일곱 번의 승첩을 연달아 올렸으니, 그 굳세고 용맹스러운 기상은 참으로 산을 박차고 바다를 내뿜으며 바람이 성내듯 거세고 구름이 모이듯 웅장하여 대마도對馬島를 짓밟고 강호江戶(일본 동경의 옛 이름)를 공격할 기세가 있었다. 백년 뒤에도 사람으로 하여금 마음을 일으켜 모르는 사이 존경하고 탄복하게 만드니, 이 유집이 있고 없고가 공의 훌륭함에 무슨 관계가 있겠는가.

그러나 세상에 공을 안다고 하는 자들이 공의 충의에 그 뿌리가 있음은 알지 못하고서 간혹 비분강개하여 갑자기 왜적을 막은 자들과 나란히 거론하니 이것이 어찌 공을 참으로 아는 것이겠는가. 이와 같은 자는 이 유집을 읽지 않아서는 안 된다. 나라를 위해 충성을 바치면서도 자신의 공을 자랑하지 않은 것이 아흔의 나이에 분기를 누르고 두려워하고 조심하며 덕행을 닦고 자신을 살핀 데서 연유한 것임을 깊이 깨달은 뒤에야 공이 왜 훌륭한 분인지를 안다고 할 수 있을 것이다. 그러니 다시 간행하여 널리 전할 것을 계획하는 것이 또한 훌륭한 일이 아니겠는가.

더군다나 지금 『이충무공전서』가 판각에 들어갔는데 공의 유집도 다시 판각하게 되었다. 그 당시 보국충정의 뜻이 똑같아서 수백 년이 지난 지금 문집이 전해지는 것도 서로 똑같은 것이 아니겠는가. 참으로 우연한 일이 아니다. 감격스러운 마음을 이기지 못해 이 글을 삼가 써서 알린다. 아아, 어찌 모르는 자와 더불어 말할 수 있겠는가.

갑술년(1934) 청화절에 덕은德殷 송낙헌宋洛憲은 서문을 쓴다.

逸翁集重刊序

逸翁崔武肅公, 有詩集刊行於兵燹之餘者, 不過若干, 而以公咳唾, 故人莫不愛玩. 并附錄爲一呇, 則公之蹟具矣, 而始不廣布, 久益罕傳, 嘗爲有識之歎. 今幸公之諸孫, 合謀重刊, 仍有追補. 工旣始基, 正氏與潤翬遠來, 屬余以弁卷之文, 固不敢當, 而亦何敢終辭! 竊念公稟忠義之性, 兼干城之材, 發揮虎榜, 奉檄海陬時, 値搶攘猝邊强敵, 以區區一縣之衆,連趑趑七捷之報, 其毅勇精銳, 固將蹴山噴海, 風怒雲屯, 有趾馬島擣江戶之氣矣. 百世之下, 使人凜凜有生意而不覺敬服焉. 此集有無, 奚足爲公輕重, 而世之所謂知公者, 不知公忠義之有根柢, 或與慷慨激厲倉卒捍禦者一例并論, 是豈曰眞知公也! 若是者, 不可不讀此集. 究其所以爲國獻忠, 不伐其功, 實由於九十抑抑畏愼修省, 然後可謂知公之所以爲公也. 圖改刊而廣傳. 不亦善乎! 況今李忠武全書登梓, 公之遺集, 亦復剞劂, 豈當日報國之志無不同, 故閱數百載而文字之傳, 亦與之相同也耶? 實非偶然者矣. 竊不勝感歎于中, 謹書此以誌之. 嗚呼, 是豈可與不知者道也!

屠關逢閹茂淸和節, 德殷宋洛憲序.

신조전선집물보첩[1]

전함戰艦

전선戰船 1척隻

신 군량선軍糧船 1척

신 협선俠船 1척, 풍석風席이 갖춰짐.

노櫓 18 병柄

새로 만든 노 10병

신 풍석 1건件

청기靑旗 1건

북 1개個

병기兵器

새로 만든 장전長箭 46부浮 중 -1부는 계 유격季遊擊의 배에 납상-

새로 만든 편전片箭 53부 중 -1부는 계 유격에게 납상, 28부 결缺-

흑각궁黑角弓 10장張 -별대전別大箭 4부-

교자궁交子弓 7장 중 -1정丁 송구宋球 결-

상각궁商角弓 1장

---

1) 중간본 문집의 물목 내용과 보첩의 내용이 다소 상이한 부분이 있다. 자세한 내용은 뒤에 첨부한 〈최
희량임란첩보서목〉을 참조할 것.

편전 족본鏃本 13부部

장전 족본 19부

흑각 1정 -소입所入-

깃을 붙이지 않은 장전 42부浮

깃을 붙이지 않은 편전 11부

근피착槿皮着 8정丁 -소입-

화약火藥 15근斤 중 -4양兩은 장약藏藥함-

군량軍糧 -군량선에 실은 것-

정조正租 121석石

가미可米 4석

속미粟米 1석

태太 21석

신피속新皮粟 3석

만력 26년 8월 ○일

행行 현감 최崔 ㅊ

군관 송宋 ㅊ

통영統營에 보고합니다.

통제사 [서명]

- 원본에 실린 내용에 빠진 글이 많기 때문에 다 기록할 수 없다. -

죽궁竹弓 1장張

신 궁현弓絃 18

장창長槍 12병柄

환도環刀 3병

왜도倭刀 1병

대쟁大錚 1

참부斬斧 1

탁鐸 1

통아筒兒 8개個

현자총통玄字銃筒 4병

등자총통勝字銃筒 4병

현자총통전玄字銃筒箭 2

대철환大鐵丸 12개

중철환中鐵丸 40개

소철환小鐵丸 3000개

소소철환小小鐵丸 500개

요조要釣 2병

벌질개伐之乙介 1

자이者耳 1

착錯 1

거鉅 1

장도리藏道里 1

곡방패曲防牌 4

신초둔新草芚 8번番

중건둔中件芚 7번

파둔破芚 18번

왜오총가구倭鳥銃家俱 2병

정주碇注 4대對 중 -2대 신건新件-

용층주龍層注 2대

환입주還入注 3대

정碇 대소大小 2건

지주산마旨注山麻 신주新注 1대, 구주舊注 1대

정鼎 3좌座

대수통大水桶 1

소수통小水桶 2

현자철정玄字鐵丁 1

승자철정勝字鐵丁 1

철추鐵鎚 1

소약선小藥線 4조條

중약선中藥線 3조

| 新造戰船什物報牒 |

戰艦

戰船, 壹隻

新軍糧船, 壹隻

新俠船, 壹隻, 風席俱

櫓, 拾八柄

新造櫓, 拾柄

新風席, 壹件

靑旗, 壹件

皷, 壹個

兵器

新造長箭, 肆拾六浮內, 壹浮, 李遊擊船, 納上.

新造片箭, 五拾參浮內, 壹浮, 李遊擊, 納上. 貳拾捌浮, 缺.

黑角弓, 拾張, 別大箭, 肆浮.

交子弓, 柒張內, 一丁, 宋球, 缺.

商角弓, 壹張

片箭鏃本, 拾參部

長箭鏃本, 拾玖部

黑角, 壹丁. 所入.

未附羽長箭, 肆拾貳部

未附羽片箭, 拾壹浮

槿皮着, 捌丁. 所入.

火藥, 拾五斤內, 四兩段藏藥.

軍糧. 軍糧船所載.

正租, 壹佰貳拾壹石

可米, 肆石

粟米, 壹石

太, 貳拾壹石

新皮粟, 參石

萬曆二十六年八月 日

行縣監, 崔 㐲

軍官, 宋 㐲

報統營

統制使 㐲

元本所載間多缺文, 故不能盡錄.

竹弓, 壹張

新弓絃, 拾捌

長槍, 拾貳柄

環刀, 參柄

倭刀, 壹柄

大錚, 貳

斬斧, 壹

鐸, 壹

筒兒, 捌個

玄字銃筒, 肆柄

勝字銃筒, 肆柄

玄字銃筒箭, 貳

大鐵丸, 拾貳個

中鐵丸, 肆拾個

小鐵丸, 參千個

小小鐵丸, 伍伯個

要釣, 貳柄

伐之乙介, 壹

者耳, 壹

錯, 壹

鉅, 壹

藏道里, 壹

曲防牌, 肆

新草苫, 捌番

中件苫, 柒番

破苫, 拾捌番

倭鳥銃家俱, 貳柄

碇注, 肆對內. 貳對, 新件.

龍層注, 貳對

還入注, 參對

碇, 大小貳件

旨注山麻, 新注, 壹對. 舊注, 壹對

鼎, 參座

大水桶, 壹

小水桶, 貳

玄字鐵丁, 壹

勝字鐵丁, 壹

鐵鎚, 壹

小藥線, 肆條

中藥線, 參條

일옹최무숙신도비명추기

　위는 일옹 최 무숙공武肅公의 비명이니 나의 고조이신 문간공文簡公께서 찬술하신 것으로 순조 기축년(1829)에 찬술하셨다. 금상께서 신미년(1871)에 무숙이라는 시호를 하사하셨으니 나라에서 융숭히 보답한 것이 여기에 이르러 더욱 유감이 없게 되었다. 올 가을에 비로소 비석을 마련하여 글을 새길 것을 계획하였는데, 공의 10세손인 상현尙鉉과 승현升鉉이 천리 먼 길을 찾아와 추기追記를 써 줄 것을 요청하였다. 공의 충의에 대해서는 문간공께서 찬술하신 서문과 명에 이미 남김없이 기록되어 있으니 감히 내가 무엇을 더 보태겠는가. 아아, 세상이 지금과 같은 시절을 만나 윤리가 깨끗이 사라져 망망한 우주에 공과 같으신 분을 다시 볼 수 없게 되었으니 한밤중의 슬픈 노래에 비분강개한 마음만 더할 뿐이다.

　광무 5년 신축년(1901) 5월 상한에 문간공의 현손 송지헌宋之憲은 추기한다.

| 逸翁崔武肅神道碑銘追記 |

右逸翁崔武肅公樹墓之文, 余高祖文簡公所撰, 撰在純廟己丑. 至今上辛

未, 賜諡武肅, 朝家崇報, 於是尤無有憾矣. 今年秋, 始乃圖所以伐石刻竪, 公之十世孫尙鉉升鉉, 千里專訪, 要請追記. 蓋公之忠義, 文簡公所撰序銘, 旣無餘蘊, 余何敢贅. 嗚呼, 世値今日, 大倫掃地, 茫茫宇宙, 如公者, 不可復見, 則中夜悲歌, 只增慷慨而已.

光武五年辛丑五月上澣, 文簡公玄孫宋之憲追記.

시장 2

우리나라 선조 을사훈록의 선무원종 일등공신 증병조판서 최희량 공은 호남사람이다. 공의 시대가 지금으로부터 거의 3백 년이 되는데도 호남의 선비들이 공을 사모하는 마음은 사그라지지 않아 평상시에도 서로 모여 칭송하였다. 그리고 포상이 제대로 이루어지지 못한 것에 대해서 매번 서로 격렬히 개탄하며 자신들의 힘이 조정을 움직이지 못하는 것을 항상 한스러워했다. 공의 공렬功烈과 명절名節이 오랫동안 사람들에게 남아 있지 않다면 어찌 이렇게 될 수 있겠는가.

내가 지난해 호남에 갈 일이 있었는데 여러 선비들이 글을 품에 안고 공의 일을 말하는 것이 매우 분명하였다. 게다가 전장에서 올렸던 승첩장의 묵적을 보여주며 말하기를, "이것으로 풍교風敎를 세우고 사기士氣를 진작시킬 수 있습니다. 나라의 환난을 막고 적을 포획한 공이 이처럼 성대한데도 아직까지 조금의 은혜도 받지 못하고 있습니다. 한 말씀하셔서 이끌어 주십시오" 하였다.

내가 말하기를, "여러 선비들이 이미 논의하였으니 어찌 연명으로 조정에 올리지 않습니까?" 하였다. 다음해 여러 선비들이 과연 임금님의 어가가 지나는 길에서 호소하였는데, 상께서 그 일에 관해 예조에서 상의하라고 명하셨다. 예조에서 아뢰기를, "최 아무개의 일은 공신녹권에 올렸고 금자金紫를 하사하셨으니 법에 의하면 시호를 내리시는 것이 마땅합니다. 여러 선비들의 말이 맞습니다" 하니 상께서 상주한 말을 허락하셨다. 공의 후손 헌국憲國과 언한彥翰이 공의 유집과 신도비문을 주면서 말하기를, "중요한 부분을 뽑아 태상씨太常氏(봉상시奉常寺의 정正)에게 고하고자 합니다" 하여 신도비문을 살펴보았다. -중략. 신도비문의 글과 대동소이하다.-

아아. 공은 기골이 장대하고 기질은 간성의 재주를 지녔으며 성품은 겸손하여 자랑하는 것을 부끄러워하였다. 그러나 나라 향한 충의의 마음은 맹분孟賁과 하육夏育 같은 용사도 빼앗을 수 없어 늙어 갈수록 더욱 굳세었다. 크고 작은 십여 차례의 전투에서 단신으로 용감히 앞장서서 향하는 곳마다 상대가 없었으니 승첩의 글에 남은 내용으로 상상해 보면 기분이 상쾌해진다.

위로는 명주明主가 알아주고 아래로는 명장名將이 함께했으니 떨쳐 일어나 자신의 한 몸을 돌아보지 않고 끓는 물속으로 달려 들어가고 날카로운 칼날 위를 밟고 걸었다. 적에게 사로잡혀서는 조금도 굴하지 않았으니 적을 감동시켰고, 공을 감추고 자랑하지 않았으니 다른 사람들이 시기하지 않았다. 노량대전에서 큰 별이 떨어진 후로 물러나 강호에 살면서 시와 예를 공부하였다. 아흔 살이 넘도록 강녕하여 몸과 이름이 모두 완전하였으니, 『시경』 「상무常武」 편의 '범 같은 신하를 내보내니 나아가 오랑캐를 잡았네(進厥虎臣, 仍執醜虜)' 와 『시경』 「증민烝民」 편의 '이치에 밝고 또 일을 살펴서 자신의 몸을 잘 보존하였네(旣明且哲, 以保其身)' 하는 말은 바로 공과 같은 분을 이르는 것일 것이다. 삼가 쓴다.

금상 6년 을해년(철종 6년, 1855) 대광보국숭록대부 영중추부사 정원용鄭元容은 찬하다.

| 諡狀 二 |

我宣祖乙巳勳錄, 宣武原從一等功臣贈兵曹判書崔公希亮, 湖南人也. 今去公之世, 且三百年, 而南士思慕公不衰, 平居相與咏嘆而贊頌之. 又以酬褒之猶未盡, 輒相與激昂慨歎, 常恨其力不能動聽於朝庭. 苟非公勳烈名節之久, 猶在人者, 曷致是哉! 余往年有湖南行, 多士抱狀道公事甚晰, 且示戰陣揭牒之墨跡, 曰, 此可以樹風聲而鼓士氣. 捍難獲醜之功, 如彼其盛, 而尙未有一節之惠, 請一言以導之. 余曰, 多士旣有論, 盍聯聞于朝? 翌年, 諸士果齊顧輦路, 上下其事議曹. 曹啓言, 崔某事, 鐵券以章之, 金紫以貤之, 在法應諡, 諸士言宜也. 上可其奏. 公後孫憲國彦翰授公遺集碑狀之文, 曰, 願摭綴諡太常氏. 乃按狀. -中略- 嗚呼, 公循軼傑, 氣稟干城之材, 素性謙退恥矜伐, 然向國忠義之心, 賁育莫奪, 至老益堅. 大小十餘戰, 隻身勇前, 所向無敵, 帖文印畫, 想見颯爽. 而上爲明主所知, 下爲名將所與, 奮不顧身, 赴湯蹈刃. 被執不屈, 則賊爲之感動, 斂功不居, 則人不以猜忮. 自露梁星隕之後, 退處江湖, 敦說詩禮. 大耋康寧, 身名俱完, 詩曰, 進厥虎臣, 仍執醜虜, 又曰, 旣明且哲, 以保其身, 其如公之謂乎! 謹狀.

上之六年乙卯, 大匡輔國崇祿大夫領中樞府事鄭元容撰.

묘표

공의 성은 최씨, 휘는 희량希亮, 자는 경명景明, 호는 일옹逸翁, 시호는
무숙武肅으로 수성隋城 사람이다. 고려 수성백隋城伯 문혜공文惠公 영규永
奎가 비조이다. 대대로 벼슬을 지낸 집안이다. 고조 휘 순淳은 경차관敬
差官이고, 증조는 휘 귀당貴瑭은 첨사僉使이고, 조부 휘 영瀛은 참봉參奉
이고, 아버지는 휘 낙궁樂窮은 남모르는 선행을 행하고 학문에만 힘써서
세상의 부귀영화를 추구하지 않아 후덕함으로 일컬어졌다. 관직이 제용
감 정濟用監正 증좌승지贈左承旨에 이르렀다. 어머니는 광산光山 김씨로
부장部將 반반攀의 따님이다.

공은 명종 경신년(1560)에 나주 수다水多 초동리 집에서 태어났다. 기
골이 장대하고 독서를 좋아하였으며 호걸스러워 큰 뜻을 지녔다. 선조
임진년 왜구의 침입이 있었을 때에는 상중이어서 묘소에 있었다. 갑오
년(1594)에 무과에 급제하였다. 그해 겨울, 장인 충청 수사忠淸水使 이계
정李繼鄭의 휘하에서 군관이 되어 수군을 이끌고 바다를 건너 한산도를
방어하였다. 을미년(1595)에 천거를 받아 선전관에 제수되었다. 정유년
(1597)에 왜구가 재침하였을 때, 임금께서 무예를 시험하여 포상하였는
데 공을 흥양 현감興陽縣監에 특별히 제수하였다.

당시 조정에서 연해의 수령에게 모두 수군에 소속될 것을 명하였다.
공은 충무공 이순신 통제사의 막하로 달려갔다. 충무공이 공의 용기를

알아보고 의지하고 중시하였다. 매 전투에서 죽음을 무릅쓰고 싸워 용감함이 삼군의 으뜸이었다. 8척의 수군으로 바다를 가득 매운 적을 대적하여 명량해협에서 첫 승리를 올렸고, 첨산에서 두 번째 승리를, 그리고 예교에서 세 번째 승리를 거두었다. 또 기계를 설치하여 밤에 왜군의 적진에 침투하여 식량 6백여 석을 얻었고, 또 병기를 탈취하였다.

한창 승승장구하여 필승의 전세를 탔는데, 충무공이 참소로 떠나자 한산도는 마침내 함락되었다. 공은 흥양현에 남아 있으면서 배를 조선하고 병기를 수선하였는데 몸소 나무를 끌고 병졸에게 모범을 보였다.

충무공이 다시 수군을 지휘하게 되었다. 공에 대한 포계를 올리고 더욱 믿고 의지하였다. 양강楊江, 고도姑島, 현의 남문南門 및 남당南塘의 전투에서 연달아 승리를 거두었다. 또 적에게 사로잡혔던 신덕희申德希 등 7백여 명을 유환하였다. 전후로 참하고 사로잡은 적이 매우 많았다. 적에게 사로잡혔을 때 칼날이 번뜩이는 가운데 분기충전하여 적을 꾸짖었다. 한 왜병이 말하기를, "의사義士이다" 하였다. 풀려나 돌아갔다.

을사년에 조정에서 공의 공적을 논의하여 선무원종 일등공신에 훈록하였다. 공은 대박산大朴山 아래에 작은 정자를 짓고 '비은費隱'이라고 편액을 달았다. 고기 잡는 어부와 짝을 이루어 지내며 시와 술로 스스로 즐겨 마치 세상을 잊은 듯하였지만, 임금을 사랑하고 나라를 걱정하는 성심이 시를 읊는 사이에 매번 드러났다.

인조 병자년(1636)에 오랑캐가 갑자기 남한성에 이르러 성을 포위하였다. 공은 당시 일흔일곱 살이었다. 공은 바깥에 서서 북쪽을 향해 주야로 통곡하였다. 아들 감찰 결絬을 임금을 호종하도록 보내고 늙어 임금을 위해 달려가지 못하는 심회를 서술하였다.

효종 신묘년(1651) 12월 29일에 별세하였으니 향년 92세였다. 대박산 아래 포유抱酉의 묘지에 묻혔다. 본부인 원주 이씨 계정의 따님은 묘소가 본주 시랑면 출동의 임좌壬坐에 있고, 계실은 제주 양씨 훈련부 정訓鍊副正 우정遇禎의 따님이고 묘소는 공의 묘소의 왼쪽에 있다.

9남 2녀를 낳았는데 장남은 서緖로 참봉이고, 차남은 치緻이고, 그 다음은 결結로 감찰이고, 그 다음은 규糾이고, 다음은 회繪이고, 그 다음은 급級이고, 그 다음은 온蘊이고, 그 다음은 수綏이고, 그 다음은 순絢이고, 장녀는 민승윤閔承胤에게 시집갔고, 차녀는 문재상文載尙에게 시집갔다.

영조 갑오년(1774)에 대신들이 경연에서 주청한 일로 인해 자헌대부 병조판서에 증직되었고, 정조 경신년(1800)에 고장 사람들이 사당을 지어 충무공께 제사를 올리면서 공을 배향하였다. 금상 8년 신미년(1871)에 시호를 받았으니, 국가가 보답해 주시는 은전이 이에 서운함이 없게 되었다.

공은 충효와 대절을 지니고 문무를 겸비한 재주로, 나가면 나라를 지키는 간성干城이고 은둔하면 지조를 지키는 산림山林이 되어 표리가 일치하여 해와 달처럼 빛나서, 붙잡을 수는 있어도 굴복시킬 수는 없고 억누를 수는 있어도 지조를 빼앗을 수 없었으니, 어찌 이를 대장부라 하지 않겠는가.

비명이 세월이 흘러 깎이고 떨어져 나가 마멸되어 증명할 수 없게 되었다. 공의 후손 승한升翰이 걱정하고 두려워하여 비석을 다시 세우는 일을 계획하여 묘갈문 한 통을 써 가지고 와서 보여주며 말하기를, "당신의 손을 빌어 묘갈문은 고쳐 썼으면 합니다" 하였다. 여러 번 사양했지만 결국 끝까지 사양할 수 없어 대략 윤색해서 돌려주었으니 이로써 뒷날 공의 묘 앞을 지나는 자들로 하여금 절하고 공경하게 하는 바이다. 무궁히 전해질 만한 공의 행실과 자취는 문간공 송치규宋稺圭와 황경원黃景源, 오재순吳載純 두 문형文衡 및 영돈령敦 이은李溵, 영추령樞 정원용鄭元容 여러 공들의 글과 명에 모두 자세히 열거되어 드러나 있으니, 이는 실로 돈후한 덕을 기록한 역사이다. 그렇다면 공은 불후不朽[1]가 아니시겠는가.

금상 즉위 후 25년(1888) 봄에 통정대부 전 행승정원 동부승지 겸 경연 수찬관 춘추관 수찬관 반남潘南 박창수朴昌壽는 삼가 찬한다.

| 墓表 |

公姓崔氏, 諱希亮, 字景明, 號逸翁, 謚武肅, 隋城人. 高麗隋城伯文惠公永奎, 其鼻祖也. 世襲簪纓, 高祖諱淳敬差官, 曾祖諱貴溏僉使, 祖諱瀛參奉, 考諱樂窮, 葆眞守拙, 以厚德見稱, 官至濟用監正贈左承旨. 妣光山金氏, 部將攀女. 明宗庚申生于羅州水多草洞里第, 天姿魁健, 好讀書, 倜儻有大志, 宣廟壬辰有倭寇. 公方持制在廬. 甲午登武科. 是年冬, 佐婦翁忠淸水使李公繼鄭幕, 牽舟師, 涉海防閑島. 乙未, 被薦拜宣傳官. 丁酉倭寇再獮, 上命試藝褒賞, 特除興陽縣監. 時朝廷命沿海守令盡屬舟師, 公旣赴忠武公李舜臣統制幕, 忠武公知公勇, 倚以爲重. 每戰殊死, 勇冠三軍, 以八隻舟師, 當蔽海之賊, 一捷于鳴渡, 再捷于尖山, 三捷于

---

1) 오랜 세월이 지나도 썩지 않는 세 가지를 삼불후三不朽라고 하는데, 인류를 위하여 훌륭한 덕을 펼친 입덕立德, 위대한 공을 세운 입공立功, 모두를 교화할 수 있는 명문을 남긴 입언立言이 그것이다.

曳橋. 又設機夜逼倭陣, 得其穀六百餘石, 又取兵器, 方有長驅必勝之勢.
而忠武公以讒去, 閑島遂陷, 公在縣, 造艦繕兵, 曳木爲卒伍先. 忠武公
復領舟師, 啓公而又倚仗之. 連勝於楊江姑島縣南門及南塘之戰, 又誘還
我人被虜者申德希等七百餘人, 前後斬獲甚多. 及爲賊所執, 奮罵於白刃
之下, 一倭曰, 義士也. 釋而去. 乙巳, 朝家論公功, 錄宣武原從一等. 公
搆小亭於大朴山下, 扁以費隱, 魚釣爲侶, 詩酒自娛, 若與世相忘, 而愛
君憂國之誠, 每形於吟咏. 仁廟丙子胡兵猝至南漢被圍, 公時年七十七,
公露立北向, 晝夜痛哭, 送子監察結扈從, 以敍老未勤王事之意. 孝廟辛
卯十二月二十九日, 考終, 壽九十二. 葬于大朴山下, 抱酉之原. 原配原
州李氏繼鄭之女, 墓在本州侍郎面木洞壬坐. 繼配濟州梁氏訓鍊副正遇禎
之女, 墓附公墓左. 生九男二女. 男長緒, 參奉, 次緻, 次結, 監察, 次糾,
次繪, 次級, 次蘊, 次綬, 次絢, 長女適閔承胤, 次適文載尚. 英廟甲午,
因大臣筵白, 贈兵曹判書. 正宗庚申, 鄉人建祠侑之. 當宁八年辛未, 贈
是諡, 朝家崇報之典, 於是乎無憾. 乃若公之忠孝大節, 文武謙材, 出則
干城, 處則山林, 表裏一致, 日晶星煥, 可挫而不可屈, 可抑而不可奪,
豈非此之謂大丈夫也哉! 麗牲之銘, 歲深剝落, 磨滅莫徵. 公之嗣孫升翰
甫, 是恐是懼, 方圖所以改豎顯刻之擧, 而以所草碣文一通, 來示謂曰,
願借子之手而筆削之. 固辭不獲, 略加潤色以歸之, 使後之過墓者, 式而
欽焉. 至如公之實行實蹟, 可傳於無窮者, 則有若宋文簡穉圭, 黃景源,
吳載純兩文衡, 及李領敦殷, 鄭領樞元容諸公, 狀跋及銘, 靡不悉擧而發
揮之, 則儘敦史也. 然則公其不朽歟!
上之卽祚二十五年春, 通政大夫前行承政院同副承旨兼經筵參贊官春秋
館修撰官, 潘南朴昌壽謹撰.

흥양현감선정비

행 현감 최후 희량 영세 불망비

위엄과 용맹을 떨치시고
은혜와 사랑으로 구휼하시니
거짓 없는 참마음 한마음으로
명을 새기어 사모하노라.

만력 27년(1599) 4월 일에 세운다.

| 興陽縣監善政碑 |

行縣監崔侯希亮永世不忘碑

威奮鷹揚, 恩卹鳥昧, 赤心攸同, 銘玆念玆.
萬曆二十七年四月 日, 竪.

보첩본장발문 9
_ 보첩본장은 상편에 보인다.[1]

〈7〉

　위는 일옹 최공의 파왜보첩破倭報捷으로 우리 선조 충무공께서 일찍이 제사를 쓰시고 수결하신 첩문이다. 공의 후손 언한彦翰이 재차 멀리서 방문하여 이 첩문을 보여주었다. 나는 손을 깨끗이 씻고 이 첩문을 펼쳐 공손히 읽어 보았다. 선조의 수택手澤이 완연한 것이 지난날과 같았다. 다 읽기도 전에 나도 모르게 감격하여 눈물을 떨구었다. 아아, 병기가 부딪치는 전쟁 때에는 이것은 보통 문서에 지나지 않는다. 그러나 7, 8세대를 전하면서 수백 년의 세월을 지내며 능히 보존하고 잃어버리지 않았으니, 최씨 자손은 참으로 선조의 유지를 잘 지킨 사람들이라고 이를 수 있다. 이는 비단 최씨 집안의 보물일 뿐만이 아니다. 우리 충무공의 후예인 자들은 더욱 높이고 보존하며 사랑하고 보호해야 한다. 그리고 또 천년 뒤에 사람들에게 보여준다면 누군들 그 후손의 생각을 더욱 독실이 하지 않겠는가.

　공의 충의와 사실, 지행과 대절은 노포老圃 선생과 순암醇庵 선생의 발문에 이미 잘 서술되어 있으니 지금 다시 덧붙일 것이 무엇이 있겠는가.

---

1) 보첩의 발문 1부터 6까지는 『일옹문집』 권2에 보인다.

내가 대대로 최씨 집안과 사이좋게 지낸 의리가 있다 하여 한마디 써서 그 아래에 부치고자 하니, 그 뜻을 아름답게 여겨 나의 부족함을 헤아리지 않고 이와 같이 대략 서술하여 주노라. 이로써 양가가 세세손손 이를 보고 이러한 뜻을 잃지 않게 하고자 한다.

만력 임진 후 264년 을묘년(1855) 늦여름 상한에 덕수 후손 이완희李完熙는 삼가 발문을 쓴다.

〈8〉

종과 정鼎, 준이尊彝, 비석과 묘갈에 새겨진 명銘. 소전小篆, 대전大篆, 예서체의 아름다운 글씨. 수세기 수백 년의 시간을 거친 후 한 조각을 얻게 되면 그것을 보옥처럼 애지중지 여기는 것은 옛날을 좋아하는 자에겐 늘 있는 벽癖이다. 그러나 그 사람이 칭송할 만한 것이 없다면 보물이라고 말하기에 부족할 것이다. 그러므로 귀중하게 여길 만한 고적古蹟은 반드시 사람으로 인해서 더욱 귀중해지는 것이다.

만일 그 사람의 충효와 절의, 도덕과 문장이 당시에 명성을 떨쳐 빛나고 후대에 드러난 자라면 그가 남긴 한 마디의 말, 한 글자라도 전해져 대단한 보물이 되지 않은 것이 없겠지만, 만일 그런 경우가 아니라면 또한 부서진 죽간이요 문드러진 묵적일 뿐이니 또 어찌 보물이 될 수 있겠는가.

홍양 현감 증병조판서 일옹 최공 휘 희량希亮께서는 왜노가 재침하였을 때 의기를 떨쳐 군대를 따라 충무공의 휘하가 되었다. 항상 선봉에서서 매 전투마다 승리하여 죽이거나 포로로 잡은 적의 수가 이루 다 헤아릴 수 없을 정도였다. 충무공의 노량대첩에서 공이 많은 전공을 세웠으니 어찌 위대하지 않은가. 그러나 결국 참언讒言을 받아 상이 마침내 제대로 시행되지 못하였다. 공은 자취를 감춰 고향으로 돌아와 시와 술로 스스로 즐기며 평생 동안 자신의 공을 자랑하지 않았으니, 그 분의 위대함과 맑은 기상은 또 단지 전공戰功에만 그치는 것이 아니다. 천년 뒤에도 그 분의 풍채를 상상할 수 있거늘 하물며 그 분의 글이 남아 있음에랴.

이 첩문이 경우 7, 8장뿐이다. 또 번지고 찢어져 대부분 제대로 알아볼 수 없는 것을 후손이 보수하고 모았으니, 공이 흥양에 계실 때에 적을 이기고 군영에 보고한 첩문으로 공이 직접 쓰신 것이다. 이 충무공께서 제판題判하신 내용과 화압花押도 거기에 있다. 그것을 읽는 자는 더군다나 공이 창을 잡고 화살을 허리에 차고 겹겹이 둘러싸인 가운데 용맹을 떨치는 것을 본 듯할 것이니, 충의의 마음이 저절로 생겨날 것이다.

아아, 이것은 비단 공의 일가의 보물일 뿐만이 아니라 온 세상의 모든 사람이 공유한 보물인 것이다. 고적이 사람으로 인하여 더욱 귀중해지는 것이 어찌 사실이 아니겠는가. 공의 사업과 행적은 여러 공들이 이미 자세히 서술하였으니 이제 다시 덧붙이지 않는다. 다만 그 분이 남긴 묵적의 귀중함만을 논하여 드리는 바이다. 때는 만력 연간 임진년으로부터 264년이 지난 해이고, 글을 구하러 온 사람은 공의 후손 헌국憲國과 언한彦翰이다.

을묘년(1855) 초가을에 풍산 홍우건洪佑健은 삼가 발문을 쓴다.

〈9〉

어떤 이가 큰 절개를 세우는 것과 뛰어난 공훈을 세우는 것 중 어느 것이 쉽고 어느 것이 어려운지를 물었다. 내가 대답하였다.

"공훈을 세우는 것은 어렵고 절개를 세우는 것은 쉽다."

"어째서 그렇습니까?"

"당나라의 장수양張睢陽(장순張巡)과 곽분양郭汾陽(곽자의郭子儀)을 예를 들어 말해 보겠다. 장수양은 고립된 성이 여러 겹으로 포위를 당했을 때 죽음을 각오하고 적을 성토하다가 마침내 적의 창칼 아래에 죽었으니 위대하다면 위대하고 장렬하다면 장렬하다고 할 수 있을 것이다. 그러나 항복하고자 했다면 나라를 배반하는 흉적이 되었을 것이고 달아나고자 했다면 패전한 군대의 장수가 되었을 것이니, 이러한 때를 당하여 못나고 못나 죽음을 두려워한 자가 아니라면 누군들 이러한 죽음을 선택하지 않았겠는가.

곽분양은 초야에서 일어나 외로운 군대를 이끌고 반역의 무리를 소탕하고 궁궐을 바로잡았으며, 신주神州를 수복하고 두 황제를 영접하여 옛 수도로 돌아왔으니, 당시에 전장의 군진 사이를 출몰하면서 만사일생萬死一生의 힘을 내어 창끝으로 쌀을 일고 칼끝으로 불을 때는 데에 운명을 맡긴 것이 모두 몇 번이었던가. 지혜가 높고 사려 깊은 것이 다른 사람보다 월등한 사람이 아니고서 어찌 이렇게 큰 공훈과 업적을 세우고 수천만 년 뒤에까지 그 꽃다운 이름을 길이 남길 수 있겠는가.

우리나라에서 찾아보면 공훈과 절개를 겸비한 이 충무공과 같은 분은 전대의 역사 속에서 짝할 만한 사람을 찾기 어려울 것이다. 그러나 그 다음은 일옹 최공일 것이다.

공은 섬나라 왜적이 난리를 일으켰을 때 군대에 종사하여 처음 호남의 군막에 소속되었다가 임금의 특명으로 홍양 현감에 제수되었다. 명을 듣고 즉시 부임하여 적은 군대를 이끌고 요충지에서 적을 막아 전투마다 공을 세웠다. 공을 꺼려하는 자들이 성상에게 모함하고 대관들이 이어 부화附和하니, 결국 쫓겨나게 되었다. 드디어 충무공의 막하로 달려가 노량대첩에서 공은 많은 공을 세웠다. 충무공이 적의 탄환을 맞은 날에 마침내 투구를 벗고 고향으로 돌아가 다시 세상에 나올 뜻이 없었다. 산수 사이를 방황하며 시냇가의 노인과 나무하는 노인과 날마다 서로 어울리면서 촌노인이 되었으니, 모르긴 몰라도 옛날 장수들이 큰 공을 세우고도 나무 아래에 쉬면서 자신의 공을 드러내지 않고, 나라를 위하여 적을 평정하고도 공을 말하지 않은 일과 비슷하여 우열을 가리기 어려울 것이다.

또 병자년과 정축년의 호란에서 늙어 자력으로 적과 싸우러 달려갈 수 없자 아들에게 나라를 위해 싸울 것을 명하였다. 그리고 성이 함락되었다는 소식을 듣고 북쪽을 바라보며 통곡하였다. 시를 읊는 사이에 나라를 생각하는 마음을 담은 것이 한두 수가 아니니, 이 시에서 공의 충성과 용기가 나이가 들수록 더욱 장렬하다는 것을 알 수 있다.

공은 나이가 90세를 넘었고 지위가 아반亞班에 이르렀고 공훈이 공신록에 기록되었으며 아홉 명의 아들을 두고 세세손손 자손들이 번성하였다. 그리고 공의公議가 오랜 세월이 흘러도 사라지지 않아 2백여 년이 지난 뒤에 시호를 받게 되었으니, 소동파의 이른바 '능한 것은 하늘의 일이고 능하지 못한 것은 인간의 일이다'[2]고 한 말은 아마 공을 위해 준

---

2) 소식은 「조주한문공묘비潮州韓文公墓碑」에서 한유를 칭송하며 '그가 형산의 구름을 개이게 하였으나 헌종의 미혹함은 되돌리지 못하였고, 악어의 포악함은 길들였으나 황보박皇甫鎛, 이봉길李逢吉의 비방은 그치게 하지 못하였고, 남해의 백성들에게 믿음을 받아 백세토록 제향을 받고 있지만 그 몸을

비한 말이 아니겠는가. 지금 후손 중에 유한有翰이 공이 외적을 토벌한 문첩과 공의 문집을 가지고 와서 보여주었다. 받들어 자세히 읽어 보니 더욱 사람으로 하여금 흠모하고 감탄하게 만들어 나도 모르게 무릎을 굽히게 만든다. 배에 불이 나서 북을 끼고 헤엄쳐 살아난 일과, 포로로 잡혔다가 적을 꾸짖고 살아서 돌아온 일은, 모두 해를 꿰뚫는 충정과 신명의 보살핌이 아니라면 어찌 그럴 수 있겠는가. 공은 아마 하늘이 낸 사람일 것이다."

임신년(1932) 신원新元 여흥驪興 민정호閔定鎬는 삼가 발문을 쓴다.

報捷本狀跋文九 | 本狀見上篇

〈7〉

右逸翁崔公破倭報捷, 而吾先祖忠武公所嘗題判手押之帖也. 公之後孫彦翰, 再遠來相訪, 示以此帖. 盥展奉玩, 先祖手澤, 宛然如昨, 閱未竟, 便不覺感涕自零. 嗟夫, 干戈搶攘之際, 此不過尋常簿書也. 傳之七八世, 歷乎數百年, 能保而不失, 若崔氏子孫, 可謂善於嗣守者矣. 此非但崔氏之所可寶藏, 凡爲我忠武之裔者, 尤當尊閣而愛護之. 抑又千載之後, 使人見之, 誰不益篤其後世之思耶! 公之忠義事實, 至行大節, 老圃醇庵諸公之跋, 俱已備述, 今何更贅乎! 以余有世好之誼, 囑一言以附下方, 余

하루도 조정에서 편안히 하지 못하였으니, 공이 능한 것은 하늘의 일이요, 능하지 못한 것은 인간의 일이었다' 하였다. 일옹이 나라를 위해 충성을 바쳐 국난을 이겨 낸 것은 하늘의 일에 능한 것이고 공훈을 자랑하여 포상을 받지 않은 것은 인간의 일에 능하지 못한 것이니, 소식이 말한 것이 일옹에게도 해당된다는 말이다.

嘉其意, 不揆荒拙, 略敍此而歸之, 俾兩家世世子孫, 視以勿替也.

萬曆壬辰後二百六十四年乙卯季夏上澣, 德水後人李完熙謹跋.

〈8〉

鍾鼎尊彝, 碑碣之銘, 篆籀分隷, 蟲鳥之書, 更世或數百千年, 得一片, 寶之若球璧, 此好古者之恒癖也. 然其人焉無可稱者, 則亦不足謂之寶也. 故古蹟之可貴者, 必因人而益重焉. 苟其人忠孝節義道德文章, 震耀乎當時表見乎後代者, 則其片言隻字之遺, 莫不傳之爲至寶. 苟非然者, 則亦爛簡敗墨而已, 又曷足寶哉! 故興陽縣監贈兵曹判書, 逸翁崔公諱希亮, 當倭奴再猘, 奮義從戎, 隷忠武公軍, 常爲先鋒, 每戰輒勝, 所俘馘弗可勝計. 忠武露梁之捷, 公之力居多焉, 豈不偉哉! 然卒中輩語, 賞賚遂不行. 公斂然歸鄉里, 以詩酒自娛, 平生不自言其功, 其磊落儻爽, 又豈特戰功而已哉! 千載之下, 蓋莫不想見其風采, 況其手墨之遺乎! 是帖也, 纔七八葉耳, 又渝壞多不可辨者, 其後孫因以補葺之. 蓋公在興陽時, 克敵報營之牒, 而公所自書也. 李忠武題判及花押亦在焉. 讀之者, 況如見公手戟腰箭, 奮勇于萬疊之中, 而忠義之心, 可以油然而自生矣. 嗚呼, 是非但公一家之寶, 而一世人人之所共寶者也. 古蹟之因人益重者, 豈不信哉! 公事行之詳, 諸公之述已備矣, 今不復贅, 獨論其遺墨之可貴者而歸之. 時距萬曆壬辰爲二百六十有四年, 來求文者, 公後孫憲國彦翰也.

乙卯孟秋, 豐山洪祐健謹跋.

〈9〉

或問立大節樹奇勳, 孰易孰難? 余應之, 曰, 樹勳難立節易. 曰, 何爲其然? 曰, 試以唐之張睢陽, 郭汾陽言之, 睢陽當孤城重圍之時, 矢死罵賊, 竟殞鋒刃之下. 偉則偉矣, 烈則烈矣. 然而欲降則爲叛國之賊, 欲走則爲敗軍之將. 當此之時, 非劣劣畏死者, 孰不辦此一死哉! 汾陽起草野, 提孤軍, 掃蕩氛祲, 肅淸宮闕, 克復神州, 迎二皇, 返古都, 像想當時出沒戰陣之間, 出萬死一生之力, 寄命於矛頭淅劒頭炊者, 凡幾遭矣! 苟非知慮高出人萬萬者, 豈能做得如許大勳業流芳於百千萬載之下哉! 若求之我朝, 忠武李公勳節兼有, 訪之前史, 罕有其儔也. 抑其次, 其逸翁崔公乎! 公當龍蛇島夷之變, 從事鞁韋, 始隸湖西幕, 以特旨授興陽任. 聞命卽赴, 以一枝小兵, 捍賊要衝, 戰輒報功. 忌之者誣上, 臺官從以和之, 竟被罷遣. 遂赴忠武幕, 露梁之捷, 公力居多. 逮忠武受丸之日, 遂免冑還鄕, 不復有當世意. 放浪山水間, 與澗翁樵老, 日相趨遊, 居然作一野老而不知, 爲故將軍, 樹下之獨屛, 平吳之不言, 蓋可伯仲而難優劣矣. 又當丙丁之亂, 老不能自力赴敵, 命其子勤王, 而聞下城之報, 北望痛哭. 寄思於吟咏之間者, 不啻一二, 則於斯可徵公忠勇之氣, 到老深壯也哉. 公壽踰九耋, 位躋亞班, 錄勳盟府, 有子九人, 世世雲仍, 而公議久愈不泯, 膺美諡於二百餘年之後, 東坡所謂所能者天, 所未能者人云者, 其非公準備語耶! 今其後孫有翰甫, 袖公討倭文牒及遺集而示之. 擎而玩之, 尤可令人欽歎, 而不覺霣膝之跪, 舟焚而挾鼓泅出, 被俘而罵賊生還, 擧非貫日之忠神明之扶, 烏有是哉! 公其天人也夫! 壬申, 新元驪興閔定鎬謹跋.

충일사유허비

  충무이공 휘순신 덕수인 증선무공신 대광보국숭록대부 의정부 영의
정 덕풍부원군 행정헌대부 통제사

  무숙최공 휘희량 수성인 녹선무공신 증자헌대부 병조판서 겸지의금
부훈련원사 행통훈대부 홍양 현감 겸순천진관병마절제도위

  경원정공 휘여린 나주인 임진공신 행통훈대부 종성도호부사

| 忠逸祠遺墟碑 |

忠武李公, 諱舜臣, 德水人. 贈宣武功臣大匡輔國崇祿大夫議政府領議政
德豐府院君行正憲大夫統制使.

武肅崔公, 諱希亮, 隋城人. 錄宣武功臣贈資憲大夫兵曹判書兼知義禁府
訓鍊院事行通訓大夫興陽縣監兼順天鎮管兵馬節制都尉.

慶源鄭公, 諱如麟, 羅州人. 壬辰功臣行通訓大夫鍾城都護府使.

9

충일사비각사실

아아, 우리나라의 전란의 참혹함이 임진년과 정유년에 있었던 왜란보다 가혹한 것이 없다. 충무공께서 삼남의 수군을 통솔하셔서 충의를 일으켜 적을 막았다. 우리 선조 무숙공, 경원 정공과 더불어 용맹스럽게 선봉에 서서 바다를 뒤덮은 적의 전함을 소탕하여 한 자루의 노도 돌아가지 못하게 하였다. 종묘사직이 이에 힘입어 안정되었고 백성들이 살아남을 수 있었으니 이는 중흥의 일등 전공이다. 서적에 이름을 남기고 선무공신에 기록되어 지금 수백 년 뒤에 이르기까지 천지에 드높고 일월보다 빛나 사람의 이목을 비추고 있다.

기사년 가을에, 충무공의 11대손 민철씨가 우영右營 바닷가로 찾아왔다. 이에 수레에서 내려 귀를 기울여 보니 선조를 추모하고 현인을 높이는 마음이 깊고 간절하였다. 비각碑閣을 세우려는 뜻을 최공과 정공 두 집안의 후예에게 두루 묻고서 먼저 자신의 재산을 덜어 재목과 기와를 넉넉히 도왔다. 두 집안에서 힘을 합쳐 비용을 내서, 이에 비를 세울 터를 옛 충일사의 서남쪽 모퉁이 금강 가에 잡았다. 일을 시작한 지 한 달 남짓하여 공사가 끝났다고 알려왔다. 화동畵棟은 우뚝하고 단확丹雘은 찬연하여 선비들이 우러러 감탄하고 지나가던 사람들이 손으로 가리키니, 세 현인의 큰 공과 위대한 충렬이 오래될수록 사라지지 않는 것이다.

아아, 세월이 여러 차례 변하겠지만, 후인들이 지금과 같이 한 마음으로 계승하고 보수해 간다면 영세토록 길이 전해질 수 있을 것이니, 어찌 오늘에만 광영된 일이겠는가. 지혜가 낮고 덕이 얕은 나는 대략 일의 전말을 위와 같이 기록한다.

숭정 기원 후 다섯 번째 돌아온 경오년(1870) 봄에 불초한 7대손 인국 麟國은 삼가 찬한다.

| 忠逸祠碑閣事實 |

嗚呼, 我東兵燹之慘, 莫酷於壬丁島夷之亂. 而忠武公統率三南舟師, 奮忠捍禦, 與吾先祖武肅公, 慶源鄭公, 賈勇先登, 擣盪蔽海之賊艘, 使隻楫不返焉. 宗社賴以奠靖, 生靈得存孑遺, 是爲中興第一戰功, 而垂名竹帛, 錄勳宣武, 迄今數百載之下, 軒天地炳日月, 照人耳目矣. 己巳年秋, 忠武公之十一代孫敏哲氏, 來莅右營水鎭, 下車屬耳, 慕先尊賢之心, 到此深切, 以營建碑閣之意, 廣詢於崔鄭兩家之後裔, 而先自損廩, 優助材瓦. 自兩家并力出財, 迺卜竪碑之址於故忠逸祠之西南隅錦江之上. 設役月餘, 輒告功訖. 畫棟巋然, 丹艧奐焉, 章甫欽嘆, 行路指點, 蓋三賢之豐功偉烈, 愈久不泯矣. 噫, 星霜累改, 後之人與茲同志, 嗣而葺之, 可以永世壽傳, 奚特有光於今日者哉! 余以淺薄, 略敍顚末如右.

崇禎紀元後五回庚午春, 不肖七代孫麟國謹撰.

발문

위는 우리 선조 일옹 무숙공 부군의 유집이다. 간행에 관한 일은 첨지
공 제동 씨의 앞서의 발문에 자세하니 다시 더 보탤 것이 없다. 그러나
지난날 고종 신미년(1871)에 부군의 시호를 내리는 은전을 비로소 윤허받
았고, 신도비를 세우는 일이 또 임자년(1912)에 있었으니 이것이 어찌 미
약한 후손의 보잘것없는 정성으로 할 수 있는 것이겠는가. 실로 선조의
영혼이 음으로 보살피셨기 때문이다. 그러나 지금 이후에 우리 부군의
자손들이 부군을 존경할 수 있게 할 수 있을 것이니 이로써 후손의 책임
을 메운 것이 될 것이다.

앞서 간행된 초간본은 제대로 이본들을 대조하지 못했고 부록한 글
중에 뒤에 나온 것들도 많았으니, 충일사忠逸祠에서 제사를 올린 일과
정 상국의 시장 및 여러 분이 서술하신 글 같은 종류가 이것이다. 그러
므로 잘못된 것을 바로잡고 빠진 부분을 보충하여 종자從子로 하여금 윤
색하고 베껴 쓰게 하여 정본을 만들었다. 공의 유집을 개간改刊할 것을
속히 계획하고자 했지만 모두 힘과 비용이 부족하여 어려워했다. 이와
같이 시일만 끌고 기다리기만 한다면 지금에 뒷날을 기다리는 것이 또
뒷날 지금을 보는 것과 같지 않을 줄 어찌 알겠는가? 게다가 지금 세상
이 완전히 변하여 사람의 도리가 끊어져 보통 사람들이 장차 국가에 원
수가 있었다는 것을 알지 못하게 될 것이니 얼마나 통탄할 일인가! 이에

여러 족인族人들에게 묻고 상의하여 인쇄인에게 맡겼는데 몇 개월 뒤에
공인이 일을 끝마쳤다고 알려왔다.

아아, 우리 후손들은 각각 받들어 읽고서 모두 부군의 충정과 위대한
공적이 우주에 걸쳐 있고 일월보다 더 빛날 것임을 알게 된다면 존경하
고 사모하며 법으로 삼아 외우는 것이 지난날과 비슷할 뿐이 아닐 것이
다. 각자 명심하고 힘써야 할 것이다. 삼가 일의 전말을 아래에 쓰고 이
와 같이 느낀 바를 대략 이야기한다.

갑술년(1934) 청화절(음력 4월) 하순에 불초한 10세손 우현禹鉉은 삼가
기록한다.

| 跋 |

右冊我先祖逸翁武肅公府君遺集也. 刊行事實, 僉知公齊東氏之前跋盡
矣, 無容更贅. 而往在高宗辛未, 府君節惠之典, 始克蒙允, 神道之刻,
又在壬子, 是豈孱孫蔑誠所可及爲, 實先靈有以陰騭之也. 然而今而後爲
我府君子孫者, 庶可以藉手拜府君也, 是可爲塞後人之責者歟! 竊惟前行
印本, 頗有校讐之未盡, 附錄文字亦多後出者, 如忠逸祠俎豆之蹟, 鄭相
國諡狀, 及諸公敍述之類, 是也. 故茲敢訂誤補漏, 使從子潤鞏寫成淨本.
亟圖改刊, 而咸以力綿爲難. 苟如是持難等待, 則安知今之待後, 又不如
後之視今耶? 況今滄桑百變, 彝倫斁絶, 滔滔者, 將不知有家國之讐, 可
勝痛哉! 迺復詢議諸族, 付手民, 幾個旬, 工告僝功. 嗚呼, 凡我後承其
各奉讀, 而皆知府君之貞忠偉烈, 亘宇宙而耀日月, 則其爲尊慕而誦法,

不啻前日之比矣. 宜各惕念而勉旃哉! 謹書顚末于下方, 略道所感如是
云.

世關逢閹茂淸和下旬, 不肖十世孫禹鉉謹識.

해제

최희량崔希亮은 1560년(명종 15년)에 태어나 1651년(효종 2년)에 세상을 뜬 인물로, 본관은 수성隋城이며, 자는 경명景明, 호는 일옹逸翁 · 와룡臥 龍이며, 시호는 무숙武肅이다. 나주羅州의 초동草洞에서 이버지 낙궁樂窮 과 어머니 광산 김씨光山金氏 사이에서 5남 2녀의 막내로 태어났다. 7살 부터 수학하였으며, 27세에 무과에 급제하여 관직을 그만둘 때까지 무 관으로 살았다. 최희량의 집안은 그의 대에 이르러 문반과 무반에 걸쳐 고루 입신한 이들이 많았는데, 부친이 자손들에게 학문과 무업을 고루 닦게 해서인 듯하다. 특히 최희량은 장대한 신체를 지녔던 까닭에 일찍 이 부친의 명으로 문필文筆을 그만두고 활쏘기를 비롯한 무예를 배웠다 고 한다.

27세 되던 1586년(선조 19년)에 알성과의 무과에서 장원급제한 최희량 은 이후 33세인 임진년에 왜란을 당하였으나, 부친의 삼년상을 치르느 라 여막에 있었다. 그의 무관으로의 일생에 있어 중요한 때는 정유재란 이 발발한 1597년이었다. 이 해에 최희량은 어전에서 적장 풍신수길豊臣 秀吉을 그려 놓은 표적에 화살을 적중시켜 선조로부터 흥양 현감興陽縣監 을 제수받았다. 그리고 이때 충무공 이순신의 막하에 들어가 용맹스럽 게 왜적과 싸웠는데, 특히 명도鳴島, 첨산尖山, 예교曳橋 등지에서 왜적을 격파하여 공훈을 세웠다. 그의 일생에서 가장 빛나는 시기였다. 지금까 지도 최희량이 왜적을 맞이하여 승리한 기록인 「파왜보첩장破倭報捷狀」 이 문집에 실려 전해지고 있으며, 독립된 문건으로도 전해지고 있다. 이 문건은 현지에서 작성한 전과 보고서로, 그 여백에 상관이 회답을 적어 보내는 형태의 당시 공문서 양식을 그대로 보존하고 있다. 또한 왜적들과 싸워 승전을 거둔 전말을 담고 있어 다른 기록에는 있지 않은 귀중한 사실이 여기에서 새로이 밝혀져 있다. 때문에 당시 공문서의 양식과 임란 관련 사실을 살필 수 있는 매우 희귀한 자료로 평가되어 보물 제660호로 지정되었으며, 현재 국립진주박물관에 보관되어 있다.

이렇게 용맹하게 왜적을 맞이하여 싸운 최희량의 생애에서 큰 전환점은 이순신의 죽음이었다. 1598년 노량해전에서 이순신이 순절하자, 그는 관직을 버리고 향리인 나주로 돌아온다. 이후 세상을 뜨기까지 50년이 넘는 세월 동안 관직에 일체 나가지 않고 나주의 대박산 아래에 비은정費隱亭을 짓고서 나운懶雲 임연林埏, 백호白湖 임제林悌, 송호松湖 백진남白振南 등과 시문을 주고받으며 일생을 보냈다. 이후 77세 때 병자호란을 겪으면서 비분과 우국충정에 가득 찬 시간들을 보내기도 하였으나, 나주 향리로 물러난 최희량의 여생은 매우 다복하였다고 할 수 있다. 82세 생신에 여러 자녀들과 함께 즐거워하며 노래를 지을 정도로 노년까지 정정하였으며, 그 자신 '선친先親과 선비先妣의 은택이 유독 나에게만 더욱 후했다'고 할 정도로 92세인 1651년에 별세할 때까지 말년의 삶이 여유롭고 풍요로웠다.

최희량은 두 명의 부인을 얻었는데 첫째 부인은 원주 이씨로 충청 수사 이계정李繼鄭의 따님이고, 두 번째 부인은 제주 양씨로 양수정梁守貞의 따님이다. 9남 2녀를 두었는데, 장남 서緖는 군자감 참봉을 지냈고, 차남은 치緻이고, 삼남 결結은 감찰을 지냈고, 사남은 규緧이고, 오남은 회繪이고, 육남은 급級이고, 칠남은 온蘊이고, 팔남은 수綬이고, 구남은 현絢이다. 장녀는 민승윤閔承胤에게 시집갔고, 차녀는 문재상文載尙에게 시집갔다. 내·외손, 증손과 현손이 더욱 번성하여 다 기록할 수 없을 정도였다. 부인 이씨의 묘소는 다시면多市面 출동朮洞 선영에 있고, 부인 양씨는 공과 합장하였다.

최희량이 세상을 뜬 지 124년 후인 1774년(영조 50년)에 대신들이 경연에서 주청한 일로 인해 자헌대부 병조판서에 증직되었고, 1800년에 고장 사람들이 사당을 지어 충무공께 제사를 올리면서 공을 배향하였다.

최희량은 무인 출신임에도 불구하고 시와 문에 능하였다. 더하여 관직에서 물러난 뒤 50여 년의 세월을 시문으로 자락自樂하였으니, 그가 남긴 글의 양이 매우 많았으리라 짐작할 수 있다. 그러나 이 글들은 상당수가 산실되었고, 그의 문집인 『일옹문집逸翁文集』에 남아 있는 글은 십분의 일도 되지 않는다. 현재 최희량의 『일옹문집』은 초간본과 중간본이 남아 있다. 초간본 문집은 그의 5대손인 제동齊東이 유고를 수습하여 장헌주張憲周의 수교讎校를 거쳐 1846년에 2권 1책으로 간행한 것으로, 규장각, 장서각 등에 소장되어 있다. 그리고 중간본 문집은 그의 10세손인 우현禹鉉이 초간본에 빠져 있는 최희량 관련 기록들을 수습하여 1934년 나주에서 역시 2권 1책으로 간행한 것으로, 국립중앙도서관, 성균관대학교 존경각, 연세대학교 중앙도서관 등에 소장되어 있다. 초간본과 중간본 중 현재 많이 유포된 것은 초간본으로, 한국고전번역원의 문집총간(속총간 11)에 들어 있는 『일옹문집』도 이 초간본이다. 때문에 본 번역서의 저본으로 이 초간본을 채택하였다.

『일옹문집』권1에는 오언절구 178제, 오언율시 14제, 칠언절구 9제, 칠언율시 5제, 잡저 6편이 실려 있다. 여기에 실려 있는 시는 임진왜란 때 지은 시 일부를 제외하고는 대부분 관직에서 물러나 나주 대박산 아래 삼주 가에 비은정을 짓고 은거한 54세 이후에 지은 시로 추정된다. 이 시들을 내용별로 분류해 보면, 크게 우국충정의 소회를 읊은 우국시와 주변의 자연풍광과 인생을 회고하며 읊은 서정시로 나눌 수 있다. 우국시에는 임진왜란에 관련된 시(「국의진맥감음國醫診脈感吟」), 병자호란에 관련된 시(「상남한강도傷南漢江都」), 나라를 걱정하거나 충성을 읊은 시(「우국憂國」) 등이 있다. 또한 서정시는 의취意趣가 깨끗하고 격조格調가 한가 閑暇하여 충담소산沖澹蕭散의 품격을 갖추었다. 한편 최희량이 남긴 산문은 많지 않은데『일옹문집』권1의 잡저에 실려 있는 「비은정기費隱亭記」는 그의 대표적 문장이라 할 수 있다. 「비은정기」는 최희량이 은거한 나주의 금성산의 남쪽 자락 대박산 아래 삼주 가에 지은 비은정의 기문으로, 그 유려하고도 곡진한 묘사로 인해 명문이라 평할 수 있다.

『일옹문집』권2는 부록으로 최희량의 연보라 할 수 있는 「일옹유사逸翁遺事」와 「신도비명神道碑銘」, 「시장諡狀」, 「파왜보첩장破倭報捷狀」, 「증직전말贈職顚末」 등이 실려 있다. 이 중 앞서 언급한 「파왜보첩장」은 임진왜란의 실상의 한 부분을 생생하게 파악할 수 있는 사료로서 매우 중요한 자료라고 할 수 있다.

한편 본 번역본의 보유는 중간본『일옹집』에 들어 있는 증보된 기록들을 따로 수습 정리하여 번역해 놓은 것이다.

췌언이지만 과거의 유산이 아무리 훌륭하더라도 후손이나 후학들이 보존하고 선양하려는 노력이 없다면 물거품처럼 사라질 것이다. 그렇다면 훌륭한 유산만큼 이를 지키고 드러내려는 후예들의 노력도 중요하다고 할 수 있다. 최희량이 남긴 『일옹문집』에는 문예미를 갖춘 시와 역사적으로 중요한 자료가 들어 있다는 점에서 훌륭한 유산이라 할 수 있으며, 이를 보존하고 드러내기 위한 후손들의 애끓는 정성으로 인해 오늘날 그 모습을 드러내었다는 점에서 후손들의 노력이 매우 돋보이는 유적遺籍이라 할 것이다. 그 사연을 잠시 들여다 봄으로써 『일옹문집』의 가치만큼 중요한 후손들의 정성을 표장하고자 한다.

최희량은 임진왜란이 끝난 후 1605년(선조 38년)에 선무원종 일등공신宣武原從一等功臣에 책봉되었다. 당시의 공신녹권을 보면, 이들에게는 일등급을 가자加資하고 자손들은 음직을 받게 하며 부모에게는 관작을 봉해 준다는 내용이 기록되어 있었다. 그러나 최희량은 죽을 때까지 이러한 포상을 받지 못했으며, 자손들에게도 그 혜택이 미치지 못하였다.

이로부터 약 170년의 세월이 지난 1773년 겨울에 최희량의 현손인 정瞰이 선조를 세상에 드러내기 위하여 발걸음을 내딛었다. 그는 먼저 최희량의 「파왜보첩장」을 가지고 경성의 직하樱下에 있는 양주익梁周翊을 찾아갔다. 그 낡은 종이와 글씨 사이에 간간이 없어진 부분이 있었지만 적을 무찌른 공적이 선명하게 적혀 있었다. 이를 본 양주익은 공인을 불러 배접하고 비단을 두르고 장첩粧帖을 하고서는 발문跋文을 써 주었다. 이에 최정은 이 장첩을 당시 재상이었던 상서 조명정趙明鼎, 상국 이은李溵, 학사 오재순吳載純 등에게 두루 보여주었는데, 보는 사람마다 공경하고 소중히 여기며 감탄해 마지않았다.

이렇게 최희량의 임진왜란 때의 공적을 당시 요로要路에 있던 인물들에게 주지시킨 최정은 이 장첩을 들고 여러 대신들의 집을 찾아다니며, 공의 이름이 사라져 가고 그 대우가 없는 것에 대하여 피를 토하며 억울함을 호소하였다. 태사太史 황경원黃景源이 이를 보고 최정에게 말하기를, "이것은 국전國典이 응당 포상해야 하는 경우이다. 홀로 은전을 받지 못하였으니 매우 개탄스럽다" 하고는 곧바로 영의정에게 편지를 써서 규례대로 증직해 주기를 청하였다. 영의정이 자세히 살펴본 후에 즉시 공신록을 보고자 하니, 최정이 충훈부에 가서 임진년 선무원정공신록을 살펴보고 영의정에게 올렸다. 이를 본 영의정이, "이 분은 마땅히 증직의 포상을 받아야 하는 분인데 지금 백여 년이 지났다. 한번 연석筵席에서 아뢴 후에 거행하는 것이 좋겠다"고 하였으나, 계속 지연되었다. 이렇게 선조의 현양이 지연되자, 최정은 그 해를 넘기면서까지 경성에 머물면서 애를 썼지만 어찌할 수 없어서 이듬해 여름에 가슴에 한을 품고 낙향하였다.

그리고 그 해 8월에 다시 먼 길을 걸어 경성에 들어가서는 양주익을 찾아가서 "제가 우리 선조의 뜻과 업적을 선양하지 못한다면 죽어서도 지하에서 눈을 감지 못할 것 같습니다. 어떻게 차마 집에서 편안히 먹고 잘 수 있겠습니까" 하고는, 아침저녁으로 궐문 밖에서 여러 대신들의 수레를 붙잡고 날마다 끊임없이 간절히 호소하였다. 이러기를 스무날 남짓 되니 그의 정성이 다른 사람을 감동시키기에 충분하였다. 그 처음에는 이례吏隸들이 물리쳤지만 마침내 그 정성에 감복하여 그를 막지 않았다고 한다.

이후 여러 차례의 우여곡절을 거쳐 마침내 최희량은 병조판서에 증직되었는데, 당시 이 과정이 얼마나 지난至難하였는가 하는 것은 최정이

"우리 선조의 충렬지사忠烈之事가 거의 완성되려다 지체되고 있습니다. 지금 저는 거의 헐벗고 굶주려 돌아갈 날만을 기다리고 있지만 기약이 없으니 괴롭고 답답한 마음을 어쩌면 좋겠습니까" 한 하소연에서 잘 알 수 있다. 최희량의 업적과 유문遺文은 이처럼 그의 후손인 최정의 애끓는 정성으로 인해 후세에 드러날 수 있었다.

이후 5대손인 최제동崔齊東이 최희량의 유고를 수습하여 1846년에 2권 1책으로 『일옹문집』을 간행하였다. 실로 최희량의 업적과 그가 남긴 글은 그의 자손인 최정과 최제동, 그리고 이름 모를 후손들의 정성이 모이지 않았다면 오늘날 우리들의 눈앞에 보이지 않았을지도 모른다.

그런데 오늘날 최희량의 후손들은 또 그 선조의 마음을 받들어, 『일옹문집』을 번역하여 출간함으로써 다시 그를 세상에 내보이려 노력하고 있다. 이 책이 나오기까지 힘을 보태 준 후손들과 특히 유사로서 애를 써 준 최병득, 최영진 두 분의 노고가 아니었으면 이 『일옹문집』의 번역본은 세상에 나오기 어려웠을 것이다. 저 천상에 최희량의 영혼이 있다면 반드시 "나에게 후손이 있구나!" 하셨을 것이다.

명륜동 연구실에서
이영호, 이라나.

최희량임란첩보서목

崔希亮壬亂捷報書目(보물 제660호)

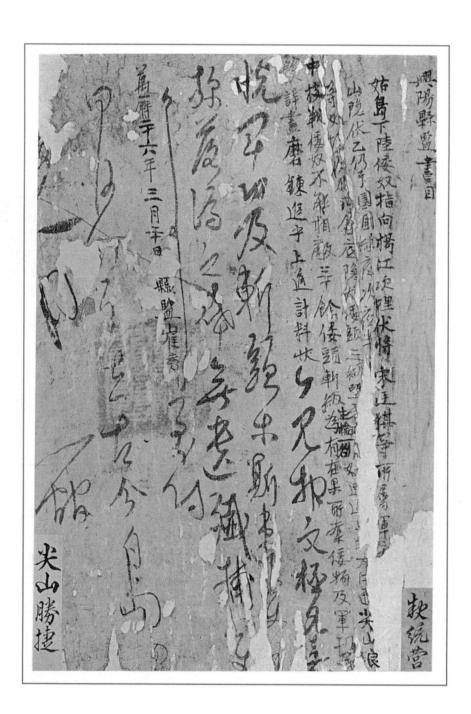

興陽縣監 報告

姑島에下陸한 倭놈들이 楊江을 向하므로 埋伏將 宋廷麒 등의 所屬軍이
尖山에서 숨어 엎드려고 園圍에서 밤을 지낼적에 (밤중에…) (楊江 倉
…에 엎디어 倭놈머리… 尖山에서 接戰했는데 倭놈들이
敵하지못했으며 三十餘個 倭의 머리를 베었고 一名은 사로 잡았거니
와 빼앗은 倭의 物件과 軍功등을 仔細히 마련하여 追後로 올려
보내겠사옵니다.

一五九八年 三月二十日

縣監 崔 (수결)

(決裁한글)

이제 報告文을 보니 極히 가상하고 기쁘다. 軍功과 머리벤것들을
速히 올려보낼것이며 빠진 敵들을 남김없이 무찔러 잡아 올려보
내라.

四月二二日 (흐무공 수결)

統制使 一心 (흐무공 수결)

古今島 鄕館에서

鷲山 李殷相 譯
雲谷 朴煐書

興陽縣監書目

姑島下陸倭奴指向楊江次, 埋伏將宋廷麒等所屬軍 缺文 山隱伏乙仍于, 園圍經夜,
次夜半 缺文 倉底隱伏, 倭頭三級 缺文 尖山良中接戰, 倭奴不能相敵, 三十餘倭頭
斬級, 生擒一名爲有在果, 所奪倭物及軍功等段, 詳盡磨鍊, 追乎上道計料狀.
萬曆二十六年三月二十日, 行縣監崔. 着
今見報文, 極爲嘉悅. 軍功及斬頭等, 斯速上使爲旀, 落漏之賊, 無遺殲捕, 上
使向事. 到付. 同月□□日.
統制使 押 在古今島鄕館.

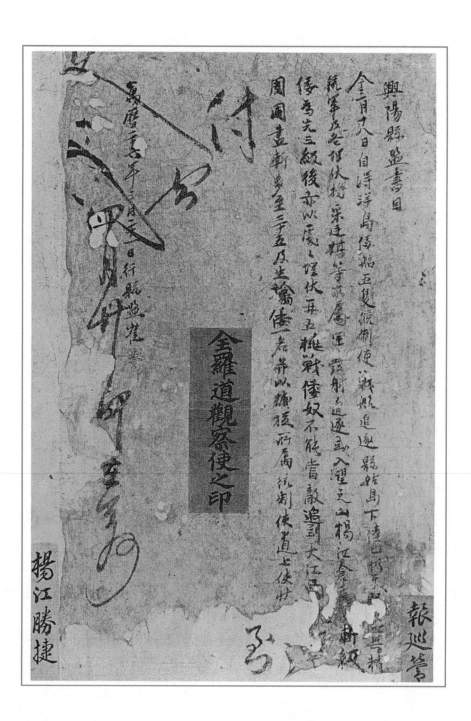

興陽縣監 報告

이 三月十八日 得糧島로부터 倭船 五隻이 統制使 戰船에 쫓겨 이
고을 姑島에 下陸하므로 精銳軍과 各埋伏하는 宗建棋를
의 所屬軍이 활을 쏘고 뒤를 쫓았으나 或은 望之山으로 들어가고
楊江倉…… 倭의 머리 벤 것은 우선 셋이요 뒤에 또한 곳곳에
埋伏하여 두번 다섯번 挑戰하였으니 倭놈들이 當敵하지 못하고 大
江에 뒤쫓아 이르러 … 園圍에다 모조리 목 베니 三十五級이 되었으며
사로잡은 倭가 一名 모두 아울러 所屬 統制使에게 올려 보냈사옵니다

一五九八年 三月二十日

縣監 崔 (수결)

(決裁한글)
接受部 四月二十四日
迎接使 (수결)

金州에서

登山李殿相譯

雲谷朴重秦書 (인)(인)

興陽縣監書目
今三月十八日, 自得洋島倭船五隻, 統制使戰船追逐, 縣姑島下陸乙仍于 缺文
與精銳軍及各埋伏將宋廷麒等所屬軍, 發射追逐, 或入望之山, 楊江倉 缺文 斬
級倭爲先三級, 後亦處處埋伏再五挑戰, 倭奴不能當敵. 追到大江 缺文 園圍盡
斬, 多至三十五級, 生擒倭一名, 并以捕捉, 所屬統制使道上使狀.
萬曆二十六年三月卄一日, 行縣監崔. 좋
到付. 四月二十四日.
巡察使 ㄱ 在全州.

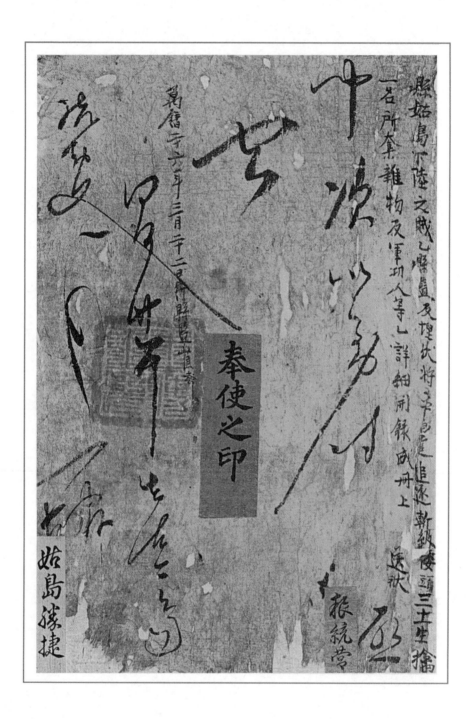

이고 을 姑島에 下陸한 敵을 縣監과 埋伏將…

뒤쫓아 목을 베니 倭의 머리가 三十一個요 사로

잡은 것이 一名 빼앗은 物件과 軍功人들을 仔細히

러어 冊을 만들어 올려 보내 옵니다

一五九八年 三月二十二日

縣監 崔 (수결)

(決裁한 글)

위에 장계 하였다

接受함

同月二十六日

統制使 (李舜臣 수결)

古今島 鄉館에서

驚山 李殷相 譯

雲養邨筆

姑島勝牒

縣姑島下陸之賊乙, 縣監及埋伏將 缺文 追逐, 斬級倭頭三十一, 生擒一名, 所
奪雜物及軍功人等乙, 詳細開錄成册, 上送狀.
萬曆二十六年三月二十二日, 行縣監崔. 牵
啓聞次以. 到付. 同月廿六日.
統制使 在古今島鄉館.

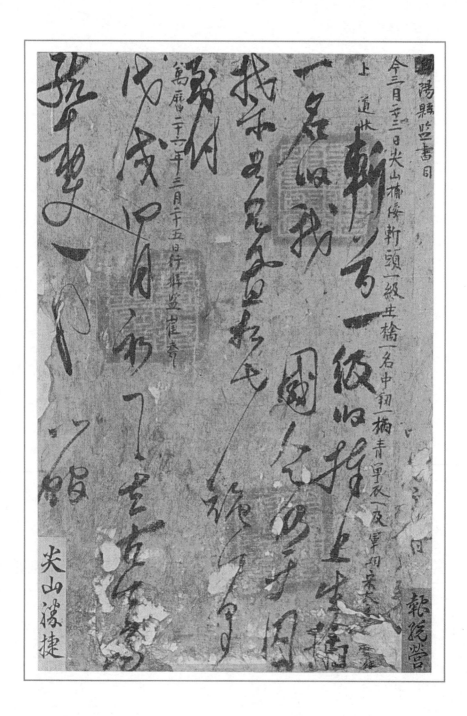

興陽縣監報告

이 三月二十三日 尖山에서 잡은 倭놈 목벤것 一급 사로잡은
一名 中간칼 一자루 靑色 홑옷 하나 軍功을 세운
宋大立 …… 마련하여 올려보내옵니다

一五九八年三月二十三日
縣監 崔 (수결)

(決裁한 글)

목벤것 一급은 받았다
사로잡은 一名은 우리나라 사람의 므로
가두어 두었어도 上告해서 施行하라 接受한
四月初一日

統制使 (충무공 수결)

古今島鄕紙에서

鷲山李殷相譯
重谷 南廷喆書

尖山勝牒

興陽縣監書目
今三月二十三日, 尖山捕倭斬頭一級, 生擒一名, 中劍一柄, 靑單衣一及, 軍功
宋大立 缺文 磨鍊, 上道狀.
萬曆二十六年三月二十五日, 行縣監崔. 화
斬首一級段, 捧上, 生擒一名段, 我國人乙仍于, 囚禁爲有置, 相考施行向事.
到付. 四月初一日.
統制使 着 在古今島鄕館.

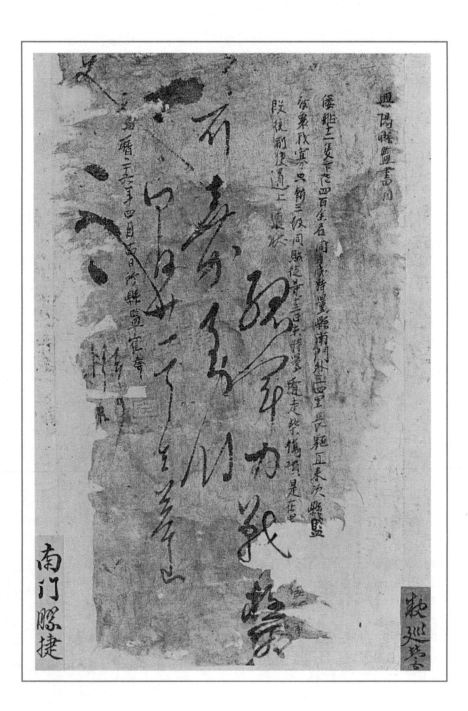

興陽縣監 報告

倭船 十二척이 下陸하여 四百餘名이 같은날 戌時(下午 十時)
이고 南門밖 三四里까지 곧장 몰려오므로 縣監…敵을
들은 十三日未時(오후二時)쯤에 柴場목으로 달아났거니와…
은 統制使에게 올려보냈사옵니다

一五九八年四月十四日
縣監 崔 (수결)

(決裁한글)
외로운 군사로 힘써 와 싸웠으니 極히 가상하다 接受함

巡察使 (수결)

四月二十二日
益山에서

李殷相譯
雪谷 書

興陽縣監書目
倭船十二隻下陸四百餘名, 同日戌時量, 縣南門外三四里, 長驅直來次, 縣監 缺
文 彼衆我寡, 只斬三級. 同賊徒等, 十三日未時量, 遁走柴場項是在果 缺文 段,
統制使道上道狀.
萬曆二十六年四月十四日, 行縣監崔 ●
孤軍力戰, 極爲可嘉. 到付. 同月廿二日
巡察使 ● 在益山.

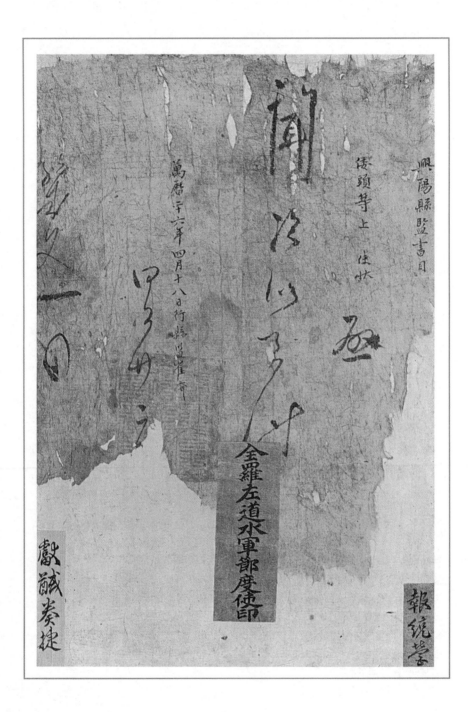

興陽縣監報吿

倭의 써리들을 올려 보냅니다

一五九八年四月十八日

縣監 崔 (수결)

(決裁하고)

위에 장계 하겠다 接受함

四月二十二日 …

統制使 (李舜臣 수결)

鷲山李殷相譯
雪谷朴在馨書

獻馘奏牒

興陽縣監書目
倭頭等, 上使狀.
萬曆二十六年四月十八日, 行縣監崔. 季
啓聞次以. 到付. 同月廿二日.
統制使

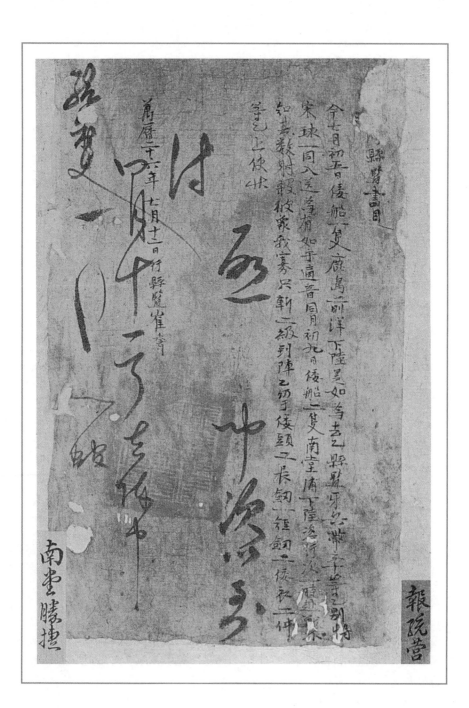

今七月初吾日倭船一隻廳島前洋下陸是如為去乙縣...別將
宋球一同入送蓬溝如乎同月初九日倭船二隻南堂浦下陸...
...我寡兵斬二級到陣乙初于倭頭二長劍二...倭衣二件
...乙上使狀

萬曆二十六年七月十二日行縣覽崔...

縣葬畫目

報院營

南堂勝捷

興陽縣監報告

이번 七月초닷새 倭船一척이 鹿島앞바다에 下陸했다하기에 縣監의軍
隊를 이끌고 別將 宋球一同과 함께 入城했는대 마참
같은달 九일날 倭船二척이 南堂浦에 下陸해서 행패를
부리므로 대번에 싸워서 不知其數를 죽였읍니다
그런데 散은많고 우리를 적음으로 단지二목만을 잘으고 陣으
로 돌아와 倭頭二개 長劍하나 短劍을 倭服二兵等을 올렸읍니다

一五九八年七月十二 縣監 崔 (수결)

(決裁한글)
이글이 到着했다 孫文한
同月十二 陣中에서

統制使 一心 (수결)

이글이 到着했다 孫文한

鷲山李殿相譯
蛋谷朴重東書

南堂勝牒

興陽縣監書目

今七月初五日, 倭船鹿島前洋下陸是如爲去乙, 縣監牙兵帶率等乙, 別將宋球一同入送爲有如乎適音, 同月初九日, 倭船二隻, 南堂浦下陸恋行次, 一時赴戰, 不知其數射殺. 彼衆我寡, 只斬二級, 到陣乙仍于, 倭頭二, 長劍一, 短劍二, 倭衣二件等乙, 上使狀.

萬曆二十六年七月十二日, 行縣監崔. 李

啓聞次以. 到付. 同月一二日

統制使 百 在陣中鄕館.

萬曆二十六年八月 日興陽縣新造戰
船什物成冊

欸統營

萬曆二十六年八月 日興陽縣新
造戰船什物冊一

戰船壹隻

戰船壹隻

新軍粮船壹隻

新俠船壹隻風席俱

新造長肴四十六郜內高梁一郜迫李捧擊油ㅓ

新造片箭辛二郜內迫李捧擊油ㅓ

黑角弓三十丁別大箭四十ㅓ

戰艦報牒

竹弓一丁
長鎗十二柄
環刀三柄
倭刀一柄
斬斧一
鐸一
大錚二
筒兒八介
玄字後百四柄
勝字後筒七柄
玄字後筒前二
大鐵丸十二介
中鐵丸二千介
小鐵丸三千介
小鐵丸九五百介

交十三斗七升內一斗米除長

萬曆二十六年八月 日 興陽縣監新造戰船什物成册

戰船, 壹隻.

新軍粮船, 壹隻.

新俠船, 壹隻, 風席俱.

新造長箭, 四十六部內, 壹部, 季遊擊船, 納上.

新造片箭, 五十三部內, 一部, 季遊擊, 納上. 二十八部□□.

黑角弓, 十丁, 別大箭, 四部.

商角弓, 一丁.

交子弓, 七丁內, 一丁, 宋球□.

竹弓, 一丁.

長槍, 十二柄.

環刀, 三柄.

倭刀, 一柄.

斬斧, 一.

鐸, 一.

大錚, 二.

筒兒, 八介.

玄字銃筒, 四柄.

勝字銃筒, 七柄.

玄字銃筒箭, 二.

大鐵丸, 十二介.

中鐵丸, 四十介.

小鐵丸, 三千介.

小小鐵丸, 五百介.

一五九八年八月日興陽縣新造
戰船什物目錄

一五九八年八月 日 興陽縣新造
戰船什物冊

戰船什物冊

戰船壹隻

新軍粮船 壹隻

新俠船 壹隻 風席俱

新造長箭 四十六部內 壹部 季遊擊船 納上

新造片箭 五十三部內 一部 季遊擊 納上 二十八部□□

黑角弓 十丁 別大箭 四部

常角弓 一丁

交子弓 七丁內 一丁 宋球納

竹弓 一丁

長槍 十二柄

環刀 三柄

倭刀 一柄

木斤斧 一

筒兒 八介

玄字銃筒 四柄

勝字銃筒 七柄

玄字銃筒箭 二介

大鐵丸 十二介

中鐵丸 四十介

小鐵丸 三千介

小小鐵丸 五百介

戰艦報牒

新風席一ᅥ
要釣二柄
伐之一介一
者耳一
鐗一
鑢道里一
曲防牌四
新草芭八番
中件芭七番　合于五番
破芭十八番
倭烏鏡家俱二柄
破注四對內二對新件
龍骨注二對
還入注三對
破大小二件
旨注山麻新注一對旧注二對

兵器報牒

橋十八更
加新造橋十更
鼎三

犬水桶一
小水桶二
玄字銃丁
勝字銃丁
鐵鍵一
小藁線四朶
中桌線三朶
斤箭鏃本十三部
長箭鏃本十九部
新弓弦十八
黑角一丁
長箭罩二部

新風席, 一件.

要釣, 二柄.

伐之乙介, 一.

者耳, 一.

錯, 一.

鉅, 一.

藏道里, 一.

曲防牌, 四.

新草芚, 八番.

中件芚, 七番.

破芚, 十八番.

倭鳥銃家俱, 二柄.

碇注, 四對內. 二對, 新件.

龍層注, 二對.

還入注, 三對.

碇, 大小二件.

旨注山麻, 新注, 一對. 旧
注, 一對.

櫓, 十八隻.

加新造櫓, 十隻.

鼎, 三.

大水桶, 一.

小水桶, 二.

玄字鐵丁, 一.

勝字鐵丁, 一.

鐵鎚, 一.

小藥線, 四條.

中藥線, 三條.

片箭鏃本, 十三部.

長箭鏃本, 十九部.

新弓絃, 十八.

黑角, 一丁所入.

未付羽長箭, 四十二部.

未付羽片箭, 十一部.

兵器報牒

槿皮着，八丁. <small>所入.</small>
青旗，一.
鈸，一.
火藥，十五斤內，四兩段藏
藥.

軍粮.
正租，一百二十一石.
可米，四石.
粟米，一石.
太，二十一石.
新皮粟，三石.
內，可米，四石，正租，二十石，
時載船.
軍官，宋.（印）
行縣監，崔.（印）

統制使（印）

兵粮報牒

완역 逸翁文集

임진왜란의 명장, **일옹 최 희 량**

초판 1쇄 인쇄 2008년 4월 5일
초판 1쇄 발행 2008년 4월 15일

옮긴이 이영호 · 이라나
펴낸이 조윤숙
펴낸곳 문자향
신고번호 제300-2001-48호
주소 서울 서대문구 남가좌동 124-313 / 2층
전화 02-303-3491
팩스 02-303-3492
이메일 munjahyang@korea.com

값 22,000원

ISBN 978-89-90535-36-8 03810